suhrkamp taschenbuch 1951

D1928236

Der Kannibale, John Hawkes' erstes Buch, ist 1949 in Amerika erschienen. Es »spielt« in Deutschland, besser: Es spielt mit den Eindrücken aus einem Deutschland während der letzten Kriegswochen und unmittelbar danach. John Hawkes erlebte als Neunzehnjähriger das Ende des Zweiten Weltkriegs als »freiwilliger Ambulanzfahrer« in Italien und Deutschland. Auf die Gewalt, deren Zeuge er wurde, reagierte er fünf Jahre später mit *Der Kannibale*. Spitzen-on-the-Dein, eine deutsche Kleinstadt. Der »Führer« ist tot, die amerikanischen Besatzer in der Stadt. Aber deren Bewohner sind unbelehrbar. Sie folgen Zizendorf, dem Erzähler, von Beruf Redakteur. Er erklärt als neuer »Führer« die Herrschaft der Alliierten für beendet und verspricht, die »Germanische Technologische Revolution«, begonnen schon im Ersten Weltkrieg, fortzusetzen.

»John Hawkes hat in der besten Tradition des Surrealismus beziehungsweise ›Antirealismus‹ ein bravouröses, enthemmendes, ganz unglaubliches Buch geschrieben … *Der Kannibale* ist ein barockes Fest des Unterganges, üppig angerichtet.«

John Hawkes, geboren 1925, hat zahlreiche Romane und Erzählungen veröffentlicht. Seit 1958 ist er Professor für englische Literatur und Creative Writing an der Brown University in Providence, Rhode Island. Im Suhrkamp Verlag liegen auch vor: *Travestie* (1986) und der Roman *Abenteuer unter den Pelzhändlern in Alaska* (1988).

John Hawkes
Der Kannibale

Mit einer Nachbemerkung von John Hawkes

Aus dem Amerikanischen von Werner Schmitz

Suhrkamp

Titel der Originalausgabe: *The Cannibal*
Die Nachbemerkung von John Hawkes ist dem Band
Humors of Blood and Skin: A John Hawkes Reader (1984) entnommen.
Umschlagillustration: Franz Radziwill, *Wohin in dieser Welt?* 1940
© VG Bild-Kunst, Bonn 1992

suhrkamp taschenbuch 1951
Erste Auflage 1992
© Verlag Peter Selinka, Ravensburg 1989
»The Cannibal« © John Hawkes 1949
für die Nachbemerkung von John Hawkes
© John Hawkes 1984
Suhrkamp Taschenbuch Verlag
Alle Rechte vorbehalten, insbesondere das
des öffentlichen Vortrags, der Übertragung
durch Rundfunk und Fernsehen
sowie der Übersetzung, auch einzelner Teile.
Satz: IBV Satz- und Datentechnik, Berlin
Druck: Nomos Verlagsgesellschaft, Baden-Baden
Printed in Germany
Umschlag nach Entwürfen von
Willy Fleckhaus und Rolf Staudt

1 2 3 4 5 6 – 97 96 95 94 93 92

Der Kannibale

Es gibt in Deutschland – wo, kann ich nicht genau sagen – heute eine Stadt, die sich mit großer Anstrengung über das Elend, das den Großteil der besiegten Gemeinwesen auf dem Kontinent niederdrückt, erhoben hat. Sie ist unter meiner Führung in den vergangenen drei Jahren allmählich vorangekommen, und ich kann mit den bisher erreichten Fortschritten in der Verwaltung unserer Stadt zufrieden sein. Sie gleicht einem Garten: alle unsere Erinnerungen wohnen dort, und ständig versucht man sie aufzuspüren. Doch bis jetzt ist über diesen Ort nur Schweigen in die Außenwelt gedrungen, denn ich hielt es für zweckmäßiger, daß meine Leute ihr Glück und ihre mutigen Ansichten für sich behalten sollten.

Ich war jedoch gezwungen, die Stadt für kurze Zeit zu verlassen, und während dieser Abwesenheit entschloß ich mich zu einem Kompromiß; indem ich nämlich unsere Geschichte mitgeteilt habe. Was noch zu tun bleibt, beschäftigt mich über die Maßen, und alle die bemerkenswerten Aktivitäten dieser ausländischen Städte können mich nicht aus der Bahn bringen. Gegenwärtig, auch wenn es mir hier gefällt, bin ich bloß im Wartestand, und bei der ersten Gelegenheit werde ich selbstverständlich zurückkehren.

Teil Eins – 1945

Eins

Hinterm Stadtrand, jenseits teergedeckter ärmlicher Häuser und eines niedrigen, bis auf umgestürzte Strommasten kahlen Hügels, spreizte die Anstalt ihre fragil und einzeln dastehenden Gebäude zitternd über den Kies- und Schlackenboden des Tals. Von dort kam eines Frühlingstages, einen Ast als Stock benutzend, mit einem Schatten und einem Schritt, der nicht frei war, Balamir gewandert, und geriet in Madame Snows Obhut und Aufsicht. Alle geistesgestörten Brüder Balamirs waren auf die gleiche Weise auf die Straße gesetzt worden, um fern der Kieswege jemanden zu suchen, der ihnen einen Blechteller oder ein begehrtes Getränk hinstellte. Madame Snow bereitete ihm ein Zimmer und gab ihm auf, im Keller, im *Bunker,* zu graben; über dem Schutthaufen schlug die schwarze Luft zusammen, und er bekam Heimweh. Ganze Kolonnen seiner schwachsinnigen Brüder verschmolzen allmählich mit den gähnend offenen Mauern, wurden auf unerklärliche Weise von den leeren Straßen und den düster verschlossenen Bauernhöfen in der Umgebung verschluckt und widerstrebend von den Straßen aufgelesen. Dennoch war die Bevölkerung nicht angewachsen, dieselben wenigen braunen Gestalten strichen an den Abenden umher, dieselben Lumpen von Wäsche hingen wochenlang in derselben kalten Luft, und dünn und betrunken, die blaue Kappe schief auf dem Kopf, rekelte sich der Volkszähler hinter seinem Schreibtisch. Die Stadt war nicht gewachsen, aber die Anstalt war leer geworden, Beamte und Krankenschwestern in ferne Länder gezogen, mit verkniffenen Blicken und verzerrten Gesichtern, und kein Geräusch drang mehr aus den hohen schmalen Gebäuden. Täglich blickten magere Kinder von dem Hügel auf den leeren Skorpion hinunter, das einzige, was von dieser einstmals geordneten Anstalt übriggeblieben war.

Ein einzelner Turm aus löchrigem Stahl hing hoch über der Stadt, unbeflaggt, und ragte, unbedrängt von Häuserwänden, in den kalten blauen Abend. Verbogene Stahlsprossen hingen überall aus dem Turm, und Stahlgitter waren vor das schmale offene Kellerfenster gerammt, hinter dem Balamir jetzt innehielt, naß seine weiße Haut im Abendlicht. Ziegelsteine und Mörtel häuften sich wie Schneemassen in den Rinnsteinen, zerschlagene Mauern lösten sich in der Dunkelheit auf, und in den leeren Straßen reihten sich leere Händlerkarren. Balamir war vor der Kälte ungeschützt. Er fühlte den Wind um seine breite Stirn und seine ausgetrocknete Kehle fahren und spürte ihn beißend in die Öffnung seines rauhen hochgeschlagenen steifen Kragens schlagen. Er stellte fest, daß er in dem feuchten eiskalten Kellerloch weder die Holzbank ausgraben konnte, noch die monströs geschwungene Vase, die schimmlige Kommode, noch irgendeinen der festgefrorenen Töpfe, die in chaotisch wirren Haufen den Lehmboden bedeckten und sich bis an die Deckensparren türmten. Er fand heraus, daß die mit Lehm beworfenen Wände seine langen nächtlichen Schreie verschluckten und sie nur in seinen Ohren nachklingen ließen. Während er arbeitete, mit der Kohlenschaufel herumhackte oder zum Fenster hinaufstarrte, schlurften über ihm in Papier gewickelte Füße, flakkerten Kerzen in den bewohnten Küchen der Stadt, wurde dünne Suppe über glimmender Kohle aufgewärmt, weinten die Kinder. Buchläden und Apotheken waren eingestürzt, Buchseiten schlugen im Wind hin und her, während billiger weicher Puder aus eingerissenen Schmuckschachteln wie feiner Schnee durch die Straßen wehte. Pappmaché-Bonbons wurden am Boden zertrampelt. In den umliegenden Bezirken jagten Balamirs Brüder in Gruppen zu viert oder fünft über den gefurchten Frostboden dem Vieh hinterher, wütend und frierend, schlenkerten mit ihren dicken Armen, oder knäulten sich um ärmliche Feuer, lachend und frierend. Einige dieser Männer gingen, nachdem sie Beile geschleudert oder im Dunkeln urplötzlich mit fleckigen Messer gewütet hatten, in den Zellen des Stadtgefängnisses auf und ab, prügelten sich selbst und fluchten zusammenhanglos. Die übrigen, einschließlich Balamir, merkten gar nicht, daß sie außerhalb der hohen Mauern der Anstalt waren. Die Bevölkerungszahl der Stadt blieb unverändert, und um diesen Zustand zu erhalten, wurden Diebe aus dem Gefängnis nach Hause geschickt.

Madame Snow, Eigentümerin des Gebäudes, wohnhaft Parterre über dem Kellerraum, wäre eigentlich Großmutter gewesen, wenn nicht das Kind ihres Sohnes, kaum größer als ein Vogel, bei einer Explosion, kaum einen Block entfernt, ums Leben gekommen wäre. In der stillen Morgenluft waren die gefrorenen Äcker um die Stadt vom unregelmäßigen Wabern kleinerer Explosionen aufgesprungen; und hatten sie in der Stadt gezündet, hinterließen sie nur einen kurzen und sinnlosen Pfeifton in ihren Ohren. Aber die Kinder von Madame Snows Schwester hatten überlebt und krabbelten weiter geschlechtslos und verstört durch die kahlen Zimmer. Vor Balamirs Ankunft hatte Madame Snow monatelang wieder und wieder die von den dampfenden Lastwagen kletternden dünnen Männer beobachtet, der Rückkehr ihres Sohnes harrend. Als er schließlich mit Stumpf und Stahlkrücken angekommen war, mit speziellen Stahlschlingen, die seine Handgelenke stützten, hatte er das durchgestrichene Register des trunksüchtigen Volkszählers nicht einmal um einen einzigen Posten erhöht. Er war zu seiner Frau und in seine Eckwohnung im Lichtspielhaus zurückgekehrt und bediente von da an die schwarze Maschine in dem heißen Vorführraum, führte Tag für Tag denselben unscharfen Film ohne Publikum vor. Madame Snow hatte ihn danach nicht mehr gesehen. Sie betätigte sich als Hausmeisterin, stritt sich mit den Einwohnern oder tröstete sie; oder saß in dem großen vergoldeten Sessel, nähte alte Lumpen zusammen oder riß bei raren Gelegenheiten kleinem Geflügel die Köpfe ab. Die Flure dufteten nicht mehr nach Schweinebraten oder Kohl, erdröhnten nicht mehr von Gelächter, sondern blieben dunkel und kalt, schlammverschmiert von den Stiefeln der Untermieter.

Das Haus hing schief und stumm in einer Reihe schwarzgefleckter Fassaden, am hinteren Zaun entlang versickerte der Kanal; an der Ecke, wo die Seitengasse in die leere Durchgangsstraße einmündete, erhob sich der wirre Koloß des stählernen Turms. Wenn ein Junge in schwarzer spitzer Soldatenkappe, ledernen Hosenträgern und kurzer Hose hinter den zugezogenen Vorhängen vorbeiging, spähte Madame Snow immer gierig hinaus, um sich dann wieder ins Dunkel zurückzuziehen. Im zweiten Stock des Hauses lag die Wohnung des Volkszählers, der seinen triefenden Umhang immer unten im Flur hängen ließ. Herr Stintz, ein einäugiger Lehrer, lebte im dritten Stock, und über ihm wohnte Jutta mit ihren Kindern und verblichenen Pflanzen, Madame Snows Schwester. Herr Stintz, ein ehemaliger Orchestermusiker, spielte bis tief in die Nacht Tuba, und die Töne rumpelten aufs Pflaster, erinnerten an das Geräusch fetter marschierender Füße. Aber der Untermieter aus dem ersten Stock war ausgegangen.

»Kommen Sie«, sagte Madame Snow zu Balamir, »kommen Sie herein. Das Zimmer wird nicht richtig warm, aber runter mit Ihrem Mantel. Sie sind zu Hause.« Balamir wußte, er war nicht zu

Hause. Er betrachtete den kleinen Tisch mit den aufgereihten Spielkarten und dem einen vergoldeten Sessel davor, betrachtete die bunten Symbole, mit denen Madame Snow einsam spielte. Sorgfältig sah er sich in der guten Stube um und zerbrach sich den Kopf über die eichenen Schnörkel über der mit einem Vorhang versehenen Tür und die Höhe der schwarzen Decke voller Spinnen. »Setzen Sie sich«, sagte Madame Snow, sie scheute sich, ihn am Arm zu berühren, »setzen Sie sich bitte.« Aber er setzte sich nicht. Er setzte sich nie, wenn jemand ihn dabei sehen konnte. Also blieb er mitten im Zimmer stehen, und eine verkümmerte Katze rieb sich an seinem Bein. Der Aufseher, den Hut ins Gesicht gezogen, mit dicken und viel zu großen Gummistiefeln, übergab Madame Snow ein Bündel abgewetzter Papiere und verschwand wie ein Schatten.

»Möchten Sie einen Tee?« Er blickte in seine Hände, sah den Wasserdampf und beobachtete, wie ein einzelnes sternförmiges Blatt langsam nah am Grund der Tasse herumtrudelte. Er sah eine bleiche Farbe, die sich langsam auszubreiten begann und am Porzellan hoch auf seine Finger zukroch, sah den Stern trudeln und die Tasse sinken wie der Mond. Aber er trank nicht. Die kleine Frau beobachtete ihn aus den Augenwinkeln, es war jetzt fast dunkel. Sein Haar war rauh und zottig, und er wollte ihren Tee nicht trinken. Unten im Keller blieb Balamir stehen, bis sie die steinernen Stufen wieder hinaufgeeilt war, und zog dann seinen Mantel an, denn er spürte die Kälte. »Gute Nacht«, sagte sie und drehte den Messingschlüssel herum.

Mit offenen Schuhen und bleichen Lippen lief Juttas Kind über einen Pfad durch die Trümmer, stolperte über Steine, vorbei an überhängenden Eisensimsen und eingeschlagenen Fenstern, versuchte zu weinen, floh weiter. Ein Mann war ihm auf den Fersen, er schwang einen Stock, den Körper vornüber in die Dunkelheit getaucht. Das Kind lief an einer mit Löchern und den Fingern eines toten Verteidigers übersäten Wand entlang, hinter ihm hustete der Mann.

Eine Metzgerei machte gerade zu, ein paar kalte Streifen Fleisch hingen unverkauft an Haken, gerupfte Haut und Aderngeschlinge, ungeprüft und ohne behördliche Genehmigung. Draht verfing sich am Knie des Kindes.

Die Stadt, nicht mehr alt und ehrwürdig, hockte auf verkohlter Erde, abgehackt lagen Kopf und Beine ihrer einzigen Reiterstatue;

sie schlang versprengte Bettler in sich hinein und blieb doch abgezehrt unter einem unheilvoll verhangenen Mond. Ratternde Züge machten kehrt beim Anblick der verdrehten Schienen, die in dem naßkalten Frühjahr am Stadtrand gegenüber dem Hügel blühten, und Äcker, tiefgepflügt von Kanonenkugeln, waren besudelt von dem einsamen Bedürfnis von Mensch und Tier. Nachdem die alten Familien zurückgekehrt waren, um wieder an den Ufern des Kanals zu schrubben oder einzeln in schwarzer Kleidung einherzuschreiten, kamen die Gefangenen im Gänsemarsch über die Hügel, entweder als Namen auf einem Schildchen, oder, wenn es verlorengegangen war, einfach als ungezählte Nummern. Als ein alter Mann mit fürchterlichem Husten sterbend aufgegriffen wurde, betrog Jutta ihren verschollenen Ehemann und wurde schwanger. Die Stadt, ohne ihre Wälle und Barrikaden, wenn auch noch immer Wohnstatt von tausend Jahren, war geschrumpft und verwest wie eine von Ameisen schwarze Ochsenzunge.

Der Bahnwärter, in eine Decke gehüllt auf einem Korbstuhl sitzend, mit einer Pfeife groß wie ein Puddingnapf, Blick auf den Bahnhof und leere Bänke gerichtet, hob weder den roten Signalarm, noch senkte er den gelben, und vor seinen fetten Augen blinkten keine Lichter mehr, die seine Erinnerungen an den Krieg von 1914 stören konnten. Er hatte nichts zu essen und nichts zu sagen, und schwarze Männer mit großen Hüten und weiten Umhängen waren auf sämtliche Wände des Bahnhofs gemalt. Reliquien silberner Dolche wurden aus dem Nonnenkloster geplündert und zusammen mit Photographien in Kisten gelagert oder in fremde Länder entführt. Keine Glocken ertönten mehr. Feuer brannten an den Bordsteinen, schwelende Misthaufen auf den Höfen füllten die Luft und die Gassen, die leeren Läden und Speisekammern mit einem stechenden Modergeruch.

Der Bürgermeister mit seiner verschossenen roten Schärpe war zu blind, um sich um die Geschichtschroniken zu kümmern, und hungerte wie die anderen nach den Erinnerungen, die von seiner Schwelle gelöscht waren. Ihre kräftigen Pferde von knochigem belgischem Geblüt, stumpf blickende Ungeheuer alter Macht, waren von den Bauernhöfen weg für Munitionswagen beschlagnahmt worden, alle waren verschwunden, bis auf ein graues Tier, das besitzerlos die gepflasterten Straßen auf und ab graste und in den Rinnsteinen schnüffelte. Es schreckte den Bürgermeister in schwarzen Nächten, zertrampelte unbeschlagen den kahlen Garten, und wurde mit jedem Tag magerer und wilder. Kinder ließen sich an seinem Schwanz herumziehen und streunten, Teutonenhelme aus Pappe auf den Köpfen, in kleinen Banden durch die engen Bezirke der Stadt, die Gesichter zerkratzt, die Nägel lang. Dem Leichenbestatter fehlte die Flüssigkeit für seine Leichen; die städtische Krankenschwester wurde alt und fett, ohne überhaupt etwas zu sich zu nehmen. Einige tranken versehentlich aus vergifteten Brunnen. Flaggen lagen im Schlamm, der Linotype entflossen keine schnörkligen Schriftbänder mehr, und die Stimme der Stadt bei Nacht ließ sich nur dünn aus Herrn Stintzens Tuba vernehmen. Von kleineren grauen Blindgängern hochgeschleudert, war der Sand eimerweise gegen brüchige Mauern geprasselt und auf ausgetretene Haustürstufen gerieselt, wo Hühner verschreckte Spuren hinterließen. Faulende Sandsäcke erdrückten das Unkraut, erfüllten die Luft mit dem dumpfen Geruch von Sackleinen, und wenn sie zerfielen, blieben nur weiße Flecken auf dem Boden zurück.

Die Bürger hatten die Kolonnen der Männer abmarschieren und später mit Geschlechtskrankheiten oder mit ohrlosen Schädeln zurückkommen sehen. Eines Nachts sahen entsetzte Blicke das Wappenschild an der Burgmauer in Rauch und Flammen aufgehen, als sei's ein Zeichen, daß sie sich um ihrer Söhne willen versammeln oder bittere Tränen weinen sollten. Der Bürgermeister verlor beim Kartenspiel, hatte als Zeuge mit geschlossenen Augen Exekutionen beigewohnt, und im Mark seiner dicken Knochen schwand die Stadt. Alle Tauschgeschäfte wurden per Hand abgewickelt, der schwungvolle Schriftzug war von den fetten Mauern der Bank gesprengt, und die Gitterfenster der Anstalt wuchsen mit Spinnweben zu. Ein umgestürzter Panzer an der Straße nach Norden wimmelte noch immer von Gespenstern, die nachts herauskamen und sich zum Trinken über die Ufermauern des Kanals hängten.

Mit verkniffenem Mund saß der Bahnwärter hinter dem plakatierten Bahnhofsfenster, sah den Jungen über die zerfetzten Schienen stürmen und sah den Mann mit dem Stock hinter ihm herlaufen, sein Schatten wurde im Kerzenlicht des Bahnhofs immer länger. Jutta wartete mit ihrer hungrigen kleinen Tochter und ließ sie hüpfend auf ihrem Knie reiten. Der klamme Geruch des Flusses schwamm über den Gamaschen und Hosen der Soldaten, die in Hauseingängen liegen geblieben waren, eine Kuh lag tot wie Marmor auf einem Acker. Madame Snow hockte im spärlichen Tageslicht über ihren Karten, die silbernen Tabletts, Pokale und riesigen Schalen liefen schwarz an, dick bedeckt mit Staub. Das gnadenlose Licht ließ jedes Haus in klarem Rot oder matter Sandfarbe erscheinen, schwarz erhoben sich längst verbrannte Balken und eingeäscherte Scheunen. Das Grün der Kohlköpfe war weiß geworden, blutrot standen Automobile festgefahren und mit geplatzten Reifen am Straßenrand. Alle gingen in Grau, leere Patronengürtel über die Schultern geschnallt. Bettelnd warteten sie in Schlangen auf Essen und hieben sich die Fäuste an die Stirne.

In all diesen Wintern konnte Madame Snow nicht glauben, daß es zum Schlimmsten kommen würde. Ihr ganzer Glaube ruhte in den Scheibchen einer wertlosen Währung, im Recht des Siegreichen, einer mit den Köpfen kühner Männer geprägten Münze. Mullfetzen wurden in den Lehm gedrückt und Frauen trugen Mäntel mit Epauletten und Messingknöpfen. Als damals die Patienten in der Anstalt randaliert hatten, waren es die Frauen, die sie mit Keulen niederknüppelten, während Mädchen mit feurigen Augen und bloßen Knien Offiziere zum nächtlichen Nahkampf animierten. Fort waren die Waffen und Heere und Silberklingen, aus dem Reich der Könige war das Schwarze gekommen, und Schmetterlinge und Gras waren für die Kinder geblieben. Güterzüge wurden getroffen, brannten aus und kamen nicht mehr, die Tasten aller Maschinen waren zusammengeschmolzen. *Wohin gehen Sie?* schrien die Teufel, und das Trampeln der Stiefel erstarb in den Kasernen.

Balamir verfiel schließlich auf den Gedanken, er sei Madame Snows Prinz. Aber lange Zeit arbeitete er für sich allein, roch immer noch Medikamente und kämpfte mit den Schreckgestalten, die ihm aus Schubladen entgegensprangen. Er sehnte sich nach den Bergen, wollte von Fels zu Felsen springen, über die Schneefelder fliegen und am Fuß verkrüppelter Bäume Gold finden. Er wollte Schafe hüten, ein großer schwarzer Hund sein, der die Herde über grüne Hänge hetzte. Er wollte in einer Höhle leben. Eiszapfen hingen zwischen den Stäben des nächtlichen Kellerfensters, und Balamir begann an die Juwelen zu denken, die an Madame Snows Ohren hingen, begann auf das Geräusch des Schlüssels zu lauschen. Er lauschte dem einzigen Akkordeon in der Stadt, die Töne flossen die Regenrohre herab, über die Schieferdächer, doch niemand sang zum Krachen der Maßkrüge. Nirgends gab es zu essen in *Spitzen-on-the-Dein,* Tische, durchfurcht von Einschüssen, standen übereinandergestapelt. Manchmal hörte Balamir das Klingeln von Schlittenglöckchen in den Alpentälern, dann warf er sich auf Haufen kalter Trümmer und Erde, als seien es Schneemassen. Er schlief auf einem Feldbett, sehnte sich nach Tannen, und wenn er sich Tag für Tag grunzend auf die Stühle, Sprungfedern und Bilderrahmen stürzte, fühlte er seine Kräfte erlahmen. Ihm fielen Bilder von bösartigen Tigern ein und die Tage, da alle Männer Gamaschen und Silbertressen trugen und von den Bergen bis zum *Brauhaus* Lager und Versammlungssäle aus dem Boden schossen und Präzisionsfernrohre gerichtet wurden. Er dachte an einen bezopften Esel, an Menschenknochen, die zu Nahrungsmitteln zermahlen wurden. Aber nun war die Wachstube leer, sein Vater, der ehemalige Kaiser, war tot, und die Krankenschwestern hatte man als Unteroffiziere aus der Anstalt geholt. Schließlich saß er oben auf der Treppe und wartete darauf, daß die Tür aufginge.

Madame Snow, Stella Snow in den Tagen der Schnürstiefel, Sonnenschirme und großen Bälle, hatte tänzelnde Schimmel geliebt und breitschultrige Männer mit Pickelhauben und glatte, wie Schweinskeulen gewölbte Würste, die in der palastgroßen Küche hingen. Für ein Mädchen hatte sie schon ordentliche Brüste gehabt, und oft hatte sie in einer goldenen Opernloge gesessen, mit steifen Beinen, als ob sie für ein Bild posierte. Das Essen im Haus ihres Vaters wurde in Fettschichten serviert, und aus einem Korb neben ihrem Bett hatte sie eigens gezüchtete Riesenbirnen gegessen. Sie ging mit jungen schwarzgekleideten Männern aus, die an Wintertagen ein Pferd erst halb zu Tode reiten und dann dem Erfrieren preisgeben konnten, die Hand des Höllenengels spürend, oder sie ging mit schnauzbärtigen Studenten, die orangene Bänder um ihre Kappen trugen. Ihr Herz hing an Bonbons, die aus Frankreich oder Holland importiert wurden, sie hörte Liebhaber mit rauhen Stimmen singen, und während sie das Boot voranstakte, glich sie einem dahingleitenden Schwan. Ihr Mund war der Neid Invertierter, und als die ersten Kanonenschläge das Land erschütterten, verschloß sich der Mund, und sie begann zu lesen. Wie eine wächserne unbeteiligte Heilige stand sie, als ihre Mutter vor ihren Augen auf der Straße nach dem Marktgang zusammenbrach, ein Stück Metall ragte aus ihrem Busen, während das Flugzeug abstürzte. Der Polizist stieß in die Pfeife, Leute kamen aus sämtlichen Löchern gerannt, scharten sich wie Schaben vor ihren entsetzten Augen. Und da war es, daß ihr Marmorbrüstungen und die Kronleuchter etlicher Generationen vorschwebten, daß sie Fremde auf eisverkrustete Schiffe gehen sah. Maschinengewehre ratterten träge in den windschiefen Wäldern. Ihre Schwester, jung und mürrisch, zerrupfte Bücher und sprang im Schnee herum. Stella verlegte sich auf Karten und Glücksspiele, aufs Singen, und schließlich wieder auf Karten, und in der Zwischenzeit hingen gekreuzte Barbarenschwerter über ihrem Kopf, und sie stolzierte, eine geachtete Matrone, durch eisenbewehrte Jahrhunderte.

Türen wurden verrammelt, einzelne Lampen gingen an. Jutta schmuste mit ihrer unfertigen Tochter, während ihr Sohn, ungelenk wie eine Puppe, über die kalte Erde rannte. Viele Jungen waren unter dem Tritt von Ungeheuern zerstampft worden, und keine Kriegstrommeln wirbelten, auch wenn die Frauen die Röcke hoben, um ihre Tränen aufzufangen. Die Schatten, in die das Kind eintauchte, glichen wilden Zirkusbestien, die aus den leeren Hauseingängen stöhnten und nichts in ihre Rachen zu schlingen hatten. Der Wind auf seinem Körper begann zu heulen wie durch die Spalten von Flugzeugflügeln. Das Kind rannte, aber nur ein scharfes Auge hätte erkannt, daß es ein Junge war, denn sein Gesicht, seine Hände und Haare waren so stumpf wie bei seiner Schwester, und seine Augen leuchteten so klar und finster wie die Nacht. Gleichviel, der Herzog hakte den Stock über seinen Arm, zog seine Wildlederhandschuhe straff und folgte ihm, Schlamm näßte seine Hosenumschläge. Das Kind lief nur noch schneller, als das Licht im Metzgerladen ausging.

Die Fensterläden am Haus des Bürgermeisters wurden geschlossen wie jedesmal seit den Zeiten der Luftangriffe. Der Kragen seines Nachthemdes war schmutzig und eingerissen, und er zog sich die Decken über den Kopf. Er roch klammes Holz, den Stein, Gänsefedern. Und als er die Schritte unten auf der Straße vorbeihasten hörte, erzitterte er; denn als ein Preuße kannte *er allein* Verantwortung und die Bedeutung eines Wappenschildes, das Entsetzen eines Volks in tiefstem Elend und ohne Gerichte. Der Herzog ging am Haus des Bürgermeisters vorbei, er fürchtete keine Hand aus dem Dunkel, pfiff leise vor sich hin, doch seine Augen waren scharf, und er war hart auf der Spur. Dann trat aus der Schwärze ein Mann, frisch aus der Gasse, die Hände noch naß, kräftig nach Alkohol riechend. Er torkelte, und unter dem Schlafzimmerfenster des Bürgermeisters stießen sie zusammen. Es war der betrunkene Volkszähler. Er trat zurück, sah an der hohen Gestalt empor. »Ah,

Herr Herzog«, sagte er, seine Augen musterten das Gesicht. »Sie irren sich«, sagte der Herzog und ging weiter.

Kein Laut war zu hören. Schon vor Jahren hatten die Leute zu reden aufgehört, äußerten allenfalls noch Satzfetzen: »Madame Snow hat mir gesagt, ich würde sterben...« Und solche Worte wurden nur im strengsten Vertrauen und mit leisester Stimme ausgestoßen, denn sie hatten zwar alle dasselbe erfahren, rechneten aber mit fremden Lauschern, erwarteten ungläubige Blicke. Auch als die Ladentür der Metzgerei zuknallte, schien sie zu sagen: »Still. Ich bin nicht wirklich zu.« »Glaube nur an zehn Götter«, sagten die meisten. »Denn das Böse ist pünktlich; unsere Mütter und Väter gründeten den Staat; seither sind unsere Kerker leer geworden; die Krone muß von Hand zu Hand wandern; und Stintz ist ein rechter Teufel zu unseren Kindern. Unser Geld wird nicht ewig brennen; sogar die Hufe der Schweine sind bewehrt; einer unserer Teufel ist einfach die Tageszeit; wir denken an die Bräuche von Wittenberg, und unsere stürmischen Weiber schlagen die blonden jungen Mädchen.« Wenn sie von der Dunkelheit des Wetters sprachen oder vom Kleidermangel, spielten sie auf einen der zehn Götter der Niederlage an, denen sie nicht trauen konnten. Und wenn sie sprachen, bewegten sich kaum ihre Lippen, und sie vermochten ihren eigenen Worten nicht zu glauben, erwarteten, irgendein Geist erhöbe sich mitten aus dem Tisch, um sie zu verdammen oder auszulachen. Von nordischer Herkunft, waren sie schweigsam, der Stammesruf längst auf ihren rollenden Zungen verstummt.

Der Volkszähler entschwand, betrunken, aber bei Bewußtsein, vermied jedes Geräusch. Sein Gürtel hing schlaff um seine Hüften, seine Augen rollten wie vorbeihuschende Zahlenkolonnen. In seinen innersten Gedanken wälzte er seinen Haß auf den Bürgermeister, der Exekutionen mit geschlossenen Augen als Zeuge beigewohnt hatte. Er zog sich die Kappe tiefer über die Ohren, und klopfte leise an die Tür des *Schwindelblatts*, der städtischen Tageszeitung. Am Ende jedes Abends ging er bei der Zeitung vorbei, und stets erheiterte sich dann sein Herz, und die alte Begeisterung kam wieder. Sämtliche Lettern in den Druckplatten waren ineinandergemetzelt, sämtliche Platten mit Hämmern zertrümmert, und im ganzen Büro herrschte Gummigestank und das Halblicht zerbrochener Augenblenden. Die Rollschreibtische waren aufgebrochen, über die Flaschenberge in den Ecken krochen Mäuse.

Juttas Mann war der Besitzer der Zeitung gewesen, aber er war wie tausend andere in Sibirien verschollen, und ich, Zizendorf, sein Freund, saß Stunde um Stunde und Tag für Tag und dachte an die Vergangenheit. Auch ich harrte dieser Stunde nach Mitternacht, wenn mein Besucher kam und ich nicht mehr an spiegelbildliche Druckzeilen und an die Beute denken mußte, die ich in Paris gemacht, aber nie wiedergesehen hatte. Ich war der einzige Redakteur, aber meine Finger waren zu stumpf, die Tasten zu drücken, und ich hatte kein Papier.

»Guten Abend, Herr Redakteur«, sagte der Volkszähler, »wie geht's Ihnen heute nacht?«

»Nehmen Sie einen Augenblick Platz«, sagte ich.

Wir sprachen immer eine Stunde und gingen dann gemeinsam. Wir tranken, unsere bleichen Blicke registrierten die Spinnweben, und dann dachten wir an Lieder, die jetzt kaum mehr zu singen waren. Aber wir wußten nach unseren eigenen Worten, daß etwas zu tun war. Wir brauchten von gar nichts zu reden, und doch verbarg sich ein Lächeln unter unseren Gesichtern. Wir richteten unsere Kleider, tranken langsam und bedächtig und wußten beide, wir würden zur rechten Zeit aufbrechen.

»Also, eine Regierung haben wir immer noch nicht«, sagte ich. Meine Augen blickten über die Stahlbrille.

»Mein Freund, ich kann heute abend nur an Überfluß denken. Ich erinnere mich an festliche Kostüme und helle Lichter. Aber Sie haben recht, wir haben nichts.«

Wir lächelten, die Beine schlaff von uns gestreckt, Rauch stieg aus aufgesparten Zigaretten. Das Kerosin brannte schwach, und die Probleme waren so dürftig wie seine mickrige Flamme. Wir hörten uns atmen. Ab und zu dachte ich an Juttas Mann, der ein braver Kerl gewesen war, an Frühlinge und Biersäle, aber häufiger dachte ich an den Pastor, den ich erschossen hatte, an Parfüms und Ohrringe und an die Tasten, die nicht funktionieren wollten, an Worte, die nicht kommen wollten. Wir hörten das ferne Geräusch der Ebbströmung im Kanal, spürten unseren Hunger mächtiger werden. Im Setzerbüro schwollen die Schatten an. »Gehen wir?« fragte der Volkszähler. Er spürte die Wärme über seinen Körper kriechen. Ich schnallte mir die Pistole unter den Arm, blies die Lampe aus, und wir gingen.

Juttas Mädchen hieß Selvaggia, und unbekleidet glich sie einer kleinen weißen Statue. Ihre weit auseinanderliegenden Augen blickten immer ängstlich, obwohl sie nur einen einzigen Menschen auf der Welt fürchtete, nämlich Herrn Stintz. Ein Stockwerk tiefer spielte dieser Mann Klagelieder auf seiner Tuba, sein glänzender Kopf spiegelte sich in ihrer Stürze, chromatisch sanken die Töne tiefer und tiefer. Die Mutter hielt ihr Kind auf Armeslänge von sich, und das Kind schien wie der Kern einer Frucht aus den getüpfelten Kimonoärmeln zu wachsen, rittlings auf den Knien der Frau, als könne es niemals abstürzen. Die Mutter war halb verhungert, eine Frau, die sich früher mit Nüssen, Sahne, Hachsen und Schokolade vollgestopft hatte, sich jetzt aber nächtens auf eine Weise füllte, wie es ihre Tochter oder ihr Sohn nicht tun konnten. Sie hatte einen Männerkopf, aber mochte ihr Gesicht auch männlich sein, ihre Brust war doch die einer Frau. Die flache Couch füllte fast das ganze Zimmer aus, sie wurde ihre Speisekammer. Jutta glich ihrem Vater, preußischer Mund, romanische Nase, jetzt, Jahre nach ihrer Erkrankung, wieder kräftige Beine, aber ihre Tochter glich keinem von ihnen beiden, ein Kind auf einem Plakat. Stella Snow nahm Anstoß an Selvaggia und ihrem Bruder, weil sie aus der Familie geschlagen waren, und auch sie sprachen nicht mit ihr. Jutta haßte Stella seit dem ersten Tag, da sie mit ihrem kleinen Männergesicht aus der Krippe aufblickte, um ihre ältere Schwester auf sich herabstarren zu sehen, die Zunge in ihrem Mund zu groß zum Sprechen. Die Kerze flackerte, Jutta und Kind hörten die zwei Stiefelpaare auf der Treppe, hörten es wie Trommelschläge aus der Stille nach oben poltern. Selvaggia lief ins zweite Zimmer, um alleine auf ihren Bruder zu warten. Sie war hellwach. Sie hörte die Tür aufgehen, die Worte *»Guten Abend«*, und verschloß sich dann vor allen. Im Zimmer nebenan lagen wir drei auf der Couch.

Madame Stella Snow kämmte ihr halb weißes, halb goldenes Haar, hängte ihren schwarzen Morgenmantel auf einen Haken an der Wand und kroch ins Bett. Seit zwanzig Jahren Einwohnerin der Stadt, kannte sie sie alle genauer als der Bürgermeister, empfand den Schmerz tiefer als er, auch wenn ihr Herz versteinert war. Obwohl es keine Post gab, obwohl niemand kam oder ging und sie alle jahrhundertelang gelebt hatten und gestorben waren, obwohl es keinen Rundfunk gab, empfand sie die Unermeßlichkeit der Gemeinschaft, wie bei einer Beerdigung, die sich über alle Grenzen und von Familie zu Familie erstreckte. Keine Kanalisation, keine Reinigungsmittel, kein Feuer zum Heizen, kein Wort, kein Essen für Junge und Alte, das verwirrte sie. Trotz ihrer Jahre gelang es ihr nicht, bis zum Anfang zurückzudenken, denn sie war durch und durch Aristokratin. Stella vermochte alles kalten Herzens auszustehen, nur die Verstümmelung eines Teils von ihr selbst konnte sie nicht ertragen. Daher wollte sie ihren Sohn nicht sehen. Verrenkte Bäume und rappelnde Fenster, verdreckte Uniformen und eine Persönlichkeit, die Tod bedeutete, flossen in gefährlichem Strom durch *das Grab.* Wenn sie hungrig war, zögerte sogar sie zuweilen, den Pokal an ihre Lippen zu führen. Sie hatte ein seltsam sexuelles Jahrzehnt verlebt und war jetzt ihrer Schwester unähnlicher als je zuvor. Bäume kratzten mit ihren Ästen ans Fenster; ihr fiel ein, daß der Junge ihrer Schwester noch immer draußen in der Nacht herumlief. Sie lag im Dunkeln. Dann hörte sie es an der Kellertür scharren.

Ganz Deutschland kreiste um Balamir. Seine Füße staken in den Stiefeln eines Herrschersohnes, er fühlte das Silberschwert der Vergänglichkeit, der Gezeiten und der Stärke an seiner Hüfte. Schwach und kalt wurde ihm, er war das Ergebnis von Geboten, die aus all den Jahren niedersanken. Angefangen auf dem Hof, auf dem er geboren wurde, bis zur Anstalt und der Munitionsfabrik, spürte er, daß die Leute sich verbeugten, wenn er vorbeikam. Wie er strebte, diesem Bild zu entsprechen, wie des Kaisers Geist ihn brauchte, welche Ehre er in dem Land, das er geworden war, genießen würde. Aber er wußte sehr wohl, daß es eine Schreckensherrschaft war, und er verspürte den Drang, sich am Bart zu zupfen, wie es sein Vater immer getan hatte. Potentat des Nordens, blickte er finster auf seine Untertanen, die Bäume, die Splitter von Glas und Messingrahmen und ausgetretene Zündschnüre, allein in seinen Schloßmauern aber lächelte er. Er war der wahre und unbekannte Prinz von *Spitzen-on-the-Dein,* ihm folgten die Kastrierten und Desillusionierten, die eine unbekannte Hand um die Schilder mit Schädel und gekreuzten Knochen, die über den Minen aufgestellt waren, herumführte. Er war vor der Wohnungstür des Herzogs umhergekrochen, hatte den großen Mann kommen und gehen sehen. Früher war er im Garten der Anstalt spazierengegangen, und jetzt, in den letzten Tagen des Niedergangs seines Königreiches, war er der Günstling im Haus der zwitschernden Vögel.

Die Dünste vom Kanal wurden dichter, der Herzog gewann dreißig Meter und entspannte seinen Gang, Risse und Löcher im Boden füllten sich mit dem Tau der Nacht.

Ich schnallte meine Pistole ab und legte sie auf den Boden.

Drängender kratzten Balamirs Finger an der Tür, auf der obersten Stufe kauernd dachte er an einen Balkon und einen gepanzerten Ritter. Deutschland lag unten in der Dunkelheit.

»Kommen Sie herein, Sie Armer«, flüsterte sie, und die Gräben der Landschaft erhellten sich plötzlich im Licht ihrer Kerze.

Zwei

Die Sichel über den Weizen hingehen lassen, süßes Herzleid und protzige Lüge aus den Jahren kehren, mit leeren Händen sich einer sehr speziellen und kalten Zukunft entgegenkämpfen, einem winzigen, aber streng umrissenen Ende, einem letzten befriedigenden Glauben, der grausam ist und dämonisch, bedeutet, höchste Liebe zu dulden und zu verlieren, den Verlust des Lebens und den Eintritt einer bestimmten Wirklichkeit zu erleiden. Nachdem Madame Snow mit ihrem Gatten Ernst den Gipfel des Lebens erklommen hatte, um dann, allein, aus solchem Reichtum zu stürzen, hatte sie dieses fest umrissene, trostlose Ende ereilt und nicht mehr losgelassen. Jutta hingegen, die passive Verwandte, gelangte eben erst jetzt, nach öder starrer Vergangenheit, an die Wegbiegung, an der Nacktheit zu hängen schien wie hundert Äpfel, rosig, naß und durchwimmelt von reizend steifen Würmern, und nie in ihrem Leben würde sie wohl die leblosen Glieder Deutschlands bemerken, wie sie aufgereiht an einer Schnur vorm offenen Fenster hingen. Sie ergab sich dem, was ihre Schwester Stella wagemutig betreten hatte.

Der Volkszähler, in voller Länge auf dem Rücken ausgestreckt, auf jeden Hauch überm Bett eingestellt, die Seele aus dem eigentlichen Zimmer losgelöst, spürte ein beharrliches sanftes Beben durch die Laken, ein plätscherndes Geräusch aus kindischsten Winkeln. Die Vorhänge, die vor und nicht neben dem Fenster hingen, die Decken, die vom Fuß der Couch herabhingen, waren alles andere als fürstlich, aber sauber gewaschen und dünn. Sie waren über viele Ladentische gewandert, aus gewöhnlichem Faden gesponnen. Ihm stand der Sinn nicht nach Rebellion, noch immer trug er die blaue Beamtenkappe zerknüllt unter einem Ohr, er war unfähig zu begehren oder das prickelnde Geräusch, die dreiste Bewegung zu erdrücken. Während Jutta und ich in gehäutet flüchtiger Weise dies vage Martyrium brauchten, war er bloß fähig, ein mattes stumpfes Mißverstehen schon abnormer Leidenschaften aufzunehmen, einen leicht erschreckenden Hang zu Rückfall, Dunkelheit und Lust. Die eine Kugel oben, die am Ende eines richtungslosen Stromes brannte, verstreute Licht durch die Flügel der Motten, gelb, weich – eine recht deutlich zu sehende Wirklichkeit. Der Boden war reingefegt für die Kinder. Jutta schien von der Gegenwart des Volkszählers nichts zu wissen, spürte weder seine kalten Schuhe an ihren bloßen Füßen noch die rauhen Stoppeln seiner Handrücken, sondern rührte sich bei einem Werk, einem Spiel, das sie gut kannte, spitzte die Lippen zu einem Akt, einem Akt der Selbstbefreiung.

Niemand konnte Jutta nicht mögen, obwohl sie erwachsen auf so nervöse Art stark war wie Stella am Wendepunkt ihrer Mädchenjahre; sie war so gütig wie ein mütterlicher Geist mit einem patriarchalisch schlichten Wesen, und was auch immer sie an Weisheit empfunden haben mochte, lag ruhelos, verloren unter den Laken. Für mich war sie schön, und in den Volkszähler hauchte sie verkrampftes Lachen, versuchte in ihrer Lebensmitte noch immer irgendeinen freudlosen Zirkel zu vollenden. Und für die anderen, die kalten weißen gierigen Männer und Frauenleiber, alterslos, leidenschaftslos, war sie Madame Snows jüngere Schwester, halb warm, halb freundlich. Sie beharrte auf dem Glauben, daß ihre beiden Kinder nur ihr angehörten, konnte ihre Erzeugung mit einem Mann nicht zugeben, und glaubte, die beiden liebten sie mit der Reinheit von Kindern, die noch nicht die Größe der Jugend erreicht hatten. Sie atmete dichter in mein Ohr, spürte den glatten Kanälen nach, folgte jenen alten stets erneuten Träumen und gemurmelten Worten. Ich war ein Trugbild, ein Transformator für ein paar köstliche Marotten und verzweifelte Bedürfnisse, war ein Symbol für den Augenblick, erschaffen aus vergangenen ehrbaren Projekten. Ich rollte mich auf der Seite zusammen, als wäre ich wach, und sah in ihrem Körper etwas, das nicht da war, etwas, dachte ich, das die knibbelnden Lippen der Ziege zierte.

Der Volkszähler empfand den unmerklichen Höhepunkt seiner kleinen Leidenschaft, bewegte sich verstohlen und scheu wie ein Kind vor der hängenden Socke, bewegte sich, als ob er sie in seinen Händen hielte und nicht zerbrechen wollte, er glitt vom Bett und ging auf Zehenspitzen zum Stuhl in der Ecke, zögerte dort eine Sekunde, wandte sich dann um und schaute. Überempfindliche Zukkungen vibrierten um seine Augenwinkel, ein wenig vorgebeugt, grünlich unterm gelben Licht, sah er zu. Für einen Augenblick zerbrach sein Vergnügen, als ihm die Woche einfiel, in der die Amerikaner die Stadt besetzt hatten und er, sturzbetrunken und roter Augen, gezwungen war zuzusehen, wie der Bürgermeister, erbärmlich und verlegen, den Blick abwandte und das Taschentuch fallen ließ, das Pastor Millers Leben auf dem Scheiterhaufen besiegelte. Er konzentrierte sich, und die regelmäßige Bewegung kam wieder, durchwirkt mit den verschlungenen Stößen der Lust. Seine Erinnerungen waren nicht so zahlreich und speziell wie die meinen. Aber ich, Zizendorf, hatte jetzt, unter meiner undramatischen und dunklen Spielmaske, alles vergessen, und blickte ins Weiß der Laken.

»Was tun Sie da?«

»Ach, weiß ich es noch? Spielt das eine Rolle?«

»Nein.«

Eine Hinterbacke stieg aus dem Weiß, tauchte dann wie ein Eisberg knapp unter die Oberfläche, die Federn machten kaum ein Geräusch, Interesse harrte der Chance zu verschwinden. Nacht um Nacht harrten wir, kalter Hände und geschlossener Augen, dieses Appells erlahmter Energie, während in anderen Betten und Mansarden die Schläfer nicht erwachen konnten, nicht atmen konnten. Mein Bedürfnis, mit erstaunlicher Häufigkeit eine Art Zeitvertreib, den Gewohnheiten meiner Kameraden nicht unähnlich, wiederzubeleben, eine periodische Erregung, die ihnen in Paris schließlich fatal auf die Gesundheit geschlagen war, führte mich zu dem ziemlich handfesten Handel mit Jutta im obersten Stockwerk. Ich, der Redakteur, bemerkte weder den Kopf im Heu, noch ermaß ich den vorgeblich tiefen Schlummer der Häuser, die ich auf meiner nächtlichen Route passierte. Und der Volkszähler war so etwas wie mein Relikt-Bruder, dessen Taten und Verzweiflungen, dessen spaßhaft unbeholfene Gebärden und trockene Bemühungen meinen ähnlich waren. Der Volkszähler, der Format allein durch jetzt weggefallene Verpflichtungen gehabt hatte, war konfus und schief wie das Abzeichen an seiner Matrosenmütze, war unfähig, die Namen zu zählen oder wiederzugeben. Er suchte das Aufscheinen von Liebe im Leben seiner Freunde, bewahrte aus seiner Amtserfahrung einzig einen Ekel vor dem Tod. Er lebte auf kleinstem Fuß der Illusion, schleppte auf seinem trunkenen Pfad ein Erkennen des Wegs mit sich, eine kleine aufgeschwemmte Formel, die ihn am Ende womöglich hinausführte aus der unverhohlenen Kümmernis seiner teilweise erregten, sitzenden Gestalt.

Meine ersten Tage in Paris waren schwierig gewesen. »Liebe Schwester«, schrieb ich, »es geht mir schlecht, und ich scheine es nicht zu schaffen, mich mal ein bißchen zu amüsieren. An Frauen ist sehr schwer heranzukommen – die Befreiung hier hat unsere ganze dienstliche Routine und Würde zerstört, und als Folge davon kann ich offenbar mit nichts mehr ihren Respekt erwerben...« Mit Jutta jetzt war es anders, eher wie beim zweiten Teil meines Paris-Ausflugs, wo ich meinen Mumm und dann auch Parfum- und Boudoir-Partys irgendwie wiedergefunden hatte. Es machte mir Spaß, wie der Volkszähler uns von seinem Stuhl aus zusah.

Vom kalten Radiator her drang ein leises unterdrücktes Rumoren wie das Raspeln von Grillenbeinen, sein beschleunigter Atem erstarb nach und nach, während unsere Aktivität auf dem Bett zu seinen Füßen auf konstant niedrigem Niveau verharrte, stetig und endlos unverändert. Langsam sank er auf dem Stuhl zurück, die Knie gespreitet, allzeit bereit, und mit einer Hand streifte er das Bild Millers.

Der Herzog verkürzte seine Schritte, bahnte sich behutsam seinen Weg an der Klippe eingestürzter Mauern entlang und stocherte mit seinem Stock in die finstren Spalten, in der Hoffnung, den kauernden Köder seines Opfers aufzuspießen, den schlanken Fuchs aufzuspüren. Seinen Titel hatte er rechtmäßig erworben, und als Kommandeur dreier Panzer im zweiten Krieg war er als furchtloser Mann bekannt gewesen. Ein viel älterer Vater als er selbst pirschte noch immer im fernen Berlin, wo ich nie gewesen war, und wie sein Vater es nie getan hätte, schätzte er mit Geschmack und tiefem Respekt Madame Snows reinen, starken und festen Charakter. Die Nacht war so schwarz, daß der rote Schein aus den Luken seiner Panzer von den Wolken reflektiert worden wäre und Tod gespien hätte. Aus den Trümmern heraus, nahte er wieder auf dem Pfad des Kindes, ohne daß er sich den Tod richtig vorstellen konnte.

Jutta kannte den Herzog nicht, mochte ihn nicht, und rein instinktiv hütete sie sich vor dem ersten Stock, denn sie fürchtete seinen makellosen Stand, fürchtete seinen aristokratischen Rang, den sie, durch eigene Schuld, von ihrer Familie nicht an sich gerissen hatte. Mit ihrer Tochter sprach sie von privatesten Dingen, versuchte ihrem Sohn Vorstellungen von Mannhaftigkeit beizubringen, und zu gewissen Tageszeiten kehrte sie Unrat in einen kleinen Mülleimer und wischte mit einem Lappen feucht auf. Ihre Wohnung verließ sie sehr selten, doch selbst der Herzog hatte auf seine höchst präzise Art ihre zarten windenartigen Beine bemerkt. Groß und vollkommen in jedem Detail, doch keine Frau, klug und manchmal besonnen, aber kein Mann, verstand sie das deutsche Leben einfach nicht, versagte als Mutter, zumindest ihrem Sohn gegenüber. Sie hatte es nie so recht über sich bringen können, eine Liebe zu ihrem Land in ihre vier Wände eindringen zu lassen, war nie loyal gewesen, und obwohl sie selbst sich weggab wie die Scheiben einer Frucht, kam ihr die ihrem Staat gebührende Loyalität nie in den Sinn. Zuweilen erschienen auf ihren Wangen nach unserer langen Umarmung Tränen, die ich nie gelten lassen konnte. Dreißig Jahre sind nicht Zeit genug, die vollständige Kristallisierung einer wenn auch teils verlorenen Nation zu ermessen, den noch so großen Fortschritt eines wenn auch teils vernichteten Gemeinwesens zu ermessen; und Jutta, weit entfernt von Aufstieg, Fall und möglichem Aufstieg, befand sich weit außerhalb dieser dreißig Jahre, weit weg von Erfolg oder Bewunderung.

»Noch mal?« Sie sprach unter meinem Arm. »Vielleicht hast du recht. Bestimmt sogar, hier...« Es gab kaum eine Unterbrechung, und das Rad drehte sich, die milde Glut glomm weiter. Unter der gelben Kugel ließ keine Bewegung sich lange genug ausdehnen, die erste Minute danach zu überdauern.

Heute abend wirkte sie entzückend, wie sie jetzt auf den Kissen lag, ein Knie an meine Seite gelehnt, ihr Blick wanderte einmal über den schlafenden Volkszähler, dann zur Tür des Nebenzimmers, das Oberteil ihres Morgenmantels verknäult unter ihre Hüfte geklemmt, entzückend, doch weit entfernt von der Majestät der so alt aussehenden Madame Snow. Sie wußte nie zu sagen, wann ich kommen würde, nahm mich aber jederzeit an. Nun entspannte sie sich, während ich ihren Arm mit meiner Wange streifte.

Gestern war sie ausgegangen, die steile wacklige Treppe der Pension hinunter, grauen Schal über den gebeugten Schultern, liebevoll und gütig hatte sie ihre Tochter Selvaggia mitgenommen, die hinter ihr ging. Sie griff zurück nach der langen Hand, das Kind in dem Dunkel zu führen, stieß die Tür auf mit ihrem Fuß, und draußen entdeckten sie, daß die Stadt teilweise zerstört war, daß eine kalte Frühlingssonne von einer schroffen Stahlkante zerschnitten wurde, daß zugefrorene Fußspuren aus Schlamm zu tauen begannen. Ihr Gesicht war farblos unter der Sonne, Mutter und Tochter gingen im selben langsamen Schritt, tasteten sich durch einen Ort, den sie nicht kannten, das Kind sprach ab und zu in freundlichem Ton. Jutta zurrte den Schal fester, versuchte ihre schwarzen Schuhe aus dem Schlamm zu halten.

»Was waren die Invasoren für Leute?« fragte Selvaggia.

»Es waren böse Menschen, aber sie sind nicht lange geblieben.« Das Kind war die Woche, da die Amerikaner in der Stadt haltgemacht hatten, vor ihrem Anblick geschützt worden; nun waren sie zu weiteren Städten entstoben, und nur einer kam gelegentlich mit dem Motorrad nach Spitzen-on-the-Dein. Seine Satteltaschen waren prall, und seine stattliche Maschine dröhnte gewichtig über unbereiste Chausseen. Sein Gesicht aber steckte hinter einer Schutzbrille, und Selvaggia hatte ihn bloß lärmend schnell die Straßen durchstürmen sehen.

»Du solltest gar nicht an sie denken«, sagte Jutta, und vage hoffte sie, ihr Kind würde sich daran halten.

In der Sonne war Juttas Haar nicht so hübsch, sie hatte nadelkopfgroße Schmutzsprenkel auf der Nase, Flecken auf ihrem schlaffen Kleid waren zerlaufen, aus dem umgenähten schwingenden Rocksaum staken groß und steif ihre Beine. Das Gesicht der Tochter lief am Kinn spitz zu, und es schien unwahrscheinlich, daß das Kind jemals Brüste bekommen könnte. Unter der schmalen Grätenbrust, auf der sie hätten sitzen sollen, schlug autonom sein Herz, unberührt vom Anblick des Hügels voll glitschig feuchtem Lehm. Die Teerpappenhäuser oben auf dem Berg waren schief eingesunken, die Juwelen der Blechdosen besternten die undefinierbaren, gras- und strauchlosen Gelände, und feindselige Blicke verfolgten Mutter und Tochter hinter umgestürzten Pfählen. Ein strenger unangenehmer Geruch stieg aus den Tiefen der Trümmer um zwei noch aufrechte Mauern und trieb im frostigen Wind über die enge Gasse. *»Tod«,* sagte die Mutter mit angehaltenem Atem. Seite an Seite starrten sie über den holprig grauen Abhang, wo unten im glitzernden Licht die ziegelroten Reste der Anstalt um sich griffen.

»Was ist das?« fragte Selvaggia.

»Da hat man die Verrückten drin gehalten.« Der spitze Kopf nickte.

Vor vielen Jahren hatte eine Ärztin in eben diesen Gebäuden zu Balamir gesprochen:

»Wie heißen Sie?«

»Wollen Sie mir sagen, welcher Tag heute ist?«

»*Weiß nicht.*«

»Wissen Sie, welches Jahr wir schreiben?«

»Wissen Sie, wer Sie sind?«

»*Weiß nicht.*«

»Sie werden sich hier wohl fühlen.«

»*Weiß nicht, weiß nicht!*«

Als sie den Berg hinabstiegen, strahlte die Sonne noch kälter, waren ihre Füße naß geworden, und sie waren sehr froh, wieder in die Stille der Zimmer zurückzukommen.

Die gelben Wände flackerten, als die elektrische Kugelleuchte dunkler, heller, dunkler wurde, ohne aber auszugehen, und tief unter uns in Balamirs Keller der Generator stotterte und dann weiterbrummte. Unter ihrem Bauch wölbte sich das weiße Fleisch zu einem sanften Hügel, zerging dann in die Laken, während ihre Finger an den seidenen Umrissen einer früheren Wunde auf meinem Arm entlangstrichen. Ihr Geist vermochte über die unmittelbare Sorge um ihren Sohn nicht hinauszusehen, ward weder angesichts der dunklen Stunde beklommen rege, noch grauste ihm vorm Aufstehen bei Tag; und indem der Gedanke an das Kind nach unten entglitt und verstummte, war nun wieder jeder Augenblick in Handlungen, nur diesem Zimmer einbeschrieben, abgesteckt. Sie tippte an meinen Arm, wie um zu sagen: »Ich stehe auf, aber stör dich nicht dran«, und ging von der Couch, das Oberteil des Morgenmantels schwang hinten von ihrer Taille. Sie goß kaltes Wasser in das Becken, wusch sich sorgsam und ließ das Wasser stehen. Im Nebenzimmer, wo sie mir Feuer für meine Zigarette holen wollte, sagte sie am Fenster: »*Schlaf*« zu ihrer Tochter, kam dann mit dem brennenden Span zurück. Der Volkszähler hörte im Schlaf ein paar dumpfe düstere Hornstöße, einem Echo, in tieferem Register, jener Signalhörner gleich, die sporadisch unter den verkrüppelten Bäumen in den Niederungen am Südrand der Stadt zu erschallen pflegten. Einmal, zweimal, dann stellte Herr Stintz sein Instrument in die Ecke und saß allein im Dunkel des Stockwerks unter uns. Die Wohnung im ersten Stock war finster.

»Heut abend ist Tanz«, sagte ich, Papier klebte an meinen Lippen, »gehn wir hin, ich habe noch ein paar Stunden.«

»Tanzen?«

»Ja. Gehen wir, nur für ein Weilchen.«

Sie zog sich ein blaßblaues Kleid über, das knittrig glitzerte, stieg in die Schuhe vom gestrigen Spaziergang und wusch sich noch einmal. Ich trug keine Krawatte, knöpfte aber das graue Hemd bis zum Kehlkopf zu, rieb mir die Augen, streckte die Hand aus und rüttelte den Volkszähler am Fuß. Im Korridor herrschte vollkommene Schwärze und ein kalter Luftzug. Langsam stiegen wir vom vierten zum dritten, zum zweiten, zum ersten, der Volkszähler mit beiden Armen aufs Geländer gestützt.

»Hier wohnt der Herzog«, sagte Jutta hinnickend.

»Ah, der Herzog.«

Das kleine Mädchen hörte tief unter seinem Wachen am Fenster schrill die Haustür zuschlagen.

»Was soll das mit dieser Tanzerei?« fragte der Volkszähler; die Hände gegen die Kälte fest auf die Ohren gedrückt, ruckten seine hochgewinkelten Ellbogen in seltsamen Halbbögen mit seinen Schritten. Wir gingen rasch auf den Hügel zu, der in der Dunkelheit noch viel höher ragte.

Bei Nacht türmte die Anstalt sich bucklig empor, breitete sich fächrig zu einem planlosen Aneinander eingesunkener Terrassen und öder Räume, jäh verdrehter Mauern und versiegelter Eingänge, der Realität entkämmt, aus aller Funktion erdrückt von ihrer anmaßenden Größe. Wir gingen in mäßigem Tempo, tasteten einander nach den Händen, unerschreckt von dieser zernichteten Architektur, unbeeindruckt vom Schall unserer Tritte. Kein Essen in den gewölbten Küchen. Kontoren und Beratungszimmern fehlten Bleistifte, Aufzeichnungen, Lederpolster. Riesenstücke geweißter Mauern waren mit verlaufenden verlorenen Mustern von Sickerwasser beschmiert, Innentüren mit Kreidefragmenten von Lageberichten der damals angespannt kämpfenden alliierten Truppen bekrakelt. Bedrohlich war die Anstalt, rückwärts auf sich selbst geschoben in chaotischem Schlummer, und in abgetrennten Räumen hatten sich mächtige Wannen – lange dicke feste Wülste, umringt mit Metallhaken, die einst Patienten auf ihren Tuchgestellen hielten – mit Grau überrußt, mit von den Decken gerieselten Gipsbrocken gefüllt. Unbekannte ungejagte Tiere bauten jetzt ihre Lager in den Winkeln der Schlafsäle, in denen einst heilsam wirkend Insulin geflossen war. Und eben da hatte der Aufruhr stattgefunden.

Jeder von uns, die wir durch dies befreite und verlassene Heiligtum schritten, vorbei an seinen jetzt stillen Räumen, vernahm aus den kahlen Bäumen Erinnerungssplitter. Diesmal war es zugleich furchterregend und doch heilig gewesen, indem es in jedem von uns stummen Wallern früher oder später Ungewißheit über sein eigenes Wohlergehen und auch flüchtig die Frage erweckt hatte, wie man mit all diesen Patienten nur hatte fertig werden können. Früher waren die Tage von eben diesen Stunden unterbrochen worden, war dieser Ort mit jedem Stundenschlag als neu und eindrucksvoll durch unsre Sinne gezogen. Jetzt aber waren die Tage nicht unterbrochen, und die Schatten der großen eingerissenen Flügel krochen farb- und tonlos um unsere unbeirrbaren Füße. Dann tauchte, unstet in all dem Wirrwarr, fremd, verwahrlost und künstlich das geduckt beschindelte Lagerhaus auf und schmatzte seltsame Töne. Es kauerte krängend unter seinem schwächlichen Lichtschimmer, ein kleiner umbretterter Versammlungsort, gehetzt vom Düster der Gebäude ringsum.

Ohne innezuhalten näherten wir uns dem Krach und Knatsch über der kratzenden Nadel, dem Lärmen von Frauen, die mit Frauen, und Männern, die mit Männern tanzten, den ausdruckslos hinter der Blende einer halb offenen Tür hopsenden Schatten. Das Gewirbel hielt nur ganz kurz an, dann schlurften die Füße wieder über die Dielen, und wir, wir gingen auf das Gebäude zu, rochen den Mief klammer Asche und spürten einen Augenblick lang die schwarzen Blätter sich um unsere Knöchel legen.

Jutta, der Volkszähler und ich tauchten aus stumpfem Dunkel in ein Licht, das nur eine Spur heller war, beugten unsere Köpfe in Abwehr gegen die gefärbte Grelle, die die Lücken zwischen den starren Tänzern füllte. Dicht zusammen standen wir einen Augenblick lang versunken im Eingang. Gestalten traten vor, zurück, gefangen in einem Räderwerk aus Konventionen, einer Art der Bewegung, die schon fast vergessen war. Im Lagerhaus zusammengekommen, Rücken an Rücken, Gesicht gemessen an Gesicht, in die Gruppe zurückgerufen und Namen statt Nummern beanspruchend, trat jede dieser Gestalten, verantwortlich gemacht, in derselben sackleinenen Eitelkeit auf wie Jutta. Sie schwenkten aus dem Dunst und erschienen mit eingezogenen Wangen und rasierten Köpfen. Sie tanzten, als hinge eines ihrer Beine stets in der Luft, kleine weiße Körper kollidierten gleich runden randlosen Hülsen, verflochtene Finger waren zweimal so lang wie Handflächen. Sie tanzten, bildeten unablässig Muster, immer dieselben in Grau und Blaßblau. Den Schönheiten war schon schlecht, und das Wort *krank* lief über verschlagene Zungen von Gruppe zu Gruppe, wie Latrinenparolen glühender Verbrechensworte, die in öden Strafkolonien umlaufen. Die kleinsten Frauen hatten die rundesten Beine, die stießen an vorgereckte Knie, und hochgesteckt mit grobem Zwirn waren die Säume ihrer Röcke. Hoch über ihre Schultern ragten die Häupter ihrer Partner, locker, mit kalten erweißenden Augen, mit Zungen von der faden Farbe ihrer Wangen, zurückgerollt an die Wurzeln vergessener Worte. Mehrere Mädchen waren kürzlich verwaist, als alliierte Lastwagen, die deutsche Familien aus den Schlupfwinkeln holten und dabei zu schnell über die Straße rasten, die alten Leute überfahren und die Kühe auf dem Feld vor sich hergetrieben und zersprengt hatten. Einige von ihnen tanzten zusammen, stockend, wartend, wohin die andere sich drehen würde.

Ich nahm Juttas Hand, und wir gingen in die Mitte der Tanzfläche, während der Volkszähler, an die Wand gelehnt, wachsam sich jeden vorbeikommenden Paares zu entsinnen suchte. Jutta schmiegte und schob, hing an meiner Hand, trat erst mir auf den Fuß, dann einem anderen, steif fistelte aus dem Apparat ein Walzer. Die Tschechinnen, Polinnen, Belgierinnen tanzten genauso wie sie, ihre Holzschuhe wie am Boden festgeklebt, in denselben blauen Kleidern mit verschossenen Punkten, einige mit schief zerknickten Korsagen, andere mit pechschwarz umränderten Achseln. Die Deutschen kamen nämlich gar nicht auf die Idee, sich zu versammeln, wo es doch nichts zu sagen gab und niemand begreifen konnte, daß ihr hehres verehrtes Ideal hinweggefegt war; es war das übrige Europa – bettlägrig vor Untätigkeit, stumm vor ungeheurer Entfernung, krank vor Beengung, die hier im Lagerhaus Versammelten –, das diesen abendlichen Tanz begonnen hatte. Nur wenige echte Deutsche befanden sich darunter. Männer streiften umher, suchten ein Mädchen, das sie verloren hatten. Diese Männer, verschreckt und alt, trugen noch immer ungebügelte Krankenhaussachen als Hemden, bewegten sich, stets bereit, die anderen mit dünnen Armen beiseitezuschieben, gingen in Sandalen und mit qualmweißen Gesichtern. Ein junges Mädchen auf einer Bank strich leise mit beiden Händen über die Hose eines italienischen Offiziers, der mit geschlossenen Augen zurücklehnte; und sie beobachtete lächelnd den Kreis der Tänzer und roch den grätenlosen Hering in seinem Atem.

Drinks waren in dem Lagerhaus nicht zu haben. Geruch von Pappe und Staub hing über den Wänden, russische Ex-Soldaten grinsten in einer Ecke sich an wie Mongolen, eine Halb-Französin mit wirrem farblosen Haar, schwanger vom Wanst unter ihrem Gürtel, sah häßlich aus und deplaciert; sie alle waren verzagt ob der Wildfremdheit des Landes und drängten sich daher, unerwünscht, in diesem Winkel der Stadt zusammen. Sie alle schliefen in Hinterzimmern auf Heu, das eigentlich zur Fütterung der Herden gedacht war.

In dem Ziegelsteingebäude gleich neben dem Lagerhaus hatte Balamir zuweilen vormittags oder spät nachmittags, wenn die Blüten sich schlossen, halbwach in einer der großen Wannen gelegen, bis auf den Kopf eingetaucht in Wasser von der Temperatur des Blutes, und hinter sich die wartende Krankenschwester die Seiten einer Zeitschrift umschlagen hören. Die Abende schlichen durch die lange grüne Markise herein, Handtücher hingen wie Matten von den Wänden. Erstaunt bemerkte er, daß seine Hände schwammen. Und immer das Schnippen der Seiten, das Schlagen der Seiten gleich hinter seinem Kopf. Das Wasser gurgelte aus der Wanne, Frieden und Stille waren dahin, die schattige Aura dieses kleinen Raumes.

Minuten hindurch blieben die Tänzer dieselben langen Reihen von Insassen, die mit viel zu langen Armen in blockartigen Gruppen zum Takt des Phonographen stampften. Ein paar Gestalten rekelten sich in den Hinterzimmern auf Pritschen, übermannt von unverzeihlicher Erschöpfung, schlaff und hilflos unter dem niedrigen provisorischen Dach des Lagerhauses. Die Sterne darüber schienen klar.

»Setzen wir uns?«

»Ich habe nur noch ein Weilchen. Tanzen wir.« Sie folgte mir. Jutta wußte nicht, daß sie aussah wie die anderen; daß hier in der Öffentlichkeit niemand bemerkte, daß ihr Kleid gewaschen war; daß ihr Gesicht, vom langen Haar umbändert, genauso ungepflegt und unerfreulich war wie die anderen taumelnden Gesichter. Hätte ich sie für einen Augenblick verlassen und wäre dann wiedergekommen, sie würde ihren Partner nicht mehr erkannt haben, sondern hätte, über nur gleiche Schultern hinsehend, einfach weitergetanzt.

»Wird's schwierig werden?«

»Nein.«

Ich, Zizendorf, sah, wie alle Männer, ihrem in Gefangenschaft geratenen Gatten ähnlich, doch irgend etwas Unbestimmbares machte mich ihm ganz besonders ähnlich. Die anderen Männer hatten zu kurze Ärmel, ihre Köpfe waren zu schmal und kahl, ganz anders als bei ihrem Gatten; und waren doch in gewisser Weise ähnlich, denn bei ihrem Anblick hatte sie den langen glorreichen Weg angetreten und dann etliches vergessen. Ich aber war anders als sie alle und besser für sie als ihr Gatte.

Sie glaubte, der Saal werde sich bald leeren und sie allein bleiben. Ihre Schulter war hart unterm Stoff, ihr Rücken begann sich steif anzufühlen, und sie hielt sich mit Mühe wach. Eine Gestalt in engem grünem Anzug legte ständig neue Platten auf, und fuhr mit einem Lappen darüber. In einem der Hinterzimmer, wo es nach längst schon abtransportiertem Mehl roch und an schmutzbeschlierten Fenstern ein paar Leute lümmelten oder hockten, kauerte auf allen vieren ein Mädchen, Kopf schlapp nach vorne hängend, Gesicht vom Haar verhüllt, ihr Nacken gleich einer kleinen runden Münze schimmernd, und klammerte sich in reglosem Unentschluß an die Kante einer Pritsche. Am Ende des Korridors tanzten wir, formiert wie zum Wachwechsel, Stimmen gedämpft und ernst. Blonde Köpfe in Paaren von gleicher Größe und Form, identischen Knochenstrukturen, schoben sich in der Feuchte zum Küssen aufeinander. Das Mädchen verlor seinen Halt, fiel nach vorn und versuchte, das Gesicht in ein knittriges Hemd vergraben, zu schlafen.

Unter meinem Arm spürte ich die Pistole, in meinem Kopf hörte ich entfernt die schrille Musik und fühlte mich, beim Tanzen mit Jutta, so gut wie nie zuvor. Natürlich wanderten meine Blicke über ihren Hinterkopf hinaus von Gesicht zu Gesicht, verfolgten die Mädchen, die von trocknem Lächeln zu Lächeln vorbeigedrückt und weitergereicht wurden. Erinnerungen wurden wach an gelackte Pariserinnen und Silberbars in der zweiten Hälfte meines Aufenthaltes, an trübe Wasser, gekräuselt von blinkenden Lichtern und fernen Blütendüften an Straßenecken. Ich stieß mit einem Mann zusammen, und kein Wort fiel, dann wurde ich rückwärts gegen ein Mädchen geschoben und versuchte das Gefühl wiederzugewinnen – während rings um mich her, mit Gras an den Krägen, die Lumpenbündel walzten.

Der Volkszähler hatte uns verloren, er klemmte am Ende einer schmalen Bank, die sich vor Mädchen mit zerkauten Fingerspitzen durchbog. Mißfällig blickte er von einem roten Knie zum andern. Er hakte seine Finger in sein Hemd und versuchte sich mit dem Rücken anzulehnen, spürte etwas Weiches und Loses an seine Seite drängen und schob es weg. Ein Italiener mit kragenlangen Haaren sah von dem Volkszähler zu dem Mädchen, zog seinen Blick auf sich und schüttelte bedeutsam einen olivenen Kopf: »Nein«; der Volkszähler machte die Augen zu.

Rhythmen und Lieder schwappten endlos hin und her, vorgebildet und vorgeführt in sorglosen Blicken, im unerregten Hängen eines Kleids, mit teilweise hörbaren Worten, mit all ihrer gemischten Nationalität, die sich in Schlurfschritten verausgabte. Etwas in mir regte an, sie fester an mich zu drücken, was ich tat, das Kratzen nun dicht an meinem Ohr. Einen Arm um ihren Nacken gewinkelt, zündete ich mir eine Zigarette an, die Flamme dicht an ihrem Haar, beim Ausatmen schwarze Lücken zwischen meinen Zähnen. Zwei der Blondschöpfe hingen zusammen, halb erstickt in einer Ecke, die Musik dazu schwebte auf dem gedämpft konstanten Scharren der Holzschuhe.

»Ich muß fort«, sagte ich. Meine Hand ruhte mitten auf ihrem Rücken; ich sah sie freundlich an. Irgend etwas an mir konnte noch immer *Soldat* genannt werden, nicht aber das kriecherische, unrasierte *soldatto*-Gesindel der hündisch unterwürfigen Italiener.

»Ja«, erwiderte sie. Das weiße Taschentuch, vor kurzem noch beschnaubt, entfiel dem Volkszähler in seinem unruhigen Schlaf und flatterte wie ein Kinderfallschirm auf den Boden.

»Du mußt ihn in die Wohnung zurückbringen. Paß auf, daß du nicht fällst. Und schlaf, du siehst müde aus. Ich besuche dich gleich am Morgen, danach, und denk dran, es ist ungefährlich.« Sie roch einen Tabakhauch, als meine Wange kurz ihre Stirne streifte, und ich verschwand, schon unerkannt, unter den grauen Figuranten. Allein, schritt Jutta drei ganze Wände ab, vorbei an dichtgedrängten ausgestreckten Füßen, vorbei an Arm in Arm verhakten Körpern, bis sie den Volkszähler am Ende einer Reihe talgiger Mädchen sitzen fand. Sanft reichte sie ihm einen Arm hinunter und half ihm auf, bis sein strenger Atem um ihre Kehle dampfte, bis seine roten Augen ihr Gesicht voll erfaßt hatten, und trieb ihn, leise zuredend, vor sich her. Sie ertasteten die schmale Tür, fanden sich, allein, in der Nachtluft wieder. In der kalten herben Atmosphäre des zurückweichenden Lagerhauses klumpten sich die Tänzer, um

Paar für Paar, bis zum Morgen, ein abscheuliches Ritual zu vollziehen, bei dem die mit den bloßen Bäuchen und zausen Haaren so lässig und unbemerkt in ihrer Mitte wandelten, wie die glühendste und begeisterndste Jungfrau.

Juttas Sohn, der Elf, floh um sein Leben, seine Knie, klein wie Fingergelenke, wirbelten in alle Richtungen, wie bei einem unkontrolliert um sich zappelnden, verschreckten Fuchsjungen.

Der Herzog stocherte und tockte weiter mit dem glänzenden Stecken, raffte den Mantel fester um seine Brust.

Juttas Tochter wachte am Fenster, die goldenen Locken fest wie eine Perücke um das schmale Gesicht.

Jutta selbst, den Volkszähler schwer an ihrer Schulter, betrat den Schlackenweg, und über der ganzen Stadt und den Schweineställen der Vororte hing ein düstres, frühes, pfingstliches Frösteln. Sie ging langsam, denn der Mann brummelte ihr mit schwerer Zunge ins Ohr, und seine Füße stießen immer wieder an die halb verschütteten Mauersteine am Rand des Wegs. Schließlich konnte sie die Musik nicht mehr hören und fand sich bald wieder in dem trüben verlassenen Reich zerbröckelnder Häuser und schlafender Vögel, der Anstalt rings um sie her. Sie wollte nach Hause und schlafen.

Ich folgte, den beiden weit voraus, den erdigen Umrissen der Eisenbahnschienen, kreuzte das Holzgerüst über den Kanal, roch die Rinnsale des Nebels, hörte das Schlappen flach zerschrumpelter Gummiboote an die Steine, stelzte über Geleise und zertrümmerte Bohlen. Ich wußte, bald würde der Amerikaner auf dem Motorrad, der einzige alliierte Aufseher in diesem Teil Deutschlands, durch die Stadt kommen, zitternd vor Kälte, schlammbedeckt und schaudernd, über die Lenkstange gekrümmt, verzweifelt bemüht, die zerspaltene Straße im Dunkeln nicht zu verfehlen. Die von Panzerkolonnen übel zermalmte Landstraße führte durch die Stadt und beschrieb an der Stelle, wo sich dem Ende einiger paralleler Gassen mit ungestalten Steinhäusern unmittelbar die feuchten Niederungen anschlossen, eine scharfe Kurve. Quer über die Straße lag, stark und unsichtbar, ein Baumstamm. Flüchtig fiel mir meine Geliebte ein, dann folgte ich in etwa der Richtung des Baumstamms, ließ die Stadt hinter mir, rutschte hastig, sank neben die zwei leise murmelnden Stimmen und lehnte mich an die steile Böschung.

»Er wird bald kommen.«

»Ja, der Tod.«

Rücken zur Straße, blickten wir über die endlos grauen Felder und erwarteten beinahe, Rauchwolken und das rote Glühen von Geschützfeuer durch die verdrehten Krüppelbäume zu sehen.

Jutta konnte nicht glauben, daß ich in Gefahr war, doch schien aus den schiefen Gebäuden eine dumpfe warnende Stimme sprechen zu wollen, und der Volkszähler brabbelte ihr ins Ohr; eine Stimme, eine Überlegung versuchte sich gewaltsam einen Weg durch ihr abgestumpftes Trotten zu bahnen. Als sie an Balamirs ehemaligem Aufbewahrungsort vorbeikam, spürte sie die neue Wendung der Dinge und wollte mich nicht verlieren. Vor Jahren hatte sie das Gesicht ans Fenster gedrückt gesehen und von seinen Lippen gehört, was ihr durchs Herz ging: »Ich will diese Vögel nicht zerschmettert sehen!«, hatte Balamir vor so langer Zeit seiner entsetzten Pflegerin zugeschrien. Jutta hastete, schob den Betrunkenen vor sich her auf den Hügel zu und dachte, daß es von Stella doch schon seltsam wäre, einen Mann, den die Sterne verrückt gemacht hatten, ins Haus aufzunehmen, während draußen in der Kälte ich, ihr Liebhaber, auf das Tuckern des Motorrads zu warten hatte, auf die Satteltaschen, auf die Beute.

Teil Zwei – 1914

Liebe

»Stella singt wie ein Engel«, tobte die Menge, und das bayrische Orchester spielte nur um so lauter. Einige waren schockiert, einige verärgert, andere schlossen ihre weiten Herzen auf und wollten in den Refrain einfallen, und wieder andere sahen in die schwüle Nacht hinaus. Am höchsten hervor ragten erhitzte Kellner, dunklere Flecken im Samt ihrer schwarzen Jacken, volle Biertabletts auf den stämmigen Armen, hielten sie in der Nähe des Kücheneingangs inne, um die junge Sängerin zu hören. Die Offiziere in den neuen grauen Waffenröcken waren etwas kleiner, und die Mädchen waren noch kleiner – aber dennoch nordische Frauen, aufrecht, blond, kräftig und unnachgiebig. Selbst die Reben an den Spalieren waren dick und rund, schwankten nur leicht vor in der Hitze. Köpfe nickten nah beieinander an den Gartentischen. In dem strahlend hellen Raum standen schlicht und schmucklos Tische und Stühle, weit entfernt wirkten die weißen Wände und die von Pfeilern gestützte Decke. So viel blauer Dunst und Schatten schien unmöglich aufsteigen zu können, diesen Saal irgend anheimelnd zu machen. Die Männer redeten, durchbrochen vom Klappern der Krüge. Sie saßen steif, sie nickten herzlich, und das Licht glänzte auf undekorierten Jackenfronten. Doch es war erst zehn, noch Dämmerung, noch förmlich. Sie lächelten. Stella zupfte am Taschentuch in ihren Fingern, drückte es heftig in ihren feuchten Händen, und sang und lächelte weiter. Dann wurde es ihr auf einmal leicht, ihre Kehle öffnete sich und ihr Kopf ließ sich drehen, sie konnte lächeln und umhergehen und in ihre Schultern den Schmelz des Liedes legen. Sie lauschten, wandten sich ab, lauschten wieder, und wie ein wohlerzogenes, anmutiges Mädchen zog sie ihre Blicke auf sich und sang für sie. Anfangs traurig, dann mit strahlenden Augen, die Schultern zurückgeworfen:

»Daß du mich liebst, weiß ich.«

Einige Leute drehten sich lachend auf ihren Stühlen um. Sie schüttelte ihr Haar frei, verspürte Lust, ihnen zu sagen, sie dürften zu ihr kommen und ihr Blumen schicken.

»Wenn i komm, wenn i komm, wenn i wieder wiederkomm.«

Sie bewegte sich, als trage sie eine Sonnenblume unter ihrem Busen, als könnte sie die Männer zum Segeln auf einem heiligen Weiher locken, und dann sank, hingerissen von ihrem Schwung, als erstes ein knuspriges Hähnchen, dann ein Entlein und schließlich ein Stück Käse. Doch sie sah unverwandt in ihre vom Essen abgelenkten Augen, in Augen, die von irgendeiner intimen Vorstellung geweitet waren. Ihr Busen, ausladender als ihre Hüften, schaukelte vor Vergnügen. Und nur einen Augenblick zuvor noch hatte sie links hinter der Bühne gestanden, verborgen hinter staubigen Vorhängen und Notenblättern, und geglaubt, es nie im Leben mit dem Rampenlicht und der Aufmerksamkeit des trinkenden Saals aufnehmen zu können. Das *Sportswelt Brauhaus,* kärglich und mit Schankerlaubnis, voller Stammgäste und überlaufen, stieß sie zunächst kalt ab, zog sie dann aber mit einem munteren Tusch des Akkordeons so tief es nur ging in seinen Schoß. Nach dem Anbruch des Sommers war sie gekommen, und heute abend stand sie vor ihnen allen, ihr Körper begann durch die Robe zu schimmern, ihr stattlicher Kopf fand immer mehr Bewunderung, und sie sang.

»Kein Feuer kann brennen so heiß...«

Sie klatschen und kicherten, und langsam rutschten die undekorierten Jackenfronten auseinander, die Lichter wirbelten im Dunst, und Stella, einen Arm um den Akkordeonspieler, sang alles, was ihr nur einfiel. Ihre Vorfahren, Berserker, hatten sich in Tierhäute gehüllt, kühne Schlachten in ihre Schilde geschnitzt, und mehrere alte Männer, vage Blutsverwandte aus ferner Vergangenheit, waren in Norwegen von einem Felsen ins Meer, in den Tod gesprungen. Stella, die Adern voll solcher Historie, holte Luft und schwang sich auf die Füße ihrer behörnten behelmten Verwandtschaft, während das bezechte Bayerntrio weiter vor sich hinschnitzelte.

Hinter dem Saal, in einer aus geweihter Esche gezimmerten Gasse, stieg in spiraligen Schwaden Dunkel auf und feuchter Steingeruch, wie von einem Pferdebauch im Winter. Der Klang der Geige schnellte bedrohlich zwischen den Gassenmauern, mischte sich mit dem keuchenden Baß eines lasziven Kaufmanns und fuhr hinauf in die Hitze des Gartens.

Ernie, der Sohn des *Brauhaus*-Besitzers, schlurfte seine Füße auf zwei trockene Stellen, lehnte seine Schultern an den glitschigen Stein und blickte mit von Schmissen bedecktem Gesicht still in das grüne Dunkel hinab. Stellas unbekannte, namenlose Stimme, die jetzt den Gipfel ihres Triumphs erklomm, loderte direkt aus dem kleinen hellen Fenster hinter ihm und senkte sich auf die Köpfe der verliebt Verstummten im Garten. Ernie wischte sich die Hände an seiner Hose ab, lehnte sich zurück und sah in die drückende Nacht hinauf, die Taschen vollgestopft mit Hundertmarkscheinen, die Augen blind für den flackernden Himmel. Er sah nur Leere in den Riposten des Tages, spürte die Schrammen eines kunstvollen Kampfs auf seiner Wange brennen. Seine Zunge war dick und taub vom Bier. Der Kaufmann, der sich kaum in der feuchten Luft halten konnte, gleichwohl aber, in eine türkische Robe gehüllt, Jade- und Elfenbeinblöcke an sich drückte, gab in der Dunkelheit ein perfektes weiches Ziel ab. Ernie atmete dieselbe Luft ein und wieder aus, schwer lag ihm der Schweineschwanz im Magen, und er verschwendete keinen Gedanken an stählerne Klingen oder an die fette Masse des Kaufmanns. Gedämpft johlte Gelächter auf im Saal, Flüsterstimmen flossen über die Gartenmauer in verheimlichendem Tonfall, und der berauschende Duft von Tulpen, Rosen, deutschen Heldenblüten, Hortensien und Kanonenblumen sank in die erbsgrüne Stinkgrube zu seinen Füßen. Die Pflanzen reckten ihre Stempel, den Regen zu erhaschen, falls er fiele, und einmal schien der Mond am Firmament, beladen wie ein Sack voll Wasser.

Ernie quetschte seine linke Hand, die Hand, deren untere zwei Finger seit einem Axthieb fehlten, in seine mit Geldscheinen prall gefüllte Tasche, und wandte sich dem Licht zu und den freien Männern im Saal. Er säße auf einem umhuldigten Granithaufen, ein kleiner Duellant im Saal der Könige. Der Kaufmann versuchte zu folgen, stolperte aber, wie ein bepackter Bauer, und stürzte, sein fetter Körper rutschte über die Steine. Er konnte nicht schreien, und mit jeder Bewegung rutschte er tiefer. Ernie hörte seinen dumpfen Fall und ging schneller, suchte wieder nach seinem Platz bei Licht und Gesang. Sorgfältig setzte er seine Schritte, und er schien auf ganz Deutschland herumzutrampeln, während er, halb bewußt, in die Nähe der Aurora registrierter Sippen, disziplinierter Mienen und der ganzen Ironie und Kameradschaft seiner schwerbewaffneten Krieger zurückging. Ein Mann in Grau torkelte vorüber, bösartig zielstrebig, einen Bogen griffbereit am Gürtel, und weit hinten am Ende der Gasse hörte Ernie ihn über den gestürzten Kaufmann stolpern, hörte ein ersticktes Wort vor dem Hintergrund sommerlicher Nachtvögel.

Da ihm die Finger an einer Hand fehlten, und aufgrund des häßlichen Anblicks der verbliebenen drei Klauen, konnte Ernie weder auf einem Rappen ins Geschwirr der Bleisalven reiten, noch Hand über Hand über die feuchten Äcker Belgiens kriechen. Er berührte Mittel- und Zeigefinger mit dem Daumen und hörte die Frauenstimme den in der Seele jungen Männern etwas zurufen. Drinnen setzte er sich an den Tisch seines Vaters, ganz weit im dunkleren Hintergrund, verschmolz in der Menge und wurde ununterscheidbar, heuchelte Übermut mit unbeachteten knappen Ausrufen.

Stella nahm sie, wie ihr Vater, in die Zange; und mit jedem Stück, das sie von ihrem eigenen Wesen ablegte, nahm sie ein Stück der allen gemeinsamen Überlieferung in sich auf. Ihr Singen war kein Lispeln, sondern ein Schmettern, mit unnatürlicher Stimme. Und ihre Gesten wurden immer ungezwungener. Sie trat vom Torweg ihres Vaterhauses vor das *Sportswelt*-Publikum und setzte sich dabei so entschieden über natürliche Erwägungen hinweg, wie sie die Etappen der Monate hinter sich ließ. Sie, die Zauberin, brachte sie zum Kochen, nahm sie hoch aus Spaß, und erst kurz vorm Schlafengehen, halb angezogen neben dem Bett, empfand sie Kummer. Gerta, das Kindermächen, meinte, der Teufel sei von weit aus dem Wald her gekommen, um sie zu finden. Jedes ihrer Gewänder, jedes männliche Rüstungskleid, jeder beinerne Kamm und jedes seidene Band trug den Stempel der Marketenderin, und sie ergab sich, in Alpträumen zu den tauben Ohren ihres schlafenden Vaters zu schreien, in die Wochen von 1914. Unter ihre Augen hatte sie Indigoflecke gemalt, als sei sie geschlagen worden, und ihr Blick huschte von hohen schwarzen Bäumen zu den Gletschern toter Krieger, die Augen grün wie Kiefern, matt von einer Sehnsucht, die von achtzehn Terrassensommern und einer Trennwand fürstlicher Kinderstube stammte.

Nach dem letzten Refrain verbeugte sich sich gradbeinig aus den ausladenden Hüften, errötete zu ihrem Applaus und begab sich an den Tisch des alten Herrn Snow; sie verstaute den Beifall in ihrem Herzen, verstaute jedes ihrer Gesichter neben dem Photo von Gertas, des Kindermädchens, weißem schuppigen Kopf. Blauer Dunst schwamm über dem Sägemehl, die Flut der Unterhaltung wälzte sich in den Löwenkäfig. Sie setzte sich, wohin Herr Snow mit seinem roten Bart sie dirigierte, sie fühlte, wie seine Handgelenke sie sanft nach vorne schoben, bis sie den Tisch berührte. Sie blickte in die Runde. »Sie waren hervorragend«, sagte er. »Dies ist mein Sohn Ernst, und Ihr Gesang gefällt ihm sehr.« Ernie, mager und vom Bier belebt, stieß seinen Stuhl zurück und nickte, starrte sie an, wie er vielleicht eine rosenwangige Schwester angestarrt hätte, erwachsen geworden und zum Leben erstanden aus seiner freien Vergangenheit. »Und dies«, sagte Herr Snow, »ist Mr. Cromwell, einer meiner Gäste.« Mr. Cromwell lächelte mit lässig angetrunkener Grazie und füllte ihr Glas. Er vermißte weder den Charme Londons noch den des ausgelassenen Sommertreibens des englischen Landlebens, sondern schlief lange und hörte keine Hähne krähn im Morgengrauen.

»Sie sind Engländer?« fragte Stella.

»Ja, aber ich mag Deutschland sehr. Die Seen und Städte wirken wie in die Eiszeit geschnittene Aussichten. Sie singen gut.«

Herr Snow war stolz auf Ernie, denn sein anderer Sohn, ein Knabe von neun Jahren, mußte seinen Kopf ständig in einem Stützgestell tragen, und die aus seinem unbeweglichen Mund sikkernden Worte stammten aus einer fernen, furchteinflößenden Welt. Der alte Snow, wohlhäbiger und langjähriger Inhaber der *Sportswelt,* sah Ernie mit heftiger Bewunderung ins Gesicht, sah sich von seinen eigenen Augen, von seiner eigenen Nase wütend angestarrt. Stella betrachtete in stummer Erregung jeden der zakkigen Narbenrisse, bemerkte, wie sie sich unterhalb der Wangen, die Knochen betonend, eingruben, wie die Augen zwischen vordringenden Wülsten netzartigen Gewebes eingedrückt waren. Sie harrte der drei Klauen seiner linken Hand, die sich wie Krallen kurz über ihrem Knie schließen würden, empfand Zuneigung für das verschlossene Gesicht da in seiner Ecke. Das Orchester füllte den Raum hinter ihr aus, Bratäpfel entfielen dem Busen eines Orakels, angebrannt und gülden, und langsam, befeuert vom Takt eines galanten Zeitalters, rückten die drei Männer näher. Sie ließ ihr goldenes Haar über das Glas vor sich fallen und sah in seinen strudelnden Tiefen für einen Augenblick die nackte Feigheit des Fechters, sah in der Zukunft die wackelnden Flügel des einsamen britischen Flugzeugs, wie es auf dem Marktplatz zur Erinnerung seine Kugel ablud, sah den Körper ihrer Mutter sich darum herumwälzen wie ein für immer befleckter Stein, und der Fleck trocknete und wurde onyxschwarz.

Es hatte zu regnen begonnen, und der Sommerdonner trieb über die nassen Blätter, rollte über die verdunkelt glitzernden Kirchtürme. Die Kutsche schwankte hin und her, Wasser spritzte von den Rädern, troff aus den Tiefen der vorbeiziehenden Tore. Langsam fuhren sie *die Heldenstraße* hinunter, hörten nichts als den sanften Regen, das Hacken der stahlbewehrten Hufe, das weiche Geschiebe von Leder. Geölte Rotgußfedern schaukelten sie leichthin durch die Juninacht, derweil Mephistopheles, in einem Chorraum kauernd, diesen achtzehnten Tag des Monats mit rotem Kreis markierte. Er, in seiner schwarzen Kutte, befahl den schlafenden Schwänen, über den Weiher im Park an ihnen vorüberzufliegen, und der Kutscher schnalzte die Peitsche über den Ohren des Pferdes.

»Warum wollten Sie mich nach Hause bringen?« fragte sie.

»Ich mag die Farbe Ihres Haars und Ihrer Augen.«

Stella spürte nichts neben sich, vermochte weder Mann noch Tier noch Geist im Schutz des Regens lauernd wahrzunehmen, keine Hand kroch auf die ihre zu. Sie spürte oder hörte nicht einmal sein Atmen, nur das stetige Drehen der Radachse. Kein Mann auf der ganzen Welt, der so saß wie Cromwell da saß, die weiche Filzkrempe vom Regen gewellt, feine offene Züge und weite Nasenlöcher, die den Lavendel einsogen, kein solcher Mann oder Führer von Männern hätte in ihre glatte Stimmung auch nur die leiseste Welle schlagen können.

»Warum sind Sie nicht in Ihrer Heimat geblieben, in Ihrer englischen Heimat?« Ihr Haar wurde feucht und schwer.

»Heimat? Tja, ich habe eigentlich keine Heimat; niemand hat eine, davon bin ich überzeugt.« Der Wind drehte, und sie konnte seinen parfümierten Atem riechen, doch er war Ausländer, unwirklich, eine Laune, die sie mit ihrer weißen Hand wegwischen konnte. »Ich glaube, ich gehöre zu jenen mittelalterlichen Männern, die die Leute binnen kurzem Exilanten nennen werden.« Bei Tageslicht sah er ein wenig alt aus, ähnelte einem eleganten, aber tattrigen Wolfshund, der sein eigenes Grab bewachte. Und wie ein Sinneswandel, oder ein falscher Eindruck, wie eine unerwartete Begegnung oder ein Mißgriff im Dunkeln nahm Cromwell Ernies Stelle ein und weckte in Stella einen flüchtigen Zweifel; sie glaubte das zerschlitzte Gesicht fern in der Ecke ihrer Kutsche zu sehen. Er ritt wie ein Erzherzog, wischte unbewußt den Regen von seiner Weste, dünn lächelnd im einsamen Rausch. Jenseits der fetten Gestalt des Kutschers rollte Stella die winklige Gasse entgegen.

»Ich finde, jeder hat eine Heimat.« Ihre Stimme war melodisch wie die Radachse.

Als er antwortete, klang es nicht gerade so, als ob er mit ihr reden wollte. Sein Hals steckte unter einem locker aufgeschlagenen Kragen.

»Ich jedenfalls erinnere mich nicht einmal mehr an das Gesicht meiner Mutter. England ist ein Land von Heimatlosen, aber die Deutschen, obwohl nicht minder heimatlos, tun sich etwas schwer, das zu erkennen. Im übrigen besitzen sie eine schöne Hinneigung zu Eroberungsidealen, ein traditionelles Heldentum.« Sein Mund ward stumpf vor stark saurem Schlafgeschmack, es schmeckte nach der Erkenntnis, daß es hinter der hochgeschobenen Sichtblende noch immer dunkel war, schmeckte nach der aus vielen ungewollten Mahlzeiten zusammengeströmten Säure, und doch hielt er lächelnd seinen Kopf aufrecht, blickte vergnügt und freundlich, mit geübter Jugendlichkeit, in die blühende Dunkelheit hinaus.

»Die Bettwäsche und Vorhänge, die Kleider meiner Mutter, sogar wie ich selbst als Kind aussah, all das war mir immer unvertraut. Unvertraut.«

Der kaum merkliche Akzent in seiner perfekten Rede begann ihre Isolation zu durchbrechen. Das weiche Band der Straße zerfiel jetzt langsam in gleißende Ziegel, in wirkliche Ecken, in schwarze Schattenstriemen vor den Zügeln, das Pferd wankte nickend einher. Der Regen schütterte in den Linden.

»Sie hätten in der Heimat bleiben sollen«, sagte sie. Stella fand, sie sei zu fein für diese Fahrt, sie zählte eine nach der anderen die Heldenstatuen, die die Straße an der Parkseite flankierten, und wünschte, die steinernen Gesichter erkennen zu können. Sie wirkten wie Metall hinter einer aufgebrachten Menge, als könnten sie jederzeit losmarschieren, mit regentriefenden Stirnen die dumpfe Straße hinunter. Beinahe wie Mann und Frau zogen sie schweigend dahin, die späte Nacht wurde dunstig, ihre Kleider feucht, als seien sie ausgelassen durch den Parkweiher gewatet. Wie wunderbar, daß ihnen allen ihr Gesang gefallen hatte, daß sie geklatscht und ihr nachgeschaut hatten, daß sie vor Staatshelden singen durfte. Irgendwie kam ihr der Gedanke, daß Cromwell ja gar nicht geklatscht hatte. Wieder fühlte sie förmlich die drei Krallen kurz über ihrem Knie, bot ihr festes Bein ihrer ängstlichen Berührung. Obwohl er gelassen dem schwarzen frühen Morgen entgegenzusinnen schien, vermochte Cromwell sich nicht ruhig zurückzulehnen, gemächlich, in den Regen ergeben, rollte er in der Kutsche der Herzogin dahin, empfand dabei aber einen vagen allgemeinen Schmerz, so als ob ihn die Helden verfolgten. Er fragte sich, was das Krupp-Geschütz aus Europa machen würde, er sah die Schweizer auf ihren Hintern die Berge hinunterrutschen, sah die Engländer im Kanal treiben, sah die übrigen Nationen reihenweise fallen wie eine weltweite Seuche.

Zum erstenmal hatte sie Ernst vor ein paar Tagen gesehen, draußen im morgendlich leeren Garten hinter der *Sportswelt,* wo er zugeschaut hatte, wie die blauen Schatten der strahlend aufgehenden Sonne wichen, weder Engländer, Schweizer noch Deutscher, sondern ein Kämpfer ohne Uniform, der seine Beine von einem umgekippten Stuhl baumeln ließ. Daß er ein Feigling war, erkannte sie, als der Alte aus dem Fenster schrie: »Ernst, Ernst«, mit lauter kläffender unglücklicher Stimme, die keinerlei Respekt erheischen konnte. Er aber sprang auf, starrte die stille leere Wand des Gebäudes an, und da wußte sie, daß ebensogut sie ihn da hätte rufen können, und sie lachte im Schatten hinter dem offenen Fenster, als es zum zweitenmal brüllte: »Ernst, Ernst, *kommst du her.*« An der Art, wie er seinen Kopf bewegte, erkannte sie das Entsetzen in seinem Blick, das Beben all seiner schwächlichen Glieder. Er war prachtvoll! Sie sah ihn sein Florett fortschleudern, es landete in einem Blumenbeet, unter den hängenden Blütenköpfen. Aber sie wußte, sein Gesicht war hart, sie sah schon sein Blut ihm in den Kopf steigen, seine häßliche Hand zucken. Der Garten wurde Walhalla, er wäre fähig, mit einer einzigen raschen Bewegung jemanden zu töten, und sie wollte mit ihm in Walhalla sein. Sie hörte die Tür zuschlagen und die Stimme des Alten wütend herauspoltern. Die Blumen erstrahlten heiter in der Sonne; in diesem Augenblick hätte sie sich das Herz aus dem Leibe singen mögen. Als sie Herrn Snow ein wenig später wiedersah, war er die Ruhe selbst.

Der muffige Geruch der feuchten Kutsche mischte sich mit dem Lavendel in Cromwells Haus, die Helden schwanden außer Sicht.

»Ich finde, Sie hätten nicht mit mir kommen sollen«, sagte sie in den Rücken des Kutschers.

»Sie müssen mir eine Chance geben«, erwiderte Cromwell, der gerade an das unermeßliche Rheinland dachte, »schließlich bin ich heimatlos.«

Ernie hatte es in seinem Leben ein paar vereinzelte Mal in erdrückende Krisen gerissen, und nach jedem dieser Augenblicke der Lähmung hatte die Knute seines Vaters noch gebieterischer über ihm geschwungen. Er erinnerte sich daran, daß seine Mutter, mit ihren straffen weißen Locken und trägen einförmigen Bewegungen, der tiefen gereizten Stimme nie unterlegen war, sondern immer nur nachgegeben hatte. Ihre liebe, aber schweigsame gedrängte Anwesenheit war seinem Vater langsam in die Kehle gesickert, hatte die Ausbrüche seiner jähzornigen Worte gelindert, bis sie sie schließlich eines warmen Abends im Hinterhof begraben hatten, wobei sein jüngerer Bruder, den Kopf bereits in der Stütze, schreiend an seine Hosenbeine geklammert, neben ihm her gekrochen war. Sein Vater liebte ihn mit der leidenschaftlichen Beherrschtheit eines kleinen Monarchen, der seine 5-Mann-Truppe ausstaffiert und um sich schart, und benutzte ihn lediglich als Sündenbock, um seinem zornigen Verlangen nach Perfektion Luft machen zu können. Der Alte hätte in seine Hände geweint, wenn Ernie irgend etwas zugestoßen wäre, und hatte ihm als Regent der *Sportswelt* und des umliegenden Europa jede Gelegenheit zur Liebe gegeben. In seinem mächtigen Schatten saß Ernie allabendlich am hinteren Tisch im Saal, bis die fürnehmen Kunden sich vor Lachen wälzten und der Vater sich mehr mit ihnen abgab als mit seinem Sohn, und er sich verdrücken konnte, um mit Leuten, die ebenso verzweifelt waren wie er selbst, die Klingen zu kreuzen. »Du bringst dich noch um«, pflegte sein Vater zu sagen, »die säbeln dich Stück für Stück auseinander.«

Eine dieser wenigen unbedeutenden Krisen hatte sein Vater, bei dem einzigen Mal, da er seinen Sohn im Kampf gesehen, selbst herbeigeführt. Sie fochten in einem Wäldchen etliche Meilen außerhalb der Stadt, Dampf wallte um ihre Füße in der Sonne, sie fochten mit heftigem Haß und Entschlossenheit. Sie waren allein, blutende Kratzer und Schrammen auf den bloßen Oberkörpern, erhitzt schwirrten ihnen die Köpfe. Der Baron, jung, gewandt, selbstbewußt, trieb ihn kreuz und quer durchs Gebäum, um ihn erst tausendmal anzustechen, bevor er ihn ernstlich verwundete. Ernie erbrach sich, kam wieder zu Kräften, sah aber Klingen durch die beschlagene Schutzbrille. Herr Snow betrat den Schauplatz mit der fetten Entrüstung eines Richters, weiß vor Wut sein Gesicht. Er entrang dem Baron die Waffe, prügelte ihn gnadenlos auf Schultern und Hintern, vertrieb ihn brüllend aus dem Hain, bis sein Arm vor Anstrengung müde war. »Du bist ein gottverdammter Idiot«, beschied er seinen Sohn.

Ernie streifte lange durch eine dunkle Kohlentrimmernacht, hörte das rohe gemeine Summen der Bienen in der *Sportswelt*. Da er ein Shylock war, verhärtete seine Miene sich in Verbitterung, und Herr Snow stellte ihm eine brennende Kerze ans Bett. Noch im Schlaf stießen Ernies Füße auf und nieder, mit denselben Tänzelschritten wie in jenem Wäldchen, als die schwere Masse des Adligen sich auf ihn gestürzt hatte, und in wilder Raserei stach Ernie immer schneller auf das zornweiße Gesicht seines Vaters ein, bis er schluchzend unter dem mächtigen Pallasch hintüberfiel.

»Tja«, und die Worte rutschten über das Ende einer nassen Wurst, »warum hast du sie nicht selbst mit nach Hause genommen? Du wirst nie eine Frau bekommen, wenn du ewig nur bei mir herumsitzt.« Ernie machte Anstalten zu gehen.

»Warte. Eins sollst du noch wissen: nachdem deine Mutter mich ein einziges Mal gesehen hatte, gab es keinen anderen Mann mehr für sie.« Er hielt den Bierkrug wie ein Szepter. »An die hier mußt du dich ranmachen«, seine Hände beschrieben unbeholfen expressive Kreise um seinen faßförmigen Brustkasten. Herman Snow hatte nicht nur seine Hände eingesetzt, sondern hatte auch zärtlich mit der schweigsamen Frau geschlafen und auf seinen Knien, die damals noch schlanker waren, herzlich um ihre Hand angehalten. Er fand ihr melancholisches Antlitz strahlender als die Sonne und verehrte sie, wie nur ein Deutscher es konnte. An den Abenden, wenn sie ihre Kopfschmerzen hatte, streichelte er ihr volles Haar und sagte hunderte Male mit sanftester Stimme: *»Ja, Liebling, ja, Liebling.«* Auf einem Kanalschiff, das seinem Bruder gehörte, hatten sie einen Ausflug gemacht. Herman hatte sie im Heck auf rauhe Kissen gesetzt, fern von dem ölverschmierten Vorderdeck und den Kehllauten der Mannschaft, und sie hatte warm und interessiert das flach vorbeiziehende Land betrachtet, als segelten sie auf dem Nil. Herman sah ihr ins Gesicht, hielt eine der kräftigen Hände.

»Du mußt ein wenig aggressiver sein«, sagte der Alte. Ernie tauchte seinen Kopf in den Krug und dachte an den fetten Kaufmann; wie Herman, wie Papa hatte er lang hingestreckt in der Gasse gelegen, einen Haufen Frauen hinter sich und Kinder, die sich vor Aufmerksamkeit verzehrten, hingestreckt wie ein gemeuchelter Erzherzog, sein Gesicht in der Galle. Der Saal war endlich in Stimmung, die Truppen grölten und stampften, Miezen mit über rosa Strapse hochgezogenen Röcken hockten auf Elefantenknien, das Gebrüll des mächtigen Hannibal fiel einem ein. Der alte Herman drängte sich interessiert zu kurzen Abstechern in die Menge. »Pack sie fester, mehr Bier, mehr Bier«, und kehrte, lebhaft vergnügten Gesichts, zu seinem gebeugt dasitzenden Ernie zurück. Ein paarmal glaubte Ernie Stellas Stimme über dem Gejohle zu hören, und er erbebte wie ein Attentäter im Scheinwerferlicht.

»Sei doch nicht so ein schüchternes *Kind*«, sagte Herman, aufgeregt schnaufend, »los, lauf ihr nach.« Er warf seinem Sohn durch den unermüdlichen Lärm des Orchesters ein flüchtiges Lächeln zu. Als er wieder den Tisch verließ, um eine mänadische Blondine und einen alten General anzufeuern, hastete Ernie aus der gedeihenden Walhalla.

Regen füllte seine Augen mit heißen unscharfen Bildern, füllte seinen äußeren Körper mit der Hitze seiner Seele, er lief, bis sein Keuchen seine Ohren ausfüllte, trappelte vorbei an opulenten schwankenden nassen Zweigen, an Fenstern, die endlosem Schlaf offenstanden. »Ernst, Ernst«, schrie der Sommerabend, und er jagte im Zickzack den breiten Boulevard hinauf, rannte, dem Schreien zu entkommen, rannte, den Hund einzuholen, der mit ihr davonfuhr, rannte, um mit Princip in Sarajewo einszuwerden. Er lief, um sich zu verausgaben, versuchte seine Kleinheit in etwas Großes zu rennen, während er weit vor sich die Kutschräder zu hören glaubte. Könnte er doch das Metall der Großherrlichkeit vor ihr ausbreiten, könnte er doch den Blitz vom Himmel schlagen, könnte er sie doch nur für einen kurzen Augenblick in der Verehrung festhalten, die er durch die Nacht schwirren fühlte. Dann aber sagte ihm die Vergangenheit, daß der Kaufmann oder der Baron oder Herman sie in ein weiches Nest entführen würden – ehe er auch nur den Mund aufmachen konnte.

Gleich würde ihm die Blase platzen, und so machte er, kurz vor der Heldenzeile, Halt im Park. Er glaubte, seine Mutter sähe ihn, beobachtete ihn aus dem Dunkel, und schob sich daher hinter das Laubwerk, hinter einen Busch, der seine tastenden Hände bekratzte. Der Regen rauschte immer heftiger, und noch immer wurzelte er hinter dem Busch, erfüllt von dem zweifelhaften Verlangen, wegzukommen, fliegen zu können. Dann rannte er durch die Schatten weiter, einem flatternden Vogel gleich. Als er die Reihe der Statuen entlanglief, gab jeder der Helden ihm ein Wort zur Herzstärkung mit: *Liebe, Stella, Ernst, Lust, heute nacht, Führer, Land.* Er war sicher, wenn der alte Herman neben ihm liefe, er würde ihm raten, doch selbst eine Nummer mit ihr zu schieben. Schon wurden die Gewehre geölt, und die Belgier, nicht er, würden diesen Kaufmann als Zielscheibe benutzen.

»Wenn Sie morgen aufwachen, werden Sie feststellen, daß Krieg ist«, sagte Cromwell. Die Kutsche bog um die letzte Ecke, er wandte sein geneigtes Wohlwollen den schroffen Schlössern zu, dachte, das würde er gern seinem Vater erzählen, aber das war ja nicht möglich.

»Dann reisen Sie also ab?« fragte sie.

»Nein. Ich werde wohl bleiben. In Momenten wie diesen, da man eine Katastrophe unausweichlich nahen sieht, machte es Spaß, das ganze Ereignis, das sich, und zwar nicht im Tod der Politik oder dem Fall von Königen und Ehefrauen, sondern in der Loyalität der Zivilisation, womöglich über fünfzig Jahre hinziehen wird, zu betrachten, und zu erkennen, daß ein Mann wie Krupp, mag er auch ein Barbar sein, viel eher der Haken ist, an dem die Geschichte hängt, als ein Vater, der einmal von Ehre gesprochen hat. Wenn ich ins Haus meines Vaters könnte, vorbei an seiner verfettenden Erinnerung, würde ich ihm sagen, was auf uns zukommt, und ihm etwas dalassen, woran er zu knapsen hätte.«

»Hinwiederum ich, Stern der Jungfräulichkeit, habe Liebe gefunden und will meinem Vater gar nichts sagen, und könnte, falls Ihre Prophezeiung über uns kommen sollte, dann nur für mich alleine sorgen. Wenn wir in dieser Stunde Seite an Seite fahren müssen, will ich Ihrem Wunsch entsprechen und für das Volk Ihre Erzherzogin werden, doch dort, wo Ihre Augen und die der Leute nicht hinsehen können, bin ich hochmütig.«

Sie waren sich noch kein bißchen näher, als sie seine hastenden Schritte vernahmen, als sie angstvoll die Strecke hinter sich zurückblickten, gehetzt über die niedrige Rückwand der Kutsche spähten. Keuchend holte er sie aus dem Dunkel ein, packte die Flanke der Kutsche, als wolle er sie mit der Hand anhalten, und im selben Augenblick zwitscherte verschreckt und fahrig ein Schwarm Vögel auf. Sie erkannten ihn nicht, sagten nichts, und einen Herzschlag lang wähnte Cromwell den kurzen Lauf der Pistole zu sehen, die Entladung seine Ohren zuknallen zu hören, und hätte sie unwillkürlich fast in die Arme genommen, zum letzten Mal. Doch die Kutsche rollte weiter, der Kutscher schlief, und der Angreifer wurde halb laufend, halb stolpernd mitgeschleift, Adern platzten um seine Augen. Dann lehnte sie sich sehr bedächtig zurück und berührte seine Finger.

»Steigen Sie ein«, sagte sie.

»Nein, nein, ich kann nicht.«

Cromwell war ein Narr. Er rührte sich nicht, sondern saß, steifen Rückens und Hut über den Augen, und wartete. Seine behandschuhten Hände zitterten auf seinen Knien. »Ich komme wieder«, sagte Ernst und machte sich, als die Kutsche an den Bordstein kam und eine Menge sich zu sammeln schien, aus dem Staub. Stella wußte in diesem finstren zerrissenen Nebel, daß sie ihrer größten Liebe ganz nahe war. Franz Ferdinand lag auf dem Kutschensitz, sein bleiches Hemd voller Blut, seine Epauletten verrutscht, und auf dem Boden lag seine entseelte Frau, während der Attentäter, Gavrilo Princip, irrsinnig durch die umliegenden Straßen rannte. Offenbar würde der Ausbruch des Großen Krieges sie nicht zusammenführen, zu Freunden oder auch nur zu Feinden machen; Ernie war bereit, selbst in der Agonie der Liebe, sich einem religiösen Fanatismus hinzugeben; Cromwell hatte schlicht den verzweifelten Wunsch, sich irgendwie in den Konflikt fügen zu können; und Stella wußte bloß, daß sie emporstieg und ihn eines Tages verlieren würde. Am Anfang war alles so unscheinbar wie das Auftauchen von Ernies bedrohlichem, widerwärtigem Gesicht. Als die Menschen dahinterkamen, die Völker Bosniens, Österreichs und der Habsburger Monarchie, entfesselten sie über Ferdinands Leiche einen stumm wuchernden, unpersönlichen Aufruhr.

»Ich danke Ihnen«, sagte Stella.

»Oh, ich suche Sie bald auf.« Sie drehte sich nicht um, als Cromwell zur Kutsche zurückging.

Die Universität stand schwarz, eindrucksvoll, die meisten ihrer Archive und kahlen Räume lagen in abgespannter, rastlos berauschter Apathie, ein Teil ihrer zerklüfteten Fassade türmte sich grau und drohend in chaotischem Schlummer rückwärts über sich selbst zusammen. Regen fiel in unterbrochenen Schleiern, erfaßte erst ein Dach, dann einen Sims, klatschte an eine Schwingtür, strömte in die löchrigen Rinnen, überschwemmte staubige Höhlen voller Larven. Zentrum von Revolution, Dogma und Debakel, zog sie die Stadt mit zermalmendem Willen in ihre Mauern; und hinter ihren ehrwürdigen und kopflastigen Säulengängen und Klippen, hinter den kleinen Fenstern und ziehenden Rauchfängen, hausten die Enthemmten, die Jungen, die Alten. Ernie überquerte einen leeren Hof, duckte sich über ekklesiastische Gänge an fließenden Taufbecken vorbei, passierte steinerne Verbindungsbögen und hybride Mauern, hastete aus einem Mausoleum des Geistes bis dorthin, wo die steinerne Eruption einem hölzernen Kamm von Korridoren wich. Entschlossen, seinen Todessturz zu vereiteln, warf er sich schließlich gegen eine massive Tür, witterte den klammen, immer gleichen Gestank dichtgedrängter Studenten und zählte vor sich fünf Türen, indem der Sommerregen dicht über die schmierigen Fenster rann und seine Schritte noch von den Steinfliesen widerhallten. Die Tür war mit den alten Abdrücken nervöser Finger bedeckt, war feucht von den Handflächen, die da jahrhundertelang ein- und ausgeglitten waren. Schwere Möbel und zerfressene Teppiche, eiserne Kerzenhalter und ein unbenutztes Zweiersofa waren an drei Wänden zu verstaubten Haufen zusammengeschoben, der verschrammte Boden nurmehr eine weite kalte Arena, farblos unter der einzigen Lampe, die in der von den allein noch wachen Menschen bevölkerten Universität brannte. Schlaflos kauerten sie wie eine Bande von Räubern im dichten Wald, und tranken ein farbloses Wasser, das die Lungen pfeifen und die Haut brennen machte und vor ihren Augen zerstörerische Bilder entstehen ließ. Das einsame Licht warf starre, unerbittliche Schatten auf die kummetenen Masken und die modrigen Brustpanzer, die Eingeweide, Gesicht und Lenden schützen sollten und mit trockenem Rost und klappernden Schnallen und grauen Drahtfasern der von rohen Hieben zerschlitzten Füllung bedeckt waren.

Der Baron, an Jahren älter, bösartiger und weniger stolz mit seinem zu den leidgeschnitzten Sparren emporgereckten spanisch-deutschen Bastardkopf, erhitzter und fürnehmer und hündischer unter seinen Augen und entblößten Armen, wartete genau den richtigen Moment ab, in dem die Augen ihr heuchlerisches, gemeines Ziel fanden und ungeharkte Asche über die Arena wehte, um auf die Knie zu gleiten und wie im Schlaf aus dem Getrümmer eine Waffe zu ziehen. Den Zuschauern rann der Schnaps aus den Nasenlöchern, sie husteten, rieben sich die Krägen, starrten mit haßvoll offenen Mündern. Dies waren die Achate, die nicht wachsen konnten.

Beim ersten Wimpernschlag wurden ihre Körper formlos, sie klackten geckenhaft mit ihren beschlagenen Absätzen, zogen blank nach kurz aufscheinenden weißen Flecken, schlugen auf Schreckgespenster ein. Sie stießen nach der *Physik* der Glieder. Beim zweiten Wimpernschlag fleckten Tintentropfen die Arena, die Mauern hallten unter den Hieben, sie zielten auf die gefährlichen Augen und Ohren, die heiklen Sehnen am Hals, die Finger, stachen nach der *Kultur* der Sinne, und eine Klingenspitze pfiff über seine Unterlippe, riß ihm die Haut quer über den ganzen Unterkiefer auf. Beim dritten Wimpernschlag entdeckten sie die Leisten, und als ihn flach und obenhin die Klinge traf, spürte er einen kurzen Schmerz, der ihm vom Bauch bis in die Kehle zuckte, die allererste *Unlust*. Er krümmte sich, und die Glocke des Säbels flog klingend durch die Asche und landete mit vollendetem Schwung auf dem Boden. Dann begann er langsam aus einem hohen, stumpfen, unbestimmbaren Raum zu kippen, in dem die Heldenworte *Liebe, Stella, Ernst, Lust, heute nacht, Führer, Land* ohne Zusammenhang kreisten, bis er schließlich zu extremen, nicht mehr begreiflichen Einzelheiten gelangte. Salzwasser füllte die Hohlräume seines Zahnfleischs, die Nagelhaut seines Daumens blutete zu einem purpurnen Halbmond, und ein Krampf durchfuhr ihn schneidend vom Magen bis zum Blinddarm. »Gehen Sie hinaus, wenn Sie müssen«, sagte der Baron, als er sich unter seine Kameraden niederließ. Jemand warf ihm ein Handtuch zu, Ernie wand es sich um den Kopf und schaffte es bis auf den Korridor, wo er sich an die Wand lehnte. Drinnen sangen sie, eine Stimme nach der anderen, in sehr langsamem Takt das *Horst Wessel Lied.* »Gehen Sie auf Ihr Zimmer zurück«, sagte ein alter Verweser, der in dem Dunkel um ihn herumtappte. Schließlich gelangte er, den Kopf weiß und unförmig in dem Handtuch, nach draußen in den Regen, und hinter sich, vor dem Raum mit der Lampe, ließ er den scharfen Geruch von Erbrochenem.

Stella, blondgoldenes Haar um die Hüften gerafft, wartete mit ruhiger, in ihrem Innern befestigter Entschlossenheit zu überleben und Erfolg zu haben, auf seine Rückkehr, bestimmt würde er kommen, bestimmt würde sie ihm Wärme geben müssen. Sie war bereit, ihn so glücklich zu machen, wie ihr Instinkt es zuließe, sie würde die Rechte sämtlicher Hausbewohner für ihre Belange außer Kraft setzen. Doch Gerta war eine schnell gekränkte Frau. Stella horchte auf jedes Geräusch, kämpfte mit der Sehnsucht zu träumen, und einmal glaubte sie Kolonnen durch die Nacht marschieren zu hören. Als Ernie endlich kam, kam er verzweifelt. »Kommen Sie herein, Sie Armer«, flüsterte sie, und hielt dann das handtuchumwundene Bündel auf ihrem Schoß. Wenig später ging er, denn ein strahlender, aufregender Tag begann heraufzudämmern, Klagerufe und Jubelschreie schallten durch die trocknenden Straßen.

Stella

Der unterworfene Geist liegt nicht nur ruhend, sondern auch wartend, tief eingegraben in Runzeln der Entbehrung, in Fingern, die sich nicht mehr schinden, das Einzige, was sich erheben, erhöhen und befreien wird.

Das Haus, in dem die beiden Schwestern lebten, glich einem alten, mit rissiger Haifischhaut bedeckten Rumpf, oben schwerer als unten, umspannt von eisernen Simsen und voller glänzender Flossen. Es glich dem gebogenen Rücken des Delphins: fett und faltig, zum Trocknen aufgehängt über sanften Dünen und verpichten Flaschen, außer allem Schaum und Wind über Messingklinken und rostigen Pfosten in der Sonne hängend. Als eine Gestalt, die riesige Mengen Luft einatmete, die im Wind bebte und Wasser in die Straßen ergoß, als eine Gestalt, die aufberstend den ganzen Sonnenschein eines Tages mit einem Atemzug einsog, war es egoistischer als ein alter General, geheimnisvoller als eine Nonne, monströser als der dickste Hai.

Stella kämmte sich am offenen Fenster das Haar, die Knie vom Sonnenlicht gestreift, ab und zu reckte sie den Kopf in den Wind, so hellwach, als habe sie die ganze Nacht tief und ohne wilde Träume durchgeschlafen. Verstreute Hurrarufe und abgerissene Schreie drangen aus Seitengassen, Fenster schwangen auf, Staubtücher schwenkten wie Signalflaggen in den Frühlingsmorgen. Schon sammelten sich Blaskapellen in den Straßen, kleine Gruppen alter Männer, umgeben von Massen von glänzenden Instrumenten. Vor dem abgesperrten Haus braute sich eine Menschenmenge zusammen, und sie hörte sie mit den Füßen stampfen und sich auf die Schultern klopfen, stoßend und drängelnd, der Chance zum Jubeln harrend. Sie zog an einer, dann an einer anderen ihrer dicken Haarsträhnen und fühlte sich vollkommen ruhig, mit sich selbst zufrieden. Sie wußte, ihr Vater würde sich jetzt ankleiden, seine Wangen pudern, damit er zu der Menge sprechen konnte, und für sie war die Zeit einer seltsamen Entdeckung gekommen. Wäre die Idee der Liebe nicht, wäre ihr Vater ein ihr völlig unbekannter Mann, wie abstoßend wären dann seine Finger, bloß modrige Holzstücke; wie widerlich wäre sein weißes Haar, ein grauer künstlicher Filz, den sie nie im Leben küssen könnte; und wie skeletthaft seine hohlen Schultern wären. Stella stellte sich ihren Vater gern als jemanden vor, den sie nicht kannte. Er war so alt, daß er nichts begriff. Stimmen brüllten ihr zu, sie hob sich von ihrem Stuhl, um der wegrückenden Sonne zu folgen. Die Tür schlug weit auf und Gerta trat ein.

»Dieses verdammte Weibsstück, diese dämliche Gans!« Gerta starrte durchs Zimmer. »Dauernd sag ich, ich bin nicht zu Hause, ich bin raus, auf dem Lande, ich hab's satt, aber die, die hockt da unten bei der Köchin in der Küche und wartet bloß darauf, über mich herzufallen.« Die alte Frau wütete im Zimmer umher, lauerte einen Augenblick über dem Stuhl, ob Stella ihr auch zuhörte. Sie knurrte den Goldschopf an, wetzte in die Wandschränke und schmiß Stapel fleckiger Wäsche heraus. Sie ächzte.

»Du bist auch nicht besser!« Der Kamm fuhr auf und nieder, das Kindermädchen zitterte in dem Wäschehaufen.

Unten in der Küche saß Gertas Freundin, eine neue Magd aus der Nachbarschaft, die über die Hinterhöfe tippelte und ohne eigentlichen Grund vorbeigeschaut hatte, eine Tüte kalter Wecken unterm Arm, die sie vor sich hin mümmelte, während sie mit Gerta Freundschaft zu schließen suchte. Gerta war bange und wütend und wurde nicht klug aus dieser Frau, die sich, ihr dünnes Haar an den Kopf gekleistert, wie eine Geistesschwache kleidete, die keinen Namen hatte und unablässig redete. Gerta weigerte sich, die Wecken anzurühren.

»Du bist auch nicht besser. Und laß dir nicht einfallen«, flüsterte ihre Stimme, verzerrt und leise, »ich wüßte nicht, was letzte Nacht hier vorgegangen ist. Vergiß das nicht!«

Ihr Vater kämpfte mit seinem Kragen, rougefarben die flachen Wangen betupft, ihre Mutter dirigierte ihn aus den Bettlaken, die Menge johlte auf, als ein Bedienter eine verschossene Flagge an der sehr schmalen Balkonbrüstung befestigte.

Stella drehte sich um, ihr Gesicht golden verschleiert. »Hinaus! Nimm die Wäsche und geh.« Die Alte stürzte aus dem Zimmer, beladen mit zarten Seidefummeln und nachschleppenden Gewändern, entstolperte sie hastig, und die Haarbürste segelte durch die Tür und über das Mammutgeländer, beschrieb einen sanften Bogen und krachte etliche Stockwerke tiefer auf den harten Marmor. Sie wandte sich wieder dem Licht zu. Der Aufruhr entschwand leichthin wie ihre Bürste; das bleiche Bett, die erstrahlenden Wände und der Sommer umgaben sie. Die Köchin schrie ein stammelndes Mädchen nach mehr Butter an, die Besucherin mampfte einen Wecken. Da auf dem Boden, da neben dem kleinen schicklichen Bett war, jetzt im Schatten, die Stelle, wo sie ihn in ihrem Schoß gehalten hatte.

Trotz der dunkelbraunen Symmetrie und der Schatten der Häuser draußen war die Luft von einem hellgrünen Dunst erfüllt. Geduldig und warm erhob er sich über die hängenden Äste, verdünnte sich unter den Büscheln frischer grüner Blätter an den zwischen Mauern und Bürgersteigen eingezwängten Bäumen. Der Morgen mit seinem sich ausbreitenden Dunst, den über die Zäune debattierenden Stimmen, den mit den Möbeln kämpfenden Wedeln und Lappen, den zerzaust auf den Knien schrubbenden und flüsternden Mädchen, erwachte lärmend und rege, und das Haus füllte sich mit Laufburschen und gewaltigen Obstkörben, es schien, als ziehe es die Stadtbewohner in Scharen an. Dies war die Zeit, da man mit weich um die Hüften fallendem Haar in der Sonne sitzen, dösen und wachwerden sollte, träumend die liebliche Luft genießen, Gedanken für künftige und vergangene Jahre sammeln, wie eine in Schwarz gemummte Alte in einem Torweg.

Ein Halbdutzend Vögel, im Laubwerk gefangen, versuchte auf sich aufmerksam zu machen, und weit unten im Vestibül konnte sie Gerta mit ihrem Vater reden hören, der noch immer versuchte sich anzukleiden. Die Luft wallte wie Honig unter ihrer Nase, sie rief sich ihre eigenen Wonnen herbei, die sie überall aus der beweglichen Menge der Sommergefühle pflückte. Sie winkte, sogar am Tag des Kriegsausbruchs, am Tag des Volkes, und ein leis lustvoller Schauder wimmelte ihr durch den Kopf, drängte das Halbdutzend murmelnder Vögel aus ihrer Wahrnehmung. Im Winter fiel der Schnee, wo sie es wollte, fiel in großen stillen gleichmäßigen Flocken, in glatten, leicht violetten Wänden, an die sie perspektivisch fern wie eine Kerze gehalten wurde, warm und hell. Im einsamen Sommer war sie es, in der die Vorstellung vom Schwimmen lebte, nackt im Mondenschein – Taucher selbzweit in phosphoreszierender Brandung, in Laubkleidern am Silberstrand –, war sie es, die jeden einzelnen Tag im Juni, Juli und August, der Haare über die Schultern und Pollen durch die Lüfte wehte, mit der Vorstellung von Bräune und Glätte erfüllte.

Ihre Mutter, längliche Erhebung unter den Laken, hatte all das verloren, war schrecklich gealtert zu kalter Blässe, stark und träge, unglücklich in der drückenden Hitze. Die Mutter lag Tag für Tag im Bett, Frühling, Sommer, Jahre schleppten sich dahin, nur ihr Kopf zwei Handbreit aus den Laken, die Augen geschlossen, reglos, bis irgendeine längst vergessene Anwandlung, ein Spannungsschub, sie aus den Federn trieb. Und dann ging sie einkaufen. Wenn sie einkaufte, wagte sie sich festen Schritts in Kleidern aus einer anderen Epoche auf die Straße, und Stella nahm sie mit. Sie mochte die Welt nicht, die sie sah, und ihr alter Mann wußte nie, wenn sie außer Hause war.

Hundertmal gestrählt, hundertundfünfmal, das Haar bebte in goldenem Flor; sie nahm die andere Hand, ihre Haut so weich wie Federflaum. Ihre Brüder, Zwillinge, fünfzehnjährige Soldaten in steifem Internatsblau, mit Messing ausstaffiert, gingen an ihrer offenen Tür vorüber, Augen geradeaus, Arme in Parallelbewegung, und sie hörte ihre Miniatursporen die Treppe hinunterklirren. Die Jungen sahen ihre Eltern nie, denn zur Zeit der bemerkenswerten Empfängnis der Brüder waren die beiden Alten schon im Stande tauber Großeltern. Die Brüder aßen und lebten für sich. Das Klirren klang ihr in den Ohren nach, einer der Vögel war vernehmlich geworden, und sie dachte an einen Sittich mit langen spitzen Klauen, badend in einem blauen Teich, umgeben von grün schwankenden Gräsern und dem Orange der Sonne. Der Tag hatte keinen Schrecken, nur dieselbe erstickte Freude wie immer schlich herbei mit den morgendlichen Geschäften und den alten Fahnen, die an den bewachten Straßen entrollt wurden.

»Frühstück, Frühstück!« rief Gerta, zermürbt und abgehetzt, aus der Vorhalle im Erdgeschoß, die Mundwinkel herabgezogen, eine Faust voll Silber, rief, um das Haus zu noch größerer Geschäftigkeit zu erwecken. Die lumpige Menge wurde allmählich unruhig, johlte aus runden, stolz und fröhlich geriebenen Gesichtern, während innerhalb der hohen Mauern der komplizierte Prozeß der Verteilung der einzeln eingenommenen Mahlzeiten in Gang geriet. Zwanzigtausend Fuß hoch in der Luft jagte kalt und dünn eine Windscholle über die Stadt, indessen unten Warmluft auf dem Parkweiher stand, Schwäne ihre Hälse und klammen Federn sträubten und linkisch verwirrt sacht aneinanderstießen.

Der Alte, stets als erster am Tisch, hielt steif den Kopf hoch, so daß er zitterte, rein weiße Augen starrten blinzelnd wie aus dem Schädel eines Vogels, die ganze Fläche hinter dem dünnen Gewebe zerfressen und zerstört. Manchmal aß er seine Melone mit der Gabel, dem Löffel oder dem Messer, oder er stieß sie mit seinem spitzen Ellbogen, so daß sie auf den Boden klatschte und Kerne und Fruchtfleisch über seine schwarzen hochgebogenen Schuhe spritzten. Der Schnauzbart fiel in zwei sanft geschwungenen blaßblonden Strähnen auf seinen Stehkragen, die langen Beine waren ein Gewirr schwarzer Adern. Sein Gesicht, lang und schmal, war mit Borke bedeckt und dunkelscharlachrot, dicht unter dem Ansatz des feinen Haarschleiers bildeten sich Blutgerinnsel; mindestens einmal pro Woche, am ganzen Körper verfallend, glitt er aus und stürzte. Aber die Gerinnsel lösten sich jedesmal wieder auf, wurden über die heuduftenden Gänge fortgeschwemmt und er erholte sich stets wieder.

Der Tisch mit den zwölf vor Staub kaum noch sichtbaren Blättern war so kurz, daß sie beinahe seinen Atem riechen konnte, kaum ein Fußbreit Kandelaber, Schüsseln, Zangen, grüne Stiele und Silberschalen zwischen ihnen. Als sie Platz nahm, wollte sein Kopf, suchend wie an jedem Morgen, wie ein sprödes Stück Kuchen über die Frühstückstafel zu ihr herschwimmen, wurde aber von einem wirren Farngestrüpp in azurener Vase und einer Pyramide mit dunklen Kirschen besetzter Butterpastetchen daran gehindert. »Stuhl«, sagte er mit Fistelstimme, da er ihren Namen nicht mehr aussprechen konnte. Sie saßen dicht voreinander in der Mitte des langen Speiseraums, der Mann mit seinen neunzig Jahren und das Mädchen mit ihren Pfirsichen, während oben, in einem der Gewölbe, eine große Uhr die elfte Stunde schlug. Gerta eilte ein und aus, immer mit einem Wägelchen voller Servietten, Brötchen, Messer, allerlei Soßen und Pfannen mit nicht Durchgebratenem und weichgekochten Eiern. »Armer Mann«, sagte sie und tupfte einen langen Streifen frischen Eierwassers von seinem Rock, wobei sie Stella ab und zu einen zornigen Blick zuwarf, als habe das arme Mädchen selbst seine fleckigen Hände beben und die durchscheinenden Fäden auf seine Brust glitschen gemacht. Stella sah finster zurück, verstreute Krümel über den kleinen Tisch und stieß an das Kelchglas, daß ein Mundvoll Wasser auf die Kaffeemaschine zischte.

»Paß doch auf!« schnappte Gerta, und ihre Pantoffeln tappten wütend über den Läufer.

An diesem Morgen schaffte er es, die rosigen Scheiben zwischen seine Finger zu bekommen, doch glitten sie durch ihr öliges Parfüm und fielen immer wieder zu wackligen Haufen wabbelnden Gelees auf das Tischtuch zurück. Stella dachte an Ernie und lächelte über den Blumentisch ihren Vater an, besah mit ergötztem Interesse seine schlüpfrigen Hände.

Der Junge wußte nicht, was er sagte, die Einkesselung von Paris 1870 kostete viele Menschenleben, und die Verantwortung, davon verstand er gar nichts, sonst könnte niemand so reden, Stolz auf den Höhen. »Krieg«, sagte ihr Vater, und furchtbar glommen seine Augen durch den Farn. »Krieg«, und er beugte sich ein wenig vor, als ob er sie schlagen wollte, doch sein Arm hob sich nur halb, erzitterte und sank auf den Teller zurück. Ihr Lächeln erlosch.

»Wo ist der Bahnhof?« fragte er.

Stella sah kurz in sein fragendes Gesicht und aß dann weiter. Sie war betrübt.

»Er möchte bloß ins Bad«, sagte Gerta, und indem sie sich unter sein dürres aufgerichtetes Gerippe stemmte, führte sie ihn ab, weiß wehte die Spitzenhaube auf ihrem Kopf. Die beiden Jungen klirrten durch den Flur und machten mit einem Synchron-Schwenk den Weg frei. Die Köchin hetzte sich ab, um weitere Brötchen in dem dampfkesselgroßen Ofen aufzubacken, eine Flamme unter der Kaffeekanne am Brennen zu halten, von Schrank zu Schrank zu hasten und Säfte und Würze zusammenzuraffen und einen riesigen Schinken am Spieß zu drehen. Stella zog an dem langen brokatenen Band und hörte durch das Pfannenklappern und Wasserrauschen die Glocke aufklingeln. Gertas Freundin kam herein, sie trug noch immer den braunen Schal und den mit Veilchen geschmückten Hut, hielt noch immer mit fettigen Fingern ihre Papiertüte umklammert.

»Mehr Toast«, sagte Stella.

»Toast, aha«, sagte die Frau und entschwand.

Stella glaubte, daß ihr Vater furchtbar litte. Zu manchen Tageszeiten ging sie mit ihm die schönen Korridore auf und ab, wobei seine Hand nur leicht auf ihrem Arm zu liegen pflegte, ein Lächeln auf seinen welken Lippen. Manchmal litt sie selbst, wenn auch meist an den Abenden, in den blauen Schatten ihres Zimmers, nie morgens, denn sie wußte, wenn der Abend dämmerte, würde sie ihn sehen, halb verborgen, in voller Galakleidung, hinter den hohen brennenden Kerzen. Die Wände des Speisezimmers verdunkelten sich beim Hereinbrechen der Nacht, das Silber erglänzte in den Flammen, ungeheure Schatten von weißen Blumen, die den Farn ersetzten, fielen auf ihn, tauchten ihn in ein täuschend Anderes, das sie entsetzte. An solchen Abenden erinnerte Stella sich daran, wie er, als sie ein kleines Mädchen war, mit ihr gesprochen hatte, ehe seine Stimme verschwand, und sie hörte seine Stimme von Belagerungen und Brautwerbungen und Smaragdländern sprechen, und dann wünschte sie, daß er noch immer ein Vater wäre. Nachts vermochte sie nichts zu unterscheiden. Aus einigen langen Gesprächen mit ihrer Mutter wußte sie, daß die Männer seit fünf Generationen große, stattliche, besonnene und ehrbare Soldaten gewesen waren, die sich allesamt wie Adlerbrüder ähnelten, und daß alle diese Männer jung gestorben waren. Ihr Vater hatte die Züge dieser anderen Männer und seiner Familie dermaßen überlebt, daß er gar nicht mehr existierte und nicht einmal mehr sprechen konnte. Dieser von den Kerzen verdeckte Mann war ihr trotz seinem hohen Alter ein Rätsel.

»Du brauchst mir nicht zu sagen, wo er hinmuß«, murmelte sie, was Gertas Freundin verblüffte, die eben mit dem Toast zurückkam.

Das Haar in ihrem Nacken war haselnußbraun, der Rest zitronengelb, und als sie ging, ruckte es launisch, als sei sie bereits angekommen – in dem Mausoleum, wo er verbunden lag, wo Rosenblütenblätter unter ihren Gebeten abfielen. Zur heißesten Stunde des Tages nämlich war das Haus ausgedorrt, sein kalkiges Gesicht war stet und fest, der Idiot des Frühstücks, der Marschall des Mittagessens war in der Sonnenglut zur Larve eines alten Mannes geworden, wo immer sie ging. Für nur einen einzigen Blick hinein, bevor die Tür verriegelt wurde, würde sie sich erbötig machen, eigenhändig die Grabschrift zu meißeln – wie frisch dünkte ihr der Marmorstaub in der Mittagshitze. Nie und nimmer konnte sie ergründen, sie erfuhr bloß Bruchstücke aus der sorgsam gehüteten Truhe ihrer Mutter. Zuweilen, wenn Stella besonders schön aussah, glaubte sie mit dem Haus um sich her zusammenbrechen zu müssen, wenn er einmal für immer gehen würde.

Ihr Zimmer unter dem Schieferdach war warm, die regelmäßig an den Wänden verteilten Seestücke warfen ein blaues Licht, die Vögel unter dem Fenster waren verstummt. Jutta, ein staksiges Kind von elf Jahren, machte ihr Nickerchen in einem kleinen niedrigen Kabuff am Ende des Flurs, das man vielleicht in einem Internat oder Nonnenkloster, weiß und kahl, vermutet hätte. Ihr Mund stand offen, sie atmete schwer, die dünnen Beine gespreizt, als säße sie auf einem Pferd. Stella befestigte die Haube mit rosa und gelben Bändern, zog ihre weißen Handschuhe an, trat auf die Treppe und hielt inne, um den leisen häßlichen Schlafgeräuschen des Kindes zu lauschen. Draußen, vor dem Haus, fand sie sich vom Schweigen der Menge umfangen, und aller Augen blickten nach oben. Auf dem schmalen Balkon stand ihr Vater, noch immer gehalten von der lächelnden Gerta, ganz dicht an sie gedrängt, Spitzen flatterten an seine Uniform. Auf einmal sprach er, und das eine Wort, leise und erregt, senkte sich über sie. »Sieg.« Einen Augenblick lang warteten sie auf mehr, starrten, lauschten, dann brachen sie in Beifallsschreie aus, während der Alte schon wieder ins Zimmer zurückgestützt wurde. Sie merkten nicht, daß er wähnte, der Krieg, der eben begonnen hatte, wäre vorbei, sondern nahmen nur dies eine Wort und schickten es die Straße hinunter, von einem erstaunten Bürger zum nächsten. Stella ging los, der Schatten der mächtigen Reihe von Bäumen wanderte über ihren Sonnenschirm.

Männer tippten an ihre Hüte, Karren rollten vorbei, Riesenhintern wuppten majestätisch zwischen den Deichseln, Ketten rasselten, Peitschen hieben; in Läden hingen schlaffe Wimpel, als wäre Feiertag. Ein ungeheurer gestopfter Fisch grinste ihr entgegen, Sonnenlicht spielte zwischen seinen blauen Flossen, Haufen kleiner Muscheln, grau und feucht, lagen um ihn auf dem zerstoßenen Eis, als hätte er gelaicht. Ein Straßenstück lag im Orange einer Markise, Passanten bildeten unablässig schwadronierende Gassen, Kinder zerrten grinsend parkwärts voraus. In den Krupp-Werken schwenkten Ketten und Arme riesige, blaßgrün eingeschmierte Stahlrohre und richteten sie durch vergitterte Oberlichter auf den Sommerhimmel. Die Insassen blickten aus dem Gefängnis in den weißen Kalksteinhof, Kutschen glitten auf schwankenden Gummireifen dahin, und ein Revers nach dem anderen kam ihr mit einer weißen Blüte betupft entgegen. Im Fieber dieses ersten warmen erregenden Tages mit den überall in der Stadt erscheinenden Plakaten und stolz die Köpfe ihrer Söhne tätschelnden Müttern überlegten Stellas Onkel und Tanten und ihre weniger glücklichen Vettern und Bekannten, sich Kühlung zufächernd in trostlosen Empfangszimmern oder das Datum im Tagebuch notierend, wie der Ausbruch der Feindseligkeiten sich auf die Stellung ihres Vaters auswirken würde, und machten sich, helle Kleider anlegend, zu einem kurzen Besuch bereit.

Eine Schwalbe tauchte jäh ins Verkehrsgewühl nieder und dann, erfolgreich, wieder nach oben. Genau da fing der Kopfschmerz an. Er kam, wie einen mittags am Strand ein dumpfes Stechen befällt, ein leises Gefühl in ihren Augen; gefältelt unter ihrem gelben Haar, rieselte er ihr langsam den Nacken hinunter und ließ über den weißen Damenhandschuhen des Polizisten mehrere Mundvoll Spucke aufschimmern. Sie hielt sich die Hand vor die Brust, so winzig war der Kopfschmerz, der ihr fast in der Kehle steckenblieb. »O ja«, sagte sie bei sich, »ich habe so viele Künstler gesehen«, und wirklich war sie einmal einem Mann begegnet, der, nach Flöhen kratzend, auf einen Tisch gesackt war. Die Seestücke an den Wänden ihres Zimmers erinnerten sie an den warmen Süden, an Inseln, wo die weiße Sonne in die Augen stach, an perlgraue Kieselsteinchen, die ihren Fingerspitzen glichen. Sie konnte niemandem zulächeln, eine samtene Schulter streifte hastig vorbei, grelles Blau und Rot huschte die Straße entlang. »Dein Vater war ein wunderbar tapferer, liebevoller Mann«, sagte ihre Mutter oft. Hunde bellten und jaulten, gelbe und weiße Wände glitten durch ihren Blick, im Gehen gewann sie kleine Eindrücke, die kostbar blieben und eine Quelle ständiger Inspiration, sie erhaschte eine flüchtige dunkle Vision von Europas möglichem Schicksal, bedauerte den Schuh mit dem doppelt hohen Absatz. Die Häuser, niedrig, geschmückt, mit ihren lächerlich stumpf in den Himmel gereckten Türmchen, die alle in die Straße zu stürzen versuchten, behelmt mit eisernen Spitzen, warfen gelben Nebel an die Wolken. Wenn ihr Gesicht ernst war, wenn sie die Pferdekarren oder die vorbeiziehenden, unscharf in den Stein gehauenen Zahlen betrachtete, die bewegte Straße betrachtete, wenn ihr Gesicht leer war, dann war es eine kleine Blüte, als sei das größere Mädchen losgezogen, den Vater zu suchen. Wenn sie aber lächelte, war ihr Mund verkrampft, die Sehnsucht ihres Winkens vergebens. Wenn der Mond zu sinken begann, hatte Gerta sie immer vom Bettrand ihrer Mutter fortgetragen; dann lag sie wach, das Kindermädchen hütete die Tür, und irgendwo vom Flur her konnte sie den alten Mann stoßweise schnarchen hören. Die Sonne stach ihr in die Augen; jetzt, da ihr der Kopf so wehtat, war es bestimmt schwerer zu hören. »Dein Vater war ein großer Mann, und wir sind in die Berge gegangen, bevor es die Eisenbahn gab.« Wenn sie, selten genug, mit ihrer Mutter redete, sprach sie durch sie wie durch ein schwarzes schwankendes Hörrohr mit einem sehr alten Mann, der ihr, bleich in einem Schaukelstuhl, aus dreißig oder vierzig Jahren Entfernung lauschte. Jetzt, in seinem zahnlosen Blick, war sie für ihn irgendein Gewehrträger, mit einem Pulversack am Gürtel. »Sieg«, schrie jemand, und ein Junge kam ohne seine Mütze die raucherfüllte Straße hergerannt.

Der Park lief in einen schmalen strubbligen Grünstreifen aus, eng umfaßt von hohen Mauern im Zentrum der Stadt, ein Stück Land, wo selten die Sonne hinschien und kleine Büroangestellte rund um die Uhr rauchten. Seltsamerweise lag es heute hell in der Sonne, und es waren mehr Buchhalter da als sonst, schwarz und durchsichtig. Stella ging zwischen zwei Bänken hin und her, die auf glänzenden Kniehosen Druckstreifen hinterließen. Verdrehte schwarze Schuhkappen, von den Müßiggängern in den schmalen Pfad gebohrt, berührten den Saum ihres Kleids, ihr Kopf flatterte unter den Bändern, schmerzte stärker, ein riesiger, schwarz und weiß gefleckter Hund trabte vorüber. Der Himmel überzog sich kurz mit einem cremigen Schmier, entwaberte sich dann wieder zu reinem Weiß, machte die Grasflecken zu Stroh. Einmal hatte sie sich unter Mutters Röcken vor Gerta versteckt, hatte den überwältigenden Trost ihrer Rüschen empfunden, eine seltsame Erfahrung war das gewesen. Die Mutter hatte grobe Hände unter die Falten geschoben, das Würmchen gepackt und die Tochter dem Kindermädchen, das immer schlechten Rat wußte, zur Aufbewahrung in strengem, geschmeidigem Griff übergeben. »Dein Vater sähe es nicht gern, daß du dich so benimmst.« Stella entsagte der ganzen Stadt, nur dieser einen Trift nicht, sie entsagte allem Licht bis auf das, was in ihrem Kopf so schmerzte, und hoch über den tuschelnden Buchhaltern erkannte sie, wie sehr sie Ernie liebte. Stadt und Kerker und Straßen in der Hitze, er schützte, durch einen Wald von jungen Haaren, vor allem Sterbenden. Sie wartete geduldig.

»Mein Gott, du Trottel, warum schläfst du nicht?« Die Mutter sprach aus einer gebauschten Halskrause über den Rand des fest mit beiden Händen über ihren Busen gezogenen Lakens. Der Vater irrte mit aufgeknöpftem Rock hinten in dem abgedunkelten Zimmer noch gebeugter und verhärmter um die drei Seiten des Betts, seine feine Römernase zuckte vor Aufregung, finster rot glühte sein Schädel. Das Zimmer war geschützt und warm, ein fasriges Braun glomm durch die Läden und Dunkelheit. Die alte Frau lag weiß und still im Bett, auf dem schwarzen Holz um sie her ein Mosaik aus silbernen Scherben, gebrochenen Flügeln. Der Vater hatte einen seiner Traumanfälle, zählte ganz langsam irgendeine verschrobene oder wichtige Zahl an seinen gelben Fingern ab, die niemals aufgehen wollte. Obwohl der eine Körper stark war und der andere gebrechlich, obwohl die eine Stimme schikanierte und die andere kaum murmelte, obwohl der Mann vor Erregung bebte und die Frau wie aufgebahrt dalag, waren die beiden sich doch sehr ähnlich, denn bei beiden war das Haar gewichen und bleich geworden und hatte Stirn, Augen und Mund ausdruckslos vor Alter zurückgelassen. Ein Chiromant hätte in ihren Händen kein Leben gesehen, trotz des ganzen Gewirrs feingezogener gelber Linien, der sich überschneidenden weichen Pfade und der Massen ungenutzter Wege. »Wenn er sich doch nur zu den himmlischen Heerscharen verziehen würde«, dachte sie. »Setz dich«, sagte sie, aber er hörte nicht darauf, und sie vernahm nur das langbeinige Rascheln seiner Uniform, und unerträglich lastete die Sonne über ihnen auf dem Dach.

Jutta wurde wach, und das Zimmer war voller schwarzer Gestalten.

Die Hitze schien entschlossener zu werden, selbst die Buchhalter, Unhörbares einander in die Ohren tuschelnd, keuchten, und Stella glaubte, die flammende Sonne werde nie mehr aus dem lähmend klaren Himmel herabsinken. Sie fragte sich, wie die seltsamen wilden Kannibalen auf den Tropeninseln oder auf dem dunklen Kontinent, die mit bleichen Knochen im Haar und schwarzen, im flimmernden Sand gehärteten Füßen umherliefen, diese schreckliche Sonne, nur mit ihren Federn bekleidet, ertragen konnten. Der Kopfschmerz machte sie benommen. Sie sah diese Menschen ihre Opfer hoch über ihren Köpfen tragen, große rachsüchtige Wesen, die wie toll auf ihren geheimen Felsen sangen, die nachts sogar auf Steinen schliefen, rötlich glänzend im Feuer, deren große Körper immer angespannt waren, ob bei der Rast oder auf der Jagd, und deren Frauen von der Hüfte aufwärts nackt gingen. Ihre Ohren waren durchbohrt, Insekten summten leise über den Kindern, die Inseln stiegen immer höher aus dem See. Sogar wenn sie müde war und vor Hitze fast umkam, selbst in einem solchen zittrigen Zustand noch liebte sie ihn. Ihre Stirn pochte, die Buchhalter schauten. Ihr lichterlohes Herz und ihr verschmachtender Glaube begannen sich abzukühlen, wurden von Ungeduld fortgerissen. Sie hatte genug von diesem lärmvollen Park, so nah bei den vorbeiziehenden Pferden, die Kopfhauben trugen mit Löchern für die Ohren. Sie hatte Angst, alleingelassen zu werden. Und da, ehe sie eine Chance hatte, dem zu plötzlich vor ihr aufgetauchten Bild zu begegnen, ehe sie eine Chance hatte, sich auf dieses Spiegelbild einzustellen, nach dem sie in all den Schaufenstern gesucht hatte, und diesen Alptraum von sich selbst abzuschütteln, sah sie ihn über die Straße und den Weg angerannt kommen, halb zur Seite gedreht, dünn, aufgeregt, wild lächelnd aus den frischen Bandagen um seinen Kopf.

»Stella!«

»Ernst!«

Zwanzig Minuten lang gingen sie unter den gelben und grünen Blättern und an dem kühlen, himmelklaren Weiher entlang, rochen die von den Parkbehörden angebauten Beeren, ein paar schöne tropfende Blüten, hörten Babys winzig aus Kinderwagen quieken. Dann brachte er sie nach Hause, verließ sie, spürte endlich das Nahen der Dämmerung, sein Herz war voll und vage wie Wasser.

Am Ende der nächsten Woche waren die ersten Tausendschaften tief in Feindesland, Munitionszüge rollten nächtelang, die Stadt glühte bis spät in turbulenter aber großartiger Organisation, und das Haus war voller Besucher, die ihren Eltern im Schlafzimmer ihre Aufwartung machen wollten. Sie alle trachteten auf leisen Sohlen diese, ihre Mauern zu erstürmen, sie zu übersteigen in einem Haus, das ebensowenig ihr wie ihnen gehörte, wollten die Mutter, Fliegen über dem weißen Laken, nach dem hochverehrten Manne ausforschen, und krochen ganz genau so, wie sie kroch. In diesen sieben Tagen schnappte sie unabsichtlich, teils aus Liebe, Wortfetzen auf, und vergaß die Kannibalen. »Wir trafen uns in einem schönen Hain an einem Sommerabend, und rochen den Tau.« Doch in all den Stunden, während Gerta trampelnd herumlief und ihnen im Vorzimmer, wo sie ihre ungestalten Hüte noch immer nicht abgelegt hatten, Tee servierte, hatte sie aus irgendeinem Grund das Gefühl, als wären alle diese kurzflügligen, praktisch wildfremden Gestalten zum Trauern gekommen, und als wäre dieses Trauern, dieses Verkehren mit den Toten, der letzte verzweifelte Versuch, die letzte Chance, einen Klatsch zu halten. Sie hatte das Gefühl, daß sie ihr die Freude an der Sonne nahmen, daß sie auf eine ihr nicht begreifliche Weise, einer gierigen Horde gleich, eben diese Nachforschungen und den dämmrigen häuslichen Frieden verunglimpften. Die Seestücke verloren ihre Farbe, mitten in dieser bemerkenswerten Mobilmachung begann sie sich betrogen zu fühlen. Ernst war für diese Woche weg, das alte Haus war fest verschlossen, und doch quetschten sie sich durch Türen und Fenster. Jutta war noch frecher als sonst.

Der siebte Morgen war sonderbar kalt. Das ganze Licht war fort, das Obst schal, das Klappern der Dienstboten aufdringlich und grell, die Kapellen im Park spielten laut und schief. Man lebte sich ein. Der alte Mann tappte schneller als gewöhnlich durch die leeren Flure, die Brüder tuschelten, das ganze Rund dunkler Gemächer wurde, nicht feierlich, sondern krampfhaft, in die enge Gegenwart gedrängt. Männer wurden erst an der einen, dann an der anderen Schulter ab in die graue Reihe geschoben, und das ganze Haus, von den Teakholzsparren bis zu den Weinkisten, begann zu beben. An diesem Morgen stieg die Mutter aus dem Bett wie lebendig, starrte einen Herzschlag lang in die unerfreulichen Schatten um sie her, begann sich dann mit exakten stoischen Bewegungen anzukleiden und wuchs nach und nach zu monströser Größe. Sie hatte ein langes schwarzes Kleid an, grobe graue Handschuhe, einen engen Rüschenkragen und einen Hut mit riesiger schlapper Krempe, der die dunklen Flecken um ihre Augen und auf den Wangen noch auffälliger, fast wie zu verbergende Verletzungen erscheinen ließ. Einmal, vor Jahren, hatte die Mutter den Vater verlassen, und war drei Monate später, reizend und dünn wie eine Bohnenstange, zurückgekehrt. Jetzt hing das Alter als wenig reizende Haut an ihr herab, auch wenn sie heute auftrat, als wolle sie es mit letzter Kraft noch abstreifen. Die schwarzen Flecken sahen böse aus, und als es sich herumgesprochen hatte, daß sie aufgestanden war, wurde es still im Haus, obwohl der Vater noch immer unruhig, in die Quere kommend, umging, als wäre etwas nicht in Ordnung. Die Mutter hatte jegliche Moral, Selbstüberwindung und das künftige Reich vergessen. Sie war zu niedergedrückt, es war Zeit zu gehen, denn Alter drang in die Lücken.

Stella trug den geräumigen Korb, die Straßen waren leer, ein paar leuchtende Wolken wehten hastig vor einem rauchschwarzen, tausend Fuß höher zugezogenen Himmel über den Horizont. Mit einer warmen zutraulichen Geste nahm sie den Arm ihrer Mutter.

»Geben Sie mir diese Zitronen, bitte.« Der kahlköpfige Mann warf sie hinein, wedelte mit seiner Schürze nach einem Hund mit rosa Schnauze. Fliegen hingen über dem blauen Fleisch.

»Kartoffeln.« Staubig rollten sie unter die Zitronen. Das alberne Mädchen schüttelte das Geld auf die Theke, es wurde dunkler.

»Äpfel.« Von den Bäumen, den Ästen, mit Wasser und grünen Blättern besprenkelt. Der Korb füllte sich, der Verkäufer hinkte.

Lebendiges Geflügel stumm in einem schmutzigen Käfig. Klauen krallten nach den kalkverschmierten Rosten, Augen zuckten jeder Bewegung nach.

»Melonen, dein Vater hat Melonen gern.« Sie waren verschrammt und grün und machten den Korb noch schwerer. Der Ladenschwengel spähte hinter einem Preßkopf hervor, rot flatterte die Zunge, bloße Füße scharrten im Sägemehl.

Die Mutter und das Mädchen gingen los, die Straße zu überqueren.

Ernst

Hinter ihnen kreischte eins der Hühner auf, am Himmel erschien ein Fleck.

»Ich denke, ich sollte Blumen kaufen.« Ein paar Nichtstuer wichen ihnen aus, die alte Frau studierte ihre Liste.

»Du sollst dich nicht so anstrengen, Mutter.«

Der Tag war von besonderer Öde, ein vorsätzlich kalter Tag, sämtliche Sommerinsekten lagen in Deckung, Sträucher, elend mit tödlichem Blau bespritzt, lagen geknickt, alle offenen Fenster waren verhangen, Schläfer wälzten sich, leer und ohne Hast schwankten ein paar Omnibusse daher.

»Ich sollte noch ...«, sagte die Mutter, sprach aber nicht weiter, musterte mit äußerstem Abscheu ihre verödete Heimatpromenade: mit wackliger Hand beschmierte Fassaden, dürre Zweige in der Gosse, kein einziger Sterblicher. Das war alles.

Das Rufen des Polizisten wurde unsinnig, unsäglich wirr, als der

Fleck schnell vom Himmel fiel, zwei kleine Köpfe in Leder, gefangen in rauchigen Löchern, die Maschine, nicht größer als der Rumpf des Mannes, knallte, pfiff, hustete schwummrig. Sie brauste über Mutter und Mädchen, schlug einmal mit den Flossen, und stürzte, typisch englisch, auf der anderen Seite des Platzes ab. Rasch entflammten Holz und Papier, verzehrten die Flieger, ließen nur den Glimmer vor ihren Augen unversehrt. Und bei diesem Absturz durch Maschinenschaden jagte das Flugzeug der Mutter einen Splitter in die Brust und warf sie nieder. Der Polizist schob Stella immer wieder an den Schultern fort, während es aus der schlecht und recht bekleideten Menge unablässig fragte: »Was hat das alte Sprachrohr?« Sie waren auf die Straße getaumelt und auf eine tote alte Frau gestoßen, schwarz, verkrümmt, zu Boden geschleudert. »Was schubsen Sie mich denn so?« Hinten im Straßeneingang brannte das frische Gras, die alte Vermittlerin war so in Rauch gehüllt, daß sie, diese Mutter, die zweite Stimme des Vaters, erstickte, verstummt war, Asche in ihrer Kinnspalte und über den offenen Lippen.

»Gavrilo«, murmelte Stella, »was hast du getan?«

Die Vögel zirpten engelhaft ahnungsvoll, kreisten hoch und niedrig, fütterten, nisteten, riefen hinter den Vorhängen in sanftem Spott, und die Tage vergingen im milden Klima sommerwarmen Gemäuers. Der Marmorstaub legte sich; bleibeschwerte Vorhänge, unlängst zugezogen, hingen bauschig und prall vor der Sonne, Hüter des Zimmers. Die Seestücke waren weg, an den Wänden keine Schatten, silbrige Flundern, wie aus der Vergangenheit emporgestiegen, dämpften ihre leisen Muschelstimmen, und jede Mitternacht, jeden Mittag vermißte sie das Läuten der Glokken. Ihre Trauer war ein kaltes Winken, ein tränenloses Fingerwedeln zum Abschied, eine weich in ihrer Kehle ruhende Gebärde, die kaum den sanften Wechsel des Lichts draußen stören konnte. Stete Dämmerung herrschte, stieg, wachte, sank träge herab, hallte sorgsam durch ihren Schlaf, erzählte von der Einsamkeit jedes vergangenen Tages. Stella wähnte die Bahre neben sich. Dieser ewige Nachmittag umklammerte ihre Knie, mit jedem Tag wurde der Geist trüber, geschützt hinter der düsteren verlorenen Maske der Niedergeschlagenheit, dem warmen Süden entzogen.

Jene Schiffe, die einst mit der Brandung hereingefahren kamen, waren jetzt kalt und fahl, weit über ihren Kummer hinausgesegelt.

Die Hände der Mutter waren gefaltet, die Runzeln hatten sich seltsam vertieft, bis das Gesicht verschwunden war, die Blüten welkten zu kaltem tönernem Braun. Ihr schwarzer Kragen lag schief um ihren Hals, der Ring ihrer eigenen Mutter stak in einer hastigen Satinspalte, in Papier gewickelt neben ihr. Man sprengte Wasser, um die Luft frisch zu halten, und die Dekoration begann anzulaufen. Am Abend verfärbte sich das Gesicht. Wohlgeruch stieg aus kleinen Kissen; sie trug weder Strümpfe noch Schuhe, und das Haar, dünn und spröde und hochgesteckt, war kaum zu frisieren. Die Lider schwollen, und niemand sprach vor.

Stella harrte, wach auf dem Stuhl, horchte den gedämpften Schritten nach, ihr Gesicht in der starren Pose eines Zirkusjungen, entstellt, kalt, ihre Einsamkeit unbewegt von Erinnerungen, betäubt vom Sommer. Als wäre sie eben zum ersten Mal, zu ihrem ersten Tanz an die eingesunkene Brust der Mutter geflogen, steigerte sich ihre jungfräuliche Trauer jetzt zu einem Lächeln, als das Orchester anhob und sie, trippelnd geführt von der alten Frau im gestärkten Kragen, über die leere Straße glitten. Diese dürren unnachgiebigen Finger streiften sie, schwebend, bestürzt über das immer reglose Gesicht. Gelockt von ihrem ersten Eindruck dieser Jahreszeit, viele andere augenlose Tänzer nahebei, rein und rar, ließ sie nicht ab, sondern blieb sitzen, Stunde um Stunde, und wartete. Diese Finger raschelten im Dunkeln. Sie hörte die unablässig scharrenden Füße von Insekten, die mit ihren blauen Flügeln, ihren Pünktchenaugen auf dem Sargdeckel herumkrabbelten, und ein alter Bischof ließ murmelnd seine Finger über das mit Wachs versiegelte Rechteck der Kanten gleiten. Man versuchte ihr das Haar zu kräuseln, aber das Eisen war zu heiß und sengte. Die Nasenlöcher waren, anstatt schmerzhaft geweitet, gleichgültig eingezogen, zwei kleine Striche am Apex ihrer Nase.

Manchmal glaubte sie gewinkt zu haben. Sie sah das Schiffsheck ganz langsam sich auf dem flachen Wasser in die Ferne schieben, ein paar unerkannte Gesichter starrten zurück, und einen Herzschlag lang nahm sie Fischgeruch wahr. Das Meer rollte tonlos fort, und als sie zurückging, erstickten alle Wege unter Marmorstaub, und die Luft roch nach Leinen und toten Bäumen. Und sämtliche Ahnen Stellas hatten endlich diese Reise angetreten – der Ozean war voller Schiffe, die sich nicht begegneten. So viel Puder sie auch auf das Gesicht der Mutter streuen mochten, am nächsten Morgen lag doch noch immer steif unter der Haut das Eisengrau.

Nachts stellten sie eine Lampe neben ihren Stuhl, die sie beim ersten Licht wieder entfernten, die Flamme streifte die starren Falten ihres Kleides, glomm schwächlich wie die glatten, aufgewühlten Kämme der Wogen, beinahe erloschen. Jeden Morgen saß sie so gerade, als hätte sie gar nicht gemerkt, daß sie in den Stunden um Mitternacht jenseits der Lampenkugel um sie hergeschlichen waren. Nie sah sie sie zurücksegeln, und diese so überaus distanzierte Besucherin, neben ihr aufgebahrt, Tag und Nacht schlafend und so verändert durch die Übernahme dieser düsteren Rolle, schien nur darauf zu warten, sie in das Land der Sehnsucht zu bringen, wo ihre Tränen den ganzen Berg über der Ebene benetzen würden. Stellas Gesicht ward allmählich unsauber, ihre Arme wurden dünn, die Finger steif, ihr Mund trocken, während sie versuchte, sich an den Namen dieser Person zu erinnern. Dienstboten und unvermutete letzte Besucher schwitzten. Die alte Frau wurde feucht, als schwebe sie in Ängsten.

Schließlich wurde der Sarg aus dem Haus geholt.

An diesem Tag saß Ernie zu ihren Füßen, und wieder war es so heiß, daß die Vögel ihre Köpfe unter ihre schattigen Flügel verbargen, verkalkt waren die Brunnen, das Zimmer verschlossen. Sie hörten das Schlurren im Flur und auf den Treppen, als der Sarg sich aus dem Haus entfernte und die Dienerschaft, wort- und tränenreich Türen aufhaltend, in der Vorhalle unten umhereilte. Ernie wollte die Vorhänge aufziehen, wagte es aber nicht.

»Du hast nicht einmal ein Kreuz«, sagte er. Seine Geliebte schwieg. »Du hast nicht einmal Kerzen, kein Jesusbild, keine Tränen. Was soll ich da nur sagen?«

Da begann sie zu seiner Verblüffung zu murmeln.

»Entschuldige. Ich will an das ewige Leben der Seele glauben, ich bin verwaist. Ich will die Orte sehen, wo der Tod gewichtig zu den Jahren spricht, wo sich die Brandung über ihre Sünden und Sorgen wälzt, wo vorm himmlischen Tal der Fels der Unsterblichkeit steht, und ich will glauben, daß meine Mutter Frieden gefunden hat. Ich habe sie verloren. Hat jemals ein Mensch solch furchtbares Leid erfahren und gewußt, daß seine Augen bis ans Ende aller Tage nur noch sehen werden, sein Herz nur noch schlagen wird in ihrem Schatten? Welch unseliger Verlust, die Kerzen sind niedergebrannt, das Antlitz zerfällt für diese Unsterblichkeit. Ich habe keine Mutter mehr.«

Dies war ihr einziger Blick in den Himmel, und sie weinte so sehr, daß er Angst bekam. Endlich nahm sie seine Hand. Die zwei Brüder feuerten beim Begräbnis die Kanone ab.

Am selben Abend zog Stella, da man ihn nicht alleinlassen konnte, in das Zimmer ihres Vaters um, und er beobachtete mit argwöhnischer Unrast die Schlafende, die nur die Hälfte des unbeholfenen Raumes des Kranken ausfüllte. Sie bewegte sich durch Berge schmutziger Nachthemden, durch ein Spalier von Emailletöpfen für den alten Mann, im schalen Geruch von Knochen und Fliegen, leerte die tiefen Schubladen voller Essen, das er versteckt hatte, wachte in der Düsternis und Wirrnis der abgestandenen Luft. Weit nach Mitternacht sang sie ihm Schlaflieder, sie fütterte ihn mit einem Löffel, rieb ihm das blasse Gesicht und den Hals, stritt mit Gerta über seine irren Reden, und doch konnte er sich nicht am Leben erhalten. Der frische Grasgeruch verdickte sich wieder, und eines Morgens fand sie ihn, die Zunge nach hinten gerutscht, den Hinterkopf leuchtend rot angeschwollen, einen Helm mit Federbusch an seine Brust gepreßt. Sie war noch nicht einmal aufgewacht.

Wo ist der Bahnhof?

Die Blätter wurden schwer an den Zweigen, Vögel zogen eilends von dannen, vergessen, und der Frosthauch einer neuen Jahreszeit sank mit Regen und spätem Fieber auf die Stadt herab.

Das weite Rund aus zerstoßenem Eis rumpelte unbewegt tausende von Fuß unter ihnen. Gezahnt und schlank wie kopflose Pflanzen, wie helle durchscheinende Stengel, blitzten von den zitternden klaren Eishalmen Sonnenstrahlen hin und her über den lautlosen Hang. Es war, als seien die Fundamente des Hotels schließlich so tief in diesen unwirklich glitzernden Grund eingesunken, daß das plötzliche Gefühl von Urlaub sich über die polierten Böden bis ins Zentrum des reinen vielfarbigen Eises fortsetzte, daß der Wein erst rosig, dann golden in die steilen Klüfte strömte, wo kleine Männchen in Federhüten es mit Gesang erfüllten. An den Nachmittagen kletterten sie mit Picke, Seil, Haken und roten Hemden, hingen Hüfte an Hüfte über den tückischsten Gräbern Europas, und nachts fiel Schnee, oder der Mond stieg, von einem matt schimmernden Hof umgeben, in die Finsternis. Die Morgende klommen mit wilden Verrenkungen aus dem Tal, sprangen von Eiskante zu Eiskante, zersplitterten die blaßgrauen Stiele in strahlende Lichtbündel, bis sie sich endlich auf kalten Schwingen aus reiner Farbe, unbewegt und feierlich in einem entankerten Spektrum schwebend, über das Schnappmaul des Hotels emporschwangen.

Stella und Ernst fanden sich inmitten von gesunden Gästen, die Männer Riesen, die Frauen vom Schnee gegerbt, sogar die Alten ehrwürdig und kraftvoll, denn zu alt waren sie nicht. Im Foyer jagten sich ein paar Kinder, dienerten, wenn Erwachsene nahten. Im Freien klangen ihre heiseren Stimmchen klein und unerwartet, und man hatte Angst, sie könnten in die Eisfelder abstürzen. »Es ist ein großer Irrtum«, sagte Stella, »zu glauben, die jüngsten Kinder seien die reizendsten – das stimmt nicht.« Dennoch fand sie diese Kinder schön, die Söhne und Töchter der strammen Athleten. Sie sah sie feindselig sich balgen, und doch blühten sie, tanzten und spielten sie vor ihr. »Je jünger sie sind, desto mehr fordern sie, desto hilfloser sind sie. Sie können viel mehr als wir glauben, besonders wenn sie noch nicht sprechen können.« Sie zündeten sich Zigaretten an und entfernten sich außer Hörweite der Kinder. Ernst, bis ans Kinn in eine helle Pelzjacke gemummelt, lächelte und nickte zu allem was sie sagte, die langen Haarbüschel scheuerten an seinen Hals. Nun, da er auf den Bergen war und alles unter ihm verschwunden, ging er, um nicht auszurutschen, nur noch mit Spikes an den Schuhsohlen. Die Herzen in ihren Händen, schlang er sich das Seil um die Schulter, stieg aber nie hinab, denn sie wollten allein sein, hoch oben an diesem einen Ort. Das Weiß blitzte, vertrieb die letzten Spuren des Sommers, und Stella betrachtete diese so gründlich inszenierte Landschaft und klammerte sich an seinen Arm, als könnte er abstürzen. Doch er war näher bei Gott.

Jeden Nachmittag stand das alte Pferd gesenkten Kopfs und keuchend an der Einfahrt, ein wenig zittrig von der ungeheuren Strapaze des langen Aufstiegs. Der Schlitten war meist unbesetzt, eine Wolldecke schleifte auf dem kompakten Schnee. Das Pferd wirkte wie blind, so schlapp hing der Hals, so leer die geschlossenen Lider, und kleine Eistropfen wuchsen in den Nüstern und an der Gebißstange, klebten filzig in der schütteren Mähne. Es fror, war schwarz und dürr und mit rotem Schmuckgeschirr behangen, das nicht paßte und mit jedem qualvollen Hecheln an seine feuchte Flanke schlug. Stella versuchte jedesmal, ihm ein Stück Zucker zwischen die schlaffen Lefzen und den verschleimten Stahl zu schieben, doch jedesmal wurde es ihr von der stummen tastenden Nase aus der Handfläche gestoßen. »Ach, das arme Tier«, sagte Ernst dann immer und blickte auf den eingezogenen Schwanz und die schwachen Fesseln. »Man könnte sein Alter an seinen Rippen abzählen.« Dann kam der Fahrer heraus, rollte finster die Augen über seinem dicken Schal, gefolgt von den abreisenden Familien mit ihren Skiern. Der Rappe taumelte talwärts, und das Paar setzte seine Flitterwochen fort, zwei goldene Gestalten in der untergehenden Sonne.

Die Augen des Pferdes hinter jenen matt hängenden Lidern waren farblos und seltsam schief, dabei aber hintergründig, scheu und unmenschlich durchdringend. Die Knie zitterten hin und her.

Das war die Oberwelt. Einige der Gäste sausten am Morgen in die untere, und ihr Hochgefühl sank mit jedem Steilhang ihrer Abfahrt, bis es auf einer unerträglich niedrigen Stufe anlangte. Und so schnell wie möglich begannen sie mühsam wieder zurück, nach oben in die reine Luft zu krauchen, verhielten ihr Lachen, bis sie den Punkt erreicht hatten, an dem sie sich umdrehen und kühl erfrischt ihren Blick nach unten, über jene hängenden Gefilde schweifen lassen konnten. Die Oberwelt war edler. In der unteren stachen Grasbüschel gefährlich aus dem Schnee; liefen einem knurrende Hunde zwischen die Füße; wurde der Schnee an den tiefsten Hängen zu Regen und waren die einsamen Hütten klamm und grau. Oben war das Lachen, die vergnügt gespannte Unbekümmertheit, durchströmte für ein paar Tage oder Wochen das Neue die beflügelten Gäste mit jähem, unerwartetem Entzücken. Die Küche war exzellent. Dem schwarzen Pferd ging es in der unteren Welt besser. Es war dasselbe Pferd, das auch die Reitschüler ritten, bibbernd vor Kälte, einsam angebunden zur leidvollen Nacht. Und doch trug es sie, und ihre Gerten schnalzten im Wind.

Hier, in diesem schönen Wald von angebrannten Möbeln, in der bleichen Kühle der weit aufgestoßenen Fenster, beim Prasseln der Stubenkamine, bei den Liedern hinter den dicken rustikalen Wänden und der Liebe darin, verschlug es nichts, daß Herman gesagt hatte, er sehe sie mit Bedauern gehen, die *Sportswelt* werde sie vermissen. Die Erinnerung an das alte Haus, an die alten Eltern und ihre Schwester Jutta lag weit zurück.

Von seinem höchsten Söller, auf dem Ernie sich verbarg, um sämtliche Ankömmlinge zu beobachten, bis zu dem stufenweise sich erweiternden Mauerwerk der Fundamente, an dem die Bergblumen welk und schrumplig wurden, war das Hotel der Mittelpunkt einer kleinen schneebepackten Fläche, war es die oberste Gipfelspitze eines Bergs. Während der langen Eisenbahnfahrt hatten sie den Winter heranrücken, den Rauch aus gedrungenen Schornsteinen grauer und dicker werden sehen. Anfangs fiel der Schnee in warnenden Schauern, legte sich dann kälter auf die webenden Zweige und die hingekauerten Tiere. Nah dem Hotel war der Winter.

Auf der rückwärtigen Seite der Fläche stand ein kleines Haus, sein Dach war unter fußhohem Schnee durchgebogen, vom Hinterfenster sah man zwanzig Meilen in die Weite und tausend Fuß in die Tiefe. Jeden Nachmittag gingen Stella und Ernst, Hand in Hand, sprachlos in wundersamem Staunen, einander aufgeregt wendend und abklopfend, über diese Fläche und an dem Haus vorbei. Ein paar verkrüppelte Bäume lehnten gefährlich über die Klippen. Und jeden Nachmittag sahen sie den alten Mann auf der Schwelle, spröde Späne häuften sich auf seinen Schuhen und wie gelbe verwehte Flocken im Schnee. Er schnitzte, und grinste dabei, sah zu ihnen auf, schien zu lachen, und wies mit gekrümmter Schulter nach hinten, hinter die Hütte, in die Leere. Er schnitzte kleine und große Kreuze, grobe und feine, manche von schlichter Erhabenheit, andere mit minuziöser Darstellung der Marterqualen. Auch sie fielen über seine Füße, mischten sich unter die ungeschnitzten Scheite – manchmal war noch ein Stück grüner Rinde daran, das Jesus zu einem Lendenschurz dienen sollte. Die Unverkauften hingen drinnen an einem knotigen Draht und wurden in dem fettigen Rauch langsam schwarz; aber immer waren die Haare schwärzer als die Körper, immer glänzten die Augen, während die Haut stumpf war. Die Touristen zahlten gut für diese Figuren, die meist eher menschlich als heilig wirkten, eher gepeinigt als überirdisch. Hoch ruckten die Schultern, das Messer ruhte, und er wies auf die Nähe der Klippen. Am Ende der ersten Woche kaufte Ernie eines der Kruzifixe, einen schrecklichen kleinen Dämon mit bitter und qualvoll verzogenem Mund, nicht größer als eine Perle, und kleinen, nach außen gedrehten, verkrampften Händen. Dann begann er sie zu sammeln, und jeden Nachmittag lugte ein neuer Jesus aus seiner umpelzten Tasche.

Inzwischen waren seine Tischgebete deutlich vernehmbar. Die untergehende Sonne fleckte die mangelhaften Fenster, machte purpurne Kringel und durchwirkte die schmalen Scheiben mit gelben Masern, bis sie schließlich von einem schlierigen Bernsteinbraun wie von Mull überzogen waren und eine trübe Nacht hineinließen. Stühle scharrten unisono, wenn die fünf langen Tische sich füllten, und in dem anfänglichen Schweigen, ehe die merkwürdigen Gespräche wieder aufgenommen wurden, ehe sie ihre halb intimen Worte wiedergefunden hatten, während sie noch lediglich nickten oder flüsterten, wurde einer der Tische eines unpersönlichen frommen Murmelns gewahr. Mit gefurchter Stirn emsig das Silber und Porzellan vor sich herumschiebend, sprach er, wie wenn er mit einem alten Freund redete. Der Tisch schwieg unbehaglich, bis er endlich aufsah. Der Hoteldirektor, der diese Phase des Abendessens dazu nutzte, sich seinen versammelten Gästen zu zeigen und zwischen den Reihen auf und ab zu schreiten, um ein Gespräch hier und einen Schluck Wein da zu unterbrechen, war ob dieses unnatürlichen Geleiers sprachlos befremdet und bedachte Stella mit vielsagenden Blicken. Die Reihen schöner Kleider, die Seidengewänder, die Abendroben der anderen erschienen ihr da plötzlich unvereinbar mit dem dicken Porzellan und den kahlen Wänden und Dielen, modern und glänzend und vermessen. Sie berührte seine Hand, doch die war steif und kalt, glatt und fromm. Anfangs glaubte sie noch, an seinem bischofsmäßigen Credo teilhaben zu können, einbezogen zu sein in dies heimliche Ritual, das immer offenbarer wurde, und wenn die Abende noch so farbenprächtig waren.

Allmählich füllte sich das Hotel mit Kruzifixen.

Ernst hatte ihre zwei Zimmer auch mit Blumen und Steinen vollgestopft, mit kleinen ungestalten Blütenblättern, die versteinert glänzten, zart gewellt von der Gebirgsluft und mit glatten Opalen, von Eis-Ewigkeiten poliert. Abends vor dem Schlafengehen arrangierte er die Blüten in ihrem Haar, und drehte sie mit einem Kuß auf die Seite. Morgens stieg er auf den Söller und verbrachte eine Stunde mit der sorgfältigen Beobachtung der Ankömmlinge. Dasselbe tat er am Nachmittag, tief atmend unverwandt starrend. Er und seine Frau waren sehr glücklich. Auf dem Flur, in dem es gerade hell zu werden begann, grüßte sie ein alter Graf; sie erwachten, errötend und warm, hielten die Decken in kindlichem Schuldgefühl fest über sich, und unter ihrem Fenster lachten die Kinder, hüpften und klatschten. Er dachte nicht mehr an den Baron, an Herman oder die *Sportswelt,* dachte nicht mehr an Stellas Gesang, und wollte sie vor allem auch nicht mehr singen hören. Die Höhe machte ihm zu schaffen, er atmete schwer, und der Gedanke an Schmerzen war ihm unerträglich. Wenn jemand sich einen Knöchel verstauchte, oder wenn eins der Kinder sich ein Knie aufschlug oder eine alte Frau ein Stechen in der Brust hatte, eilte er ihnen beizustehen, ihnen »auf die Finger zu sehen«, wie er sich ausdrückte. Dann begann der alte Mann, der Jesus-Schnitzer, regelmäßig ins Hotel zu kommen, schleppte täglich einen Korb mit den unverkäuflichen Kruzifixen an, so daß die schwarzen häßlichen Jesusse nun neben den hellen neuen an den Wänden ihrer Zimmer hingen. Bald sah man Kinder mit Holzkreuzen spielen, sie im Schnee aufreihen; im ganzen Spielzimmer lagen sie herum. Ein kleiner Kronprinz besaß eins mit schön gebeugten Muskeln und Stoppelbart. Stella duldete es immer öfter, daß er sich, wenn sie spazierengingen, auf ihren Arm stützte; sie wußte, daß die allerschönsten Vögel sich am festesten ankrallen, ehe sie sich in die Lüfte schwingen.

Es war beinahe, als ob im Zimmer nebenan die ganze Familie wohnte, als ob sie in dem Kofferstapel unter dem Schiebefenster schliefe. Auf den Koffern sammelte sich Staub, und unter den gewölbten Decken schlief ein Kleid ihrer Mutter mit Hermans Weste, wohnte ein streitbarer Kamm fest und beständig einer gelben Bürste bei. Neben einem von Hermans Krügen alterte eine Pinzette vor sich hin, die einst seinen feinen Schnurrbart gezupft hatte. Die Koffer waren mit Lack versiegelt. Miteinander waren sie glücklich, und ein Flötenspieler verzauberte die beiden Zimmer.

Eines Morgens in der dritten Woche ging Ernst von ihrer Seite und stieg auf den Söller, über dem Schnee war es hell, aber die dichten Flocken hüllten die ganze Bergspitze in wintrige Düsternis, schlugen an seine Augen, streiften seine über die Brüstung gekrümmten Knöchel. Er hielt Ausschau. Es war unmöglich zu erkennen, wo die Fläche endete und der tiefe Raum, der Sturz begann. Er harrte, spähte rasch umher, erwartete den Verkünder, überzeugt von der Reise ins Dunkel. »Schau über die Ebenen«, dachte er, »und du wirst kein Licht sehen. Keine Gestalten, keine Menschen, keine Vögel, und ER schwebt dennoch über der unermeßlichen See. Dein Feind wird kommen, strahlend wie der Mond, und die alten Bande neu verknüpfen.«

Ernst hatte dem Degen abgeschworen; waren seine Wunden auch verheilt, so klaffte doch der Himmel, und der Faden des Kriegsvirus war ihm entglitten. Und dann, mitten in dem Gestöber, vernahm er die Ankunft. Die Glöckchen des Pferdes klingelten, als habe es die ganze Nacht hindurch da unten im Schnee gestanden und wäre jetzt eben erst lebendig geworden. Er hörte gedämpft einen Huf aufschlagen, eine Tür knallen. Ein schläfriger Page, seine Zunge klebte noch lange am Unterkiefer, taumelte hin und her durch den Wind, stürzte beinahe unter der Last der goldschweren Reisetasche. Der Kutscher klopfte seine Handschuhe aus und sackte den *Pfennig* ein, der Schnee stürmte. Ernie schloß den Mund und glaubte durch das weiße Dach den Reisenden aufsteigen zu sehen. Cromwell lief die Treppe hinauf und hieb auf die grelle Glocke, den Portier zu wecken. Als Ernst wieder im Zimmer war, sich frierend und furchtsam im Finstern über sie beugte, hatte es aufgehört zu schneien. Das schwarze Pferd schüttelte seinen weißen Mantel ab.

Noch immer konnte man nicht über die Festung des Hotels, über die Schwaden von Senfgas und Gebirgsdünsten, über den Tag hinaussehen, der erst halb emporgestiegen war. Die Kinder wurden hager und müde, und den Erwachsenen gelang es plötzlich nicht mehr, die ihren unter den ernsten Gesichtern zu erkennen. Mit dem schrillen Ruf der Mutter nach dem Kind durchstreiften die Eltern wie unter einem Zwang die müßigen Gruppen der Spielenden. Die Tische waren bei den drei Mahlzeiten halb leer, und eine Unmenge Teller ging in Stücke, indem das Kind beißt und die junge Mutter es doch füttern muß. Sie alle rochen den Nebel, er wallte um ihr Haar und durchschauerte sie im Bad, woran auch die Fingerspiele der Kinderfrau nichts zu ändern vermochten, während die Luft dünner wurde und das Wasser sich nur noch mühsam pumpen ließ.

Ernst hatte sich immer besser in das Handwerk des Liebenden eingearbeitet, hatte zaghaft erfahren, welch seltsame Verrenkungen die Flitterwochen erheischten, und sie, nicht er, war der Soldat, der ihn an den Zaun, unters Dickicht lockte, ihn nächtens durch die Gasse trieb. Er bewachte ihren Schlaf. Doch jetzt war es quälend, war es kalt, der Schnee bereits zu dünn, ihn zu verbergen. Er ging im Zimmer auf und ab, konnte vom Fenster aus nichts sehen, da er dem Licht zu nahe war, und ohne die Zeiger der Uhr, ohne die Morgenzeitung, ohne seine eigene Zeit begann der Morgen anzubrechen. Er war schon einer der kalten Körper unten auf dem Eis, er spürte das schreckliche Sausen der Luft. Nach kurzem Innehalten lief er schnell die Treppe hinunter, und er sah sie alle in die Universität geschleift werden, tretend, krallend, bucklig wie Kamele im Staub, gefangen und geschlagen. Jemand legte ihm beide Hände an die Knie.

Nichts regte sich. Portier und Page schliefen zusammengerollt noch einmal, bis es richtig Morgen würde. Im Foyer befanden sich bloß kalte Schatten, nicht abgeräumte Tassen, ein fallen gelassenes Hemd, ein Eimer mit dünnem Eisrand. Zum erstenmal empfand Ernst, daß die Fenster geschlossen waren, die Drähte gekappt, und er hatte das seltsame Gefühl, als ob der Berg sich bewege und dabei alle Leitungen aus dem gefrorenen Boden reiße und über unkartographierte Gefilde davongleite. Eine Zeitschrift war mehrere Monate alt, ein elektrischer Ventilator schwenkte hin und her, obwohl seine Flügel stillstanden.

Er zwang sich zu sprechen. »Wie war ihre Reise?« Der Mann stand auf, noch im Abendanzug, lächelte mit der alten natürlichen Anmut, und er fühlte Finger die seinen ergreifen. »Na so was, daß wir uns noch mal wiedersehen. Glückwunsch übrigens, und meinen Respekt, sie ist ein reizendes Mädchen.« Sie saßen beieinander, kaum der klammen Luft gewahr. »Ich dachte, ich käme hier einmal in eine ganz andere Gegend, keine bekannten Gesichter, an einen Ort der Ruhe, aber ich komme mir eher wie zu Hause vor. Nun müssen Sie aber von sich erzählen.« Nichts regte sich. Sie tranken den starken schwarzen Kaffee, den Cromwell vorsichtig, seine weißen Manschetten nicht zu beschmutzen, aufgewärmt hatte, während er die Aktentasche im Auge behielt. Die Fenster waren weiß eingeschlagen, Hut und Handschuhe und Stock lagen neben der Kaffeekanne, der schwarze Stock griffbereit.

Langsam begann Ernsts Kopf sich nach vorne zu neigen, dem Tisch zu. Er hatte ihre Geschichte erzählt, sie waren glücklich, er glaubte, oben bewege sich jemand, aber dann merkte er, daß er nichts gehört hatte. Cromwell erzählte ihm alles mögliche, wovon er nichts wissen wollte, und er wartete auf die Schritte des Kochs oder des Alten oder einer Kinderfrau, die die Flaschen warmstellen würde. Cromwell predigte, lächelte, sprach vertraulich und ungezwungen von der unteren Welt. Und hinter den Zahlenkolonnen, den umfassenden Darstellungen, der alten Freundschaft tickte die Nadel, die Stimme aus der Aktentasche – sprach auswendig gelernte Daten und Belagerungen, Hoffnungen, die zu Forderungen geworden waren, sprach, um jedermann, vom General bis zum Dandy, zu überzeugen. Ernsts Kopf stieß an den Tisch. Cromwell war nicht müde von der langen Fahrt den Berg hinauf, sondern sprach behende, als wäre er überall dabei gewesen und trage die heiklen Karten und Berechnungen, die Geheimnisse, von denen sie lebten, in seiner Brusttasche.

»...Antwerpen eingenommen. Die 42-Zentimeter-Krupp-Kanone hat sie durchgebracht, und ich hatte das Glück, als Augenzeuge dabeizusein. Es war wie Hohenlohes Vorrücken in Afrika, verstehen Sie, mehr als bloß eine eigennützige Ansammlung von Menschen, mehr als eine Staatengemeinschaft wie etwa der Zollverein, eher ein vollkommener Triumph, eine Massenbewegung, größer als ein ganzes Volk, ein reinerer Triumph als der Preußens in der Schleswig-Holstein-Affäre. Wir kämpften, gewannen in der Gegend von Soissons an Boden, und aus Saint Mihiel ließen wir uns nicht vertreiben – Ruhm der deutschen Armee! Die Front steht jetzt vom Ärmelkanal bis zur Schweiz, und wir warten nur auf das Frühjahr. Wir ziehen uns über eine Gesamtstrecke von vierhundert Meilen durch Europa.«

Es war jetzt dunkel, der Morgen lief mit aufreizender Tücke rückwärts ab. Auf dem Tisch stand noch kalter Brei. Er dachte, er sollte Cromwell vielleicht noch einmal die Hand schütteln, noch mehr Kaffee holen gehen. Er hatte den Faden verloren, die lange Kette des Virus, die einen Mann in seiner Nation verankert hält, als Werkzeug ihrer Politik, strahlend in ihrem Sieg und tot in ihrer Niederlage; der Sinn von Opfer, Belagerung, Spionage, Tod, Sozialdemokratie und militantem Monarchismus war ihm verlorengegangen. Er war verloren, die Zeitungen über die senkrechten Klippen verstreut, die Drähte aufgerollt, im Schnee abgeschnitten. Und er betete vorm Essen, ohne etwas von dem gemeinsamen Kampf des verhaßten Preußen und genialen Hunnen zu wissen, ohne etwas von der Welt um ihn her, von der Handschelle, von der Blockade zu wissen. Diese Luft, die sichtbar unterm Fenster durch Obstgarten und verbuddelten Heuhaufen sickerte, kroch über rote und gelbe Drähte, küßte den besorgten *Oberleutnant* und den stummen Sappeur, der in dem Loch da seine Pfeife rauchte. Augen brannten; Sirenen heulten, und er hinterließ Flekken in den Lungen, dieser gelbe Nebel. Er kam durchs Fenster, der Berg rutschte tiefer, Eisenbahnschienen wichen stapfenden Füßen.

»Sie sind bestens ausgebildet«, sagte Cromwell, »im Frühjahr werden die Täler einsinken – Expansion – wir müssen technologisch expandieren. Kein Volk hat eine Geschichte wie wir.« In seiner Aktentasche befand sich eine Liste von siebenhundert Fabriken, wo Lokomotiven auf Drehscheiben schwenkten und Korditgeruch über niedrigen Backsteingebäuden schwebte. Die Welt wird an Aufstieg und Fall dieses Reiches gemessen.

Der Hoteldirektor rasierte sich und würde bald nach unten kommen. Ein Kindermädchen, rosig und jung, benahm sich wie eine Mutter, lächelte dem Kind im Dunkeln zu. In der Nähe von Cambrai, wo eine alliierte Flankenbewegung den äußersten rechten Flügel der Deutschen nicht hatte aufhalten können, lag an einer Gabelung der Schlammstraße, von Artilleriefeuer zerstört, halb versunken in Laub und Schnee ein Bauernhaus. Dort war, ohne Gedanken an Handel, bloß in Grau gekleidet, noch immer fett, der Kaufmann am ersten Tag seines Fronteinsatzes gefallen und stand nun aufrecht eingekeilt zwischen zwei Balken, sein Gesicht nach hinten geknickt, wütend und erregt. In seinem offenen Mund ruhte weiß und hervorstehend ein großer Kokon, der sich manchmal wie lebendig bewegte. Die Hosen, auf die Knöchel gerutscht, waren voller Rost und Haarbüschel.

Als Stella erwachte, hatte der Traum sie noch nicht losgelassen; er webte weiter in dem trüben Licht. Als sie nach Ernies Bett schaute, sah sie nur einen kleinen schwarzhaarigen Jesus auf dem Kopfkissen, die Augen weit und still; er zitterte, und winkte sie mit einem dünnen Arm hinaus.

»*Maman*«, schrie eine Kinderstimme unterm Fenster, »das alte Pferd ist tot!«

Lust

Die ganze Nacht hindurch hörte Ernst trotz dem Geratter der Zugräder und dem Rappeln des Winds an den lockeren Fensterscheiben das Heulen der Hunde draußen auf den vorbeiziehenden Feldern und an den Geleisen. Die Decke auf seinen Schultern hielt er vor seiner Kehle zusammengerafft, rauh und düster die schweren Falten, markiert als Eigentum der Eisenbahn mit dem Siegel der Gesellschaft. Decken türmten sich überall in den leeren Abteilen, oben schwankte fahl das Licht, und die Kälte wurde so streng, daß der Schaffner, der ständig nach ihren Papieren verlangte, in gereizte Beflissenheit ausbrach. Das Abteil, oder Coupé, von staatlich schlampigem Beige, wogte mit seinen grünen Rouleaus und schmalen Sitzen auf und ab, warf die schirmlose Birne im Kreis, rappelte mit ihren neben der Tür gestapelten Koffern. Das waren bestimmt Hunde, was da heulte. Sein Gesicht an das Glas gepreßt, hörte Ernst den Kanter ihrer Pfoten, das Kläffen und Keuchen, mit dem ihr Heulen abwechselte. Denn anders als die monumentalen Hunde aus dem Land der Steppenhexen, gerühmt ob ihrer einsamen Melancholie und müden hohen Gesänge, die man immer nur hocken sah, hocken und bellen, rannten diese Hunde neben dem Zug her, sprangen nach den Kuppelstangen, schnappten nach der Schlußlaterne, und bettelten in ihrer Zwiesprache mit den rollenden Rädern um Einlaß in den Gemeinschaftswaggon. Sie würden einen Teller Milch abschlecken oder einen Knochen, der dem Menschenauge dürr und abgeschabt vorkäme, ohne die abgetretenen Läufer der Korridore zu beschmutzen, und sie würden unter dem grünen Licht weder die Zeitschriften zerkauen noch dem Schaffner nach den Fersen schnappen. Als zahlende Passagiere würden sie essen und dösen und schließlich wieder von den unbewachten offenen Plattformen zwischen den Wagen in die Nacht und ins Rudel zurückspringen.

Eine kleine Dampfpfeife, längst mit Ruß überflockt ihre Vergoldung, ellbogig gewinkelt, begann zu röcheln und ächzen, doch nach ein paar weiteren Stößen, ein paar weiteren Pfiffen der am Kopf des Zuges zerrenden Maschine starb sie ab. Der amtlich mitreisende Staub- und Polstermief, die Kälte um die dunklen Spinnweben an der Decke verdichtete sich, und Stella versuchte Ruhe zu finden, während Ernst die verdrießlich langsam und unsichtbar finster vorbeiziehende Nacht beobachtete. Die Feuerkammer der Lokomotive war klein, fest und nüchtern verhangen für die Nacht, der Heizer druselte über seiner Schaufel, ein alter Soldat ging schwermütig in dem leeren Gepäckwagen um, und Ernie umklammerte seinen Schal und fragte sich, was für ein schreckliches Übel sich da auf seine Schultern senkte. Und alles was er vorzuweisen hatte, war die ausrangierte Kreuzigung eines Schwachsinnigen, in braunes Papier gewickelt am Grund seiner Reisetasche. Im Verlauf der Nacht hielten sie an vielen kleinen Bahnhöfen und Kreuzungen, doch keinerlei Passagiere bestiegen oder verließen den Zug.

Die Flitterwochen waren vorüber, der Berg weit hinter ihnen, und als sie den Weg hinunter begonnen hatten, das alte Pferd war schon lange tot, rief Cromwell ihnen nach: »Na, wir sehen uns bald wieder; schade, daß Sie es so eilig haben«, und winkte plump mit seiner Aktentasche. »Das glaube ich kaum«, sagte Ernst, und hieb seine Picke in den Schnee. Es war niemand da, niemand; abgesehen von den Hunden reisten sie allein über den Schnee, dessen Rand, Meilen entfernt, belagert wurde. Doch als sie am nächsten Morgen in die Stadt einliefen, in *das Grab*, drängten und schoben sich Hunderte von Menschen um den Unterstand und nahe dem Zug, ohne ihn aber zu beachten. Als sie ihm die eisernen Stufen hinunterhalf, ihr Gesicht vom Frost gerötet, wußte er, daß die Dinge sich verändert hatten, daß die Hunde vor ihnen am Ziel der Reise angekommen waren. Dieser Zug würde gewiß nie mehr fahren, da war er sicher, und er wußte, daß seine Reise vorbei war. Das schwarze Gesicht des Lokführers schlief noch, eine gepanzerte Faust um die Zugschnur der Pfeife, den Kopf im kleinen unverglasten Fenster auf einen Arm gestützt. »Leb wohl«, sagte Ernst, als er in die Menge hinaustrat, die dampfte und klapperte wie Schornsteine und Schaufeln und Fußgetrampel in den Bunkern.

Lokomotiven, die gerade angekommen waren, standen unbeachtet auf Nebengleisen, dampfend, feucht, Eisflecken an den Führerhäusern, gestrandet, ausgebrannt. Die Menge drängte sich um Holzkarren, Koffer gingen verloren; heimkehrende Soldaten, unbegrüßt, liefen lachend auf Fremde zu, entwichen dann woandershin. Die Straßen hinter dem Bahnhof waren voller unerkannter Männer, die Messingknöpfe und Abzeichen an Kinderscharen verloren hatten. Manche Soldaten, die von Sanitätern auf Bahren getragen wurden, winkten mit leeren Tassen oder dösten im Schatten von Markisen, während drinnen ihre Träger tranken. Andere glitten seekrank an den aufragenden Massen entlang, von schleifenden Wagenketten malträtiert, von groben Mantelsäumen gestreift, dicht am gepferchten Rand des Gewühls hin und her geworfen. Die Straßen waren so zu wie der gleitende schwarze Laderaum eines Sträflingsschiffs und boten seit dem anhaltenden Rückgang von Waffen und Mut, seit dem Rückzug, den Hunden, die den Zug überholt hatten, nur wenig Nahrung. Sie konnten schon die Stadthunde nicht ernähren, und erst recht nicht diese Soldaten.

Seitdem sie den Berg verlassen hatten, hatte Stella die Koffer getragen, dünne Lederwände mit schwarzen Transitstempeln, ausgebeult von Nachthemden und Andenken; inzwischen war sie daran gewöhnt, und sie schritt neben ihm her, stieg über die Bahren und blieb mühelos immer in seiner Nähe. Ernst war in der Nacht, im Rauschen der Luft am Zug entlang, stärker geworden; sie alle wurden stärker, indem sie der Stadt, dem *Grab*, näher kamen. Sie sah ganz anders aus, nicht im geringsten so, wie er erwartet hatte, nicht dunkel und geschützt und ermüdend im Mittelpunkt der Erde, sondern kalt und weit, zum Bersten gefüllt mit den verwirrten Heimkehrern, die Tornister voller letzter Souvenirs. Es gab weder Käfer noch Insekten, keine still gesenkten Schnäbel und formlosen Flügel auf den marmornen Mauern. Dafür Menschenmassen vor leeren Schaufenstern und endlose bleiche Marschkolonnen, die hinter dem Gerichtsgebäude in immer neuer Ordnung Aufstellung nahmen. Namen und Nummern und Grüße kursierten zwischen den Zeilen der hellen trostlosen Häuser, mitten auf der Straße küßten sie sich und tauschten Kleider aus.

Ernst begann nach Herman zu suchen. Eigentlich wollte er den Alten, den rekrutierten Vater, gar nicht suchen, glaubte aber als Bürger, der *Soldat* müsse abgeholt werden. Er sah unter die Dekken, in die Waggons, musterte die Reihen, ging immer schneller, konnte aber Herrn Snow nicht finden.

»Ernst, mein lieber Ehemann, warte, gehen wir nicht in die falsche Richtung?«

»Wo sonst glaubst du ihn finden zu können, wenn nicht da? Alle Soldaten kommen hier lang und gehen in diese Richtung.«

Alle halbe Stunden hielten die Züge in den Schlachthöfen, erschöpfte Bremser schwangen sich auf den Boden, Soldaten stürzten aus den Wagen; jede halbe Stunde brachte noch mehr zerlumpte Pelerinen und pendelnde Arme auf die Straßen, Brotbeutel und Schachteln, die vergessen an Ecken zurückblieben. All diese Soldaten glaubten offenbar, jemand werde sie abholen, und während sie, Handgranaten noch in den Gürteln, ihre ersten Zigaretten rauchten, schien ihnen das Suchen, jedenfalls für eine Weile, Spaß zu machen. An jedem anderen Ort als dem *Grab* würden sie nicht so frohen Mutes sein. Die Musiker, die in der *Sportswelt* gespielt hatten, standen versammelt um ein Fenster in einem hochgelegenen Zimmer, und Soldaten, die sich von weitem näherten, hörten das Lied, nahmen es auf, sangen mit, bis sie vorbei waren, und vergaßen es dann wieder. An dieser einen Stelle unter dem Fenster war ein wenig Musik. Ernst suchte lange nach seinem Vater, führte Stella durch die halbe Stadt, ehe sie endlich das Haus erreichten.

Hinter den Außenrändern des Grabs, hinter den vernagelten Scheunen am Rand der Stadt, hinter den offenen Torwegen und bunten Rindern – jenseits jener hundert Meilen von Feldern und

Kuhställen, wo der alte Herman seine Erfüllung gefunden und sein Abendessen im Graben verloren hatte –, jenseits jener letzten Vorposten und Funkstellungen, weit draußen auf dem Meer schwenkte die amerikanische Blockade im Nebel zunächst in die eine, dann in eine andere Richtung. Noch ein paar Kisten, ein Faß, ein oder zwei Orangen, die im Gischt versanken. Kein Laut drang aus dieser gut organisierten Blockadefront, nur das kalte Geräusch der Wogen und Schleusen aufgeklappt, das Klatschen eines Ruders an die blaue Flut.

Gerta war offenbar ausgegangen, und das Haus war leer. Stella, erschöpft von der Kälte und dem langen Marsch, froh, den Tag der Heimkehr vor ihren Stimmen, Fragen und Liedern bewahrt zu wissen, ließ die Tür an der schlafenden Wache vorbei zuklappen und half, Laterne in der Hand, ihrem heimkommenden Gatten die breiten dunklen Stufen hinauf. Während vor der Stadt die Granatwerfer herankamen, stehenblieben, sich dann weiterschoben, fühlte sie seine kleinende brennende Wange, beugte sich vor und knöpfte ihm das flatternde Hemd auf.

Gerta stöckelte auf ihren dünnen Beinen frierend unter den Jungen, ihre Perücke mit einem gelben Band angebunden, ihr Rock an ihrer schwarzblauen Hüfte hochgeschürzt, eine alte reizlose Schlampe, ein Soldatenmädel. Mit den Blinden wollte sie nichts zu tun haben, die machten ihr Angst. Aber am Tag zuvor hatte sie einen Jungen kennengelernt und ihm die Kleider getrocknet, sie sang, um nicht den Mut zu verlieren, während sie einen anderen in seinem roten Kasten vor sich herschob. Sie wurde vorwärtsgestoßen, sprach mit lauter Stimme im Gedränge, ab und zu senkte sich ihre Hand auf eine klamme Schulter oder in eine weite Tasche. Der rote Kasten ratterte auf seinen Karrenrädern, Bandagen wurden grau vor Kohlenstaub, Pfeifen riefen vom wirren Sammelplatz, durchweichte Orangen sanken langsam durch den mächtigen Strom des Ozeans. Die Taschen enthielten, wie sie herausfand, bloß Photographien von Verstorbenen.

Zwei Tage nach ihrer Ankunft entdeckte jede dieser Wagenladungen von Männern, Lächeln vergangen, Haare lang, daß es nichts zu essen gab, die Blechnäpfe schepperten an ihren Gürteln, die Schlangen lösten sich auf. Doch während noch jede dieser auf den Türschwellen kampierenden Scharen hungrig wurde, traf schon eine neue Ladung ein, singend, schauend, lachend, darauf wartend, abgeholt zu werden. Die neuen Lacher mischten sich unter die Verzweifelten; Geschäfte waren leer, aber mit neuen Regimentsflaggen behangen, und während die Lachenden einer nach dem anderen bleich wurden und konfus, während letzte Laibe verzehrt wurden und Krusten verbröckelten, mischten sich schon wieder neue Lacher darunter, singend, drängelnd, sich zum erstenmal in dem *Grab* umsehend. Gerta holperte lachend von einem zum andern, es trieb sie auf und ab unter den Kranken und Verlorenen, den Gesunden aber Ausgemergelten, den Jungen oder Kahlen. Niemand auf diesen verknüpften Straßen war alt; die Alten waren in die Häuser geweht worden. Plötzlich ragte vor ihr die *Sportswelt* auf.

»Versucht's hier, versucht's hier, versucht's hier«, schrie sie, und Gewehrkolben richteten sich gegen die versiegelte Tür, ein Fenster zerknackte wie die Brust einer Glaspuppe. Sie drangen ein, schwach und brüllend, während die blonde Dirne hinten nach draußen ging, um zu verschnaufen.

Der von den Felsmauern gebildete Korridor zur offenen Latrine war mit verwehten Papierfetzen übersät, die Tische an den Wänden waren umgeworfen, der Rasen hochgewachsen und die Heldenblüten vertrocknet. Als Gerta von der erbsgrünen Stinkgrube zurückkam, stolperte sie fast an der Stelle, wo Monate zuvor der Kaufmann, Kokon im Mund, Balken auf der Brust, gefallen war. Ihre Holzschuhe klackten über die grünen Steine, die Röcke schwangen von ihren spitzen Hüften. Gerta entnahm der in ihrer Bluse versteckten Blechdose eine Zigarette, der Rauch trudelte in den Garten und über das leblose Laub.

Die ganze Familie war tot. Der Vater, der Sieger, mit Dreispitz und Topf, hatte ihr vor langer Zeit Lebewohl gesagt. Die Mutter lag in dem kalten Bunker an der Straße, Asche rieselte ihr über das rissige Kinn. Die Söhne, ihrer Nanny entrissen, keine klirrenden Sporen mehr an ihren Stiefeln, da Sporen vor der Bestattung stets entfernt wurden, waren unzertrennlich geblieben und ruhten nun zusammen unter dem nassen Belag derselben Straße im Westen. Jetzt also allein, trug sie ihre Röcke über den Knien, und ihre grellen schiefen Lippen glänzten rot in diesem statischen Tag des *Grabs;* denn sie hatte überlebt, und jagte jetzt mit der Meute.

Die Blonde, die alte Kinderfrau, quetschte ihre Zigarette aus und ging in den Saal zurück. Die Vandalen, in Waffenröcken, die auf nackten Oberkörpern juckten, mit roten Augen und drückenden Tornistern, an die noch ihre Gewehre geschnallt waren, suchten, durchwühlten den Staub, saßen an die Sparren gelehnt und warteten. Es wirkte, als glaubten sie, das Orchester werde weitermachen, die Lichter aufflammen; sie warteten auf die Sängerin. Die Stühle waren nicht zum Sitzen aufgestellt, die Tische an die Wände gerückt, und der Staub, eben aufgewirbelt und in das kalte Licht geworfen, setzte sich auf die dunkelnden Dielen. Aus einem der leeren Schlafräume oben rief eine Katze und verschwand. Mehrere weiße Schuhe, Stuhlbeine, Hände, die an grauen Gamaschen kratzten. Dies waren keine Plünderer mit Beute auf den Schultern und Schmucksachen unterm Arm, keine feigen Marodeure. Sie suchten wie nach etwas Besonderem, gingen leise in dem kahlen Raum umher. Die Mädchen waren mit dem *Schnaps* durchgebrannt. Die Soldaten drängten sich auf der Mitte der Bühne zusammen, schmissen ein paar Zeitschriften und Totenlisten herum, gingen auf dem grünen Teppich hin und her, und draußen rollten die Räder gegen den Schnee an. Es fehlte ihnen an der methodischen Ausbildung, einem Zug mit blasenbedeckten Pranken zu begegnen, und Jodflecken bedeckten ihre grünen Ärmel.

Gerta lachte, während sie sich an einen alten hutlosen Soldaten schmiegte, der weit zurückgelehnt auf seinem Stuhl döste, den Kopf zur Seite gelegt, die Schultern in den Sprossen verfangen. Sein roter Bart war grob gestutzt, sein Ehering, fest auf einem schmutzigen Finger, war grün. Seine Nägel waren abgekaut wie bei einem kleinen Mädchen. Seine Entlassungspapiere staken blau und abgewetzt aus seiner Brusttasche, und die nah an seinem Hals baumelnden Hundemarken änderten ihre Farbe von rot zu schwarz in dem abnehmenden Licht. Sie berührten sein Knie.

»Hauptmann, hast du ein Streichholz?«

Die Augen gingen auf, die Lippen wurden befeuchtet, schlossen sich.

»Nein.« Die Antwort kam in tiefem Kneipenbesitzers-Deutsch. Er faltete seine dicken Hände und schlief ein.

»Bist du nach Hause gekommen, um eine Dame anzuraunzen?«

Ein Schal ward wundersam aus einer kahlen Ecke ausgegraben, die schwarzen Fransen hingen auf einen Soldatenrücken. Kalte Luft zog an den Wänden entlang.

Langsam, die Augen immerfort geschlossen, wanderte die Hand des großen Mannes auf eine Tasche zu, sein Gewicht verlagerte sich ein wenig, die Hand langte tiefer, das Gesicht war unrasiert, dunkel, noch immer teilnahmslos. Noch eine Bewegung, und er leerte seine Tasche auf den Tisch, die Hand fiel an seine Seite zurück, schwang nicht, sondern hing gerade und reglos. Unter den stumpfen Münzen, dem Messer, der Salbentube, dem himmelblauen Schnipsel, den Drahtstücken fand Gerta ein Streichholz, und als sie es unter dem Tisch anriß, brach, da es feucht war, der Kopf ab, und sie fluchte.

Kinder sahen durch die Fenster herein, beobachteten erheitert Madame, die Matrone und Herrn Snow in Uniform.

»War's eine lange Reise, Hauptmann?«

»Bloß über die Straße, da drüben.« Sie schmiegte sich näher, um zu sehen.

Als Gerta geküßt wurde, klammerte sie sich an seine Schultern und sah, in das Licht hinüberblickend, das Gesicht des Kindes. Es zeigte, lachte und sprang außer Sicht. Und der alte Herman, hellwach, berührte den weichen Pelz mit seinem Mund und fühlte die Flügel durch das Baumwollkleid, während am anderen Ende der Stadt seichte Wassereimer von Mann zu Mann gereicht wurden, um ein kleines Feuer zu löschen. Herr Snow erkannte die *Sportswelt* nicht wieder und wußte nicht, daß er Stellas Kindermädchen küßte. Eine struppige goldene Stirnlocke kratzte seine Wange.

Dann ließ der alte Snow das Küssen sein, und einen Moment lang arbeiteten seine Lippen unruhig, ohne sprechen zu wollen, er lehnte sich zurück, sein rauhes Kinn ragte über die stumpfe Nase. Er roch den Hauch ungesüßter Seife, den Geruch des amtlich ausgegebenen Kamms, und rund um ihn her waren die grauen Rükken, die knarrenden Schuhe, die Kinder, deren tote Brüder seinem Regiment angehört hatten. Der alte Snow, auf einem Stuhl mit einer Freundin, die er nie in der *Sportswelt* gesehen hatte, die er nicht mehr kannte, seine Beine noch immer gepeinigt von kleinen hellen Wanzen, durfte nicht müde sein, durfte nicht grauer und abgerissener aussehen als alle anderen. Denn obwohl er sich nicht erinnern konnte, die bloße Hülse eines Mannes, verrieten seine Augen und sein Gesicht den Ausdruck eines, der weiß wo er hingeht – Größe ohne Substanz, war seine Miene doch entschlossen. Es war die Entschlossenheit in diesen häßlichen Zügen, die Tatsache, daß er angesichts seines Schicksals Trotz an den Tag legte, was ihn so verächtlich machte, was ihn als zweitrangig auswies, als bloßen Novizen im Geschäft eines Staatsdieners.

Als er lachte, war es das letzte Lachen, und sein ganzer Mund bebte, wie wenn Federn über die papierenen Lippen gefahren wären. Gerta lachte, aber flüchtig, und musterte noch einmal seine Habseligkeiten auf dem Tisch. Seine Stiefel, einst schwarz und glänzend, einst stählern bekappt und verstärkt, einst schmorend in der Sonne, waren jetzt abgetreten, zerkratzt und zerschunden, streifig abgeschabt zwischen den Nähten; Matsch und Grasfetzen klebten klumpig unter den Absätzen, so daß der untersetzte Mann wankte, wenn er über die Stadtstraßen ging, aber einsank und steckenblieb auf den Feldern der Ehre. Ein Staatsangestellter darf nicht einsinken und steckenbleiben.

»Schön, daß wir uns getroffen haben...«, ihr Mund, zwischen Begierden zerrissen, »wirklich.« Sie zog sich zurück, wagte einen verstohlenen Blick auf die dunkelnden Fenster, sah auf ihre dünnen Hände nieder. Irgendwie fühlte die Frau sich, ein wenig fahler, ein wenig älter, mehr als nur leicht berührt. All die ungezählten Jungen vorher, all die strahlenden Tage, da die Stadt sich stündlich mit Freunden, Freunden füllte, ihr plötzlicher Fortzug aus dem düstren kalten Arbeitstrott, all diese Fröhlichkeit, diese von glänzenden Orden und Rot-Kreuz-Fahnen funkelnden Zugankünfte. All das war großartig und zeitvertreibend. Aber die Begegnung mit dem Rotbärtigen war ein wenig anders. Sie glaubte, er wäre anders, und das war er auch, mit seiner eingesunkenen Brust; das war er, mit seinen gelähmten Fingern; das war er, mit seinem kurzen Haar, abrasiert aus medizinischen Gründen. Vor allem aber, weil er das Gefühl hatte, den straff-marschierenden, mädchenangelnden Kampf hätte er hinter sich. Jetzt war es Zeit, daß der Vater dem Sohn die Initiative überließ, Zeit, daß das frische Pferd, das milchgenährte Pferd die Zügel übernahm und attackierte, den Berg hinabtrabte, der jetzt zu steil und im Schnee schwer zu begehen war. Doch Herman wußte nichts von einem Sohn namens Ernst, und es gab kein frisches Pferd, nur Zeit, es noch einmal zu versuchen. Der alte Snow würde es versuchen, immer wieder, in einem nie endenden Erdrutsch von Alter niedersinkend, bis er es in der Nacht, dem Tode seines Sohnes nahe, noch einmal versuchen und versagen würde.

»Na komm«, sagte sie, »willst du mich nicht an dich drücken?« Während das Lachen aus ihrer Stimme schwand und ein Keuchen wurde, packte der Alte sie in der Dunkelheit und gewahrte weder überrascht noch enttäuscht, daß er fast gar nichts zu fassen bekam.

Kein Licht brannte in der *Sportswelt*. Lange Zeit waren die alten

Patrioten still, schwiegen die Vandalen und verzagten Soldaten um sie her oder erzählten mit gedämpften Stimmen, machten sich zum Schlaf auf dem weiten Saalboden bereit. Die Kinder waren fort. Und dann stand ein einzelner Streifenpolizist, seine Pickelhaube glänzte matt im Mondlicht, er selbst war klein und dürr, wehrlos, aber vom Bier erwärmt, stand auf einer Kiste und ließ den Strahl seiner Blendlaterne in die Tiefen der *Sportswelt* fallen.

»Mein Gott«, erkannte der alte Snow im Licht der Laterne, »sie trägt schwarze Strümpfe an den Beinen.« Und die lagen, dünn und stramm, auf seinem breiten unbrauchbaren Schoß.

Die riesigen Schnörkelbuchstaben, so plump und unleserlich, in der Finsternis verschwimmend, verfließend, sich verlierend, die an den prunkvollen Kiefernholzwänden ausladend und schamlos für Wirtshäuser warben, die dunkel waren, für Posten, die nicht mehr zu besetzen waren, für Rundreisen, die nicht mehr veranstaltet wurden, für Spiele, die nicht mehr gegeben wurden, drohten verstaubt und verschlungen über ihnen, als sie auf die Straße hinaustraten. Gerta, die Locken leicht verrutscht, zog ihn mit sich, drängend, zögernd, eifrig bemüht, den klobig weichen Ellbogen zu führen. Die Straße, teils schon von seinen Kameraden geräumt, wand sich flüssig und finster vor ihnen, ein unangemessener Kanal, Straße der Diebe. Hartnäckig zerrte sie ihn weiter, zwischen den Ufern hin, führte ihn hinab in die wimmelnden Gewölbe, und einen Herzschlag lang sah der alte Herman die Schute seines Bruders und auf den Kissen im Heck ein unförmig unkenntliches weibliches Wesen, das ihn an den warmen moschusduftenden Abenden im Schlepptau hatte. Er roch das Öl auf dem Wasser, und leise schimmerte der Puder auf ihren rosa Locken.

»Warte, *Liebling,* bitte, nicht hier an der Ecke, warte nur einen Augenblick, bloß einen Augenblick noch.« Gleichwohl fühlte Gerta sich geschmeichelt, und tief in ihrem Innern weckte dies flüchtige Auflodern von Leben sehr falsche Hoffnungen.

Er vergaß die Schute, der Geruch des Meeres aber blieb, bis sie vor dem Haus mit der Haifischhaut standen, das größer war, düsterer, gestriger, verrammelter als jemals zuvor.

In den weißgetünchten Mauern des Nonnenklosters *Saint Glauze* starrte eine Gestalt, mesmerisiert von den vier ungleichen Ecken, trübselig im geheimen Refugium ihrer Zelle umher. Jutta saß auf dem ungebleichten einzigen Laken der Bettstatt und hörte das

Läuten der Glocken und das Knarren von Leder unten, wo die Schwestern in der präzisen zeitlosen Solennität ihres Abendgebetes ihre Kreise zogen. Dicht hingen die Schleier vor dem jungen Mädchengesicht, sie rochen nach Leinen, nicht frisch und rosig parfümiert, rochen nicht nach Garten oder himmlischer Kiefer oder ölsanften Händen. Hastig und schützend waren sie, nachdem das Gesicht gewaschen, angelegt worden. Die Vögel und Eichhörnchen um das Kloster waren mager, ihnen blieb nur die Atzung des Regens und niederer Insekten; alt und kahl ragten die hohen Mauern. Sie hörten die Frauen unharmonisch hintereinander herrascheln, hörte die leise fromme Invokation der Oberin, der als Einziger das Sprechen erlaubt war. Aus dem Zimmer der Oberin unten hörte sie gelegentlich des *Oberleutnants* Stiefel stampfen. Sie wußte, er stand aufrecht und groß an dem schmalen Fenster, geduldig lächelnd, und sah dem Umzug des devoten Kreises zu. Zuweilen hörte sie seine Stimme.

»Nun, Oberin«, sagte er dann etwa in seiner unnatürlichen Sprechweise, »es ist mal wieder Zeit, die Liebe des Himmlischen Vaters für unsere Männer draußen im Felde zu erflehen. Batterie C befindet sich in einer schwierigen Lage, müssen Sie wissen.« Und die Stimme der Mutter intonierte aufs Neue. Der *Oberleutnant* war vor kurzem vom aktiven Dienst entbunden und mit der politischen Position der Leitung des Nonnenklosters betraut worden, wo er den Gang der Dinge und die Stimmung beträchtlich verbesserte. Wenn die Nonnen schliefen, ihre frugalen Mahlzeiten einnahmen oder im Hause ihre Gebete verrichteten, ging er mürrisch im Garten hin und her. Jutta, das junge Mädchen, malte sich aus, wie er die fast perfekten Gebete der Oberin leitete, konnte die alte Frau aus dem dichtgedrängten Kreis zu dem tief in der Nische verborgenen Gesicht des Mannes hinblicken sehen. Als Versorgungs-Offizier ward er heimlich in die Gebete der älteren Schwestern mit einbeschlossen, und wenn er, gebeugt von Last und Würde, umherging, machte er den Eindruck von tiefer Besorgnis, und alle wußten, das Wohlergehen von Batterie C drückte ihn nieder.

Nachdem der alte Mann tot war, ihre Mutter tot, ihre zwei Brüder ans Vaterland verloren und ihre Schwester Stella zum Heiraten in die Berge gereist, war Jutta ganz allein, während die Stadt allmählich in den Schmutz des Krieges gezogen wurde. Es war Gerta, in den letzten Tagen vor ihrer feurigen Ausschweifung, die sie in ihre langen Arme genommen und mit einem Knicks den Nonnen übergeben hatte. Und nachdem die Familie nicht mehr existierte, mit der Flut der Ahnen in den tiefen Schlund geschwemmt war, und Gerta keine häuslichen Lasten mehr zu tragen hatte, nichts als rote Farbe und das leere Haus, schickte ihr die Freundin mit den Wecken einen schwarzumrandeten Beileidsbrief. Als er kam, war Gerta gerade auf der Straße, und er blieb mit all den anderen toten ungeöffneten Briefen in dem undichten Briefkasten liegen. Danach kam der Postbote nicht mehr, und das alte Haus, in dem einst der Großherzog vorsprach, schrumpfte noch fester zusammen. Die Straße verfiel.

Eins nach dem anderen hörte sie die Füße über den Kies zum Eingang des Heiligtums schlurren, und mit jeder Frau, die sich in das Dunkel eines Jahrhunderts von Frieden bückte, wurden die Geräusche aus dem Garten leiser. Der Kreis ent-wickelte sich, bis die barmherzigen Schwestern verschwunden waren und sie nur noch das Brummen des eilig auf und ab schreitenden *Oberleutnants* hören konnte, der die charakteristischen Klänge durch Ketzerei und Hektik verdrängte. Nicht ein Vogel sang irgendwo, bloß eine kleine Glocke schepperte die Schwestern zu Tisch und Danksagung. Ihre abendlichen Essensgebete hallten durch den feuchten Stuck der Flure bis in ihre unbehelligte Zelle.

Jutta erinnerte sich voller Abscheu an die Damen in Federhüten und Samtgewändern, erinnerte sich voller Groll an Stellas Herumgeschwebe durch den Ballsaal, und der Gedanke an ihre toten Eltern, die so viele Jahre zu alt gewesen waren, ließ sie ungerührt. Doch kamen die alten Erinnerungen nur kurz, so kurz wie das Verlangen, irgend etwas zu besitzen oder wenigstens die schwarzen Hosen, und wenn sie wirklich einmal kamen, rang sie ihren ganzen Stolz nieder, um gegen die Hexerei anzukämpfen.

Sie hörte die Suppenlöffel in den Näpfen, des Soldaten rasches Schreiten.

Die schwarzen Röcke wurden um ihre Knöchel von langen dünnen Armen zusammengehalten, geschwächt von der Krankheit, die still vom Kalzium ihrer Knochen aß und ihr die Demut aus dem Organismus trank. Noch wußte sie nicht, daß ihre Brüder heulend auf dem Rückzug gefallen waren, und was sie betraf, mochten sie alle diesen Weg gehen. Die Halbstunden vergingen, der Himmel wurde tiefblau, die Salbe lag unter dem Kissen, aber sie kam nicht heran. Sie beugte sich vor, den Kopf über die Knie, und all diese Mühe, das Gleichgewicht zu behalten, war nötig, damit sie nicht als schwarzer Haufen zu Boden stürzte. Dünn wie Handgelenke waren ihre Fußknöchel, die Krankheit bohrte sich tiefer, und es gab niemand, der sie wieder aufsetzte, wenn sie umfiele. So saß sie so ruhig wie sie konnte, die Finger mühsam fest verschränkt.

In den Tagen, da ihr Vater, der alte General, noch sprechen konnte und sie auf seinem Knie sitzen durfte, hatte er sie für einen Posten beim Staat vorgesehen. Doch sie war von Anfang an entschieden Architektin, sie baute Türme aus Klötzen und Scheunen aus Papier, baute sie auf den dicken Teppichen, wo sie kaum stehen konnten, baute mit kindlicher Beharrlichkeit; und wenn sie beim Richtfest lächelte, dann stets eher über ihre Leistung als vor Vergnügen. Als sie älter wurde, lächelte sie überhaupt nicht mehr und versteckte ihre absonderlichen Winkel und Bauten in ihrem kleinen weißgetünchten Zimmer, wurde immer ernster und wandte sich mit vernünftigen Gründen gegen die Staatspapiere und Steuerzahler-Geschichten, die der alte General ihr vorsetzte. Sorgfältig bestimmte sie ihren Weg nach innen, weg von den lachenden Frauen und glattrasierten Männern, weg von den langweiligen öffentlichen Pflichten, bis sie schließlich eines fiebrigen Nachmittags in die Architektur-Akademie aufgenommen wurde.

Bald würde die Oberin ihre Runde antreten, um die Mädchen, die sich körperlich schlecht fühlten oder seelisch schlecht benahmen, zu beobachten, zu loben oder zu verdammen. Die Oberin würde mit ihrem weder männlichen noch weiblichen Gesicht in der Tür stehen und mit ihrer steifen fächerartigen Haube und ihrer Kutte den letzten Rest von Licht verstellen. Ihre Stahlbrille, ihr rosa Gesicht und die scharfen schwarzen Augen erinnerten Jutta an den Arzt, der so langsam ging und so lange bei der Untersuchung verweilte. Unten hörte sie den *Oberleutnant* sich wuchtig auf eine der Bänke setzen, und aus dem Saal drangen die Geräusche einer alten Frau, die das Pult der Oberin aufräumte. Während in der Stadt niemand auch nur das Datum wußte oder was sich überhaupt ereignete, weder von der Seeblockade wußte noch von den Schlachten in den leeren Wäldern, war die Oberin im Bilde. Jeden Morgen nach ihren Konsultationen saß sie an ihrem Pult und arbeitete in winziger Schrift ein langes umständliches Protestschreiben an den Präsidenten der Vereinigten Staaten aus. Sie verwahrte sich gegen die Aushungerung und die Ausbreitung von Krankheiten. Es wurde dunkel, und Jutta vermochte sich nicht zu rühren, um die Kerze anzuzünden.

In der Akademie sah Jutta immer wieder die Reihen junger Männer mit ihren braunen Rümpfen und engen grauen Schulhosen. Anfangs lächelten sie ihr auf den kalten Korridoren häufig zu und schauten ihr am Reißbrett über die Schulter. Doch sie alle trugen jetzt, soweit sie wußte, Schwerter und Sporen wie ihre Brüder. Nachdem sie die Gunst ihrer Lehrer gewonnen hatte, brauchte sie sich nicht zu zwingen, sie zu beachten. Sie entschwanden außer Sicht, und eine lange Reihe von Heimstätten und Festungen trat an ihre Stelle. Sie entwarf nicht nur einen neuen Triumphbogen und schabte harte Bleistifte auf ihrem Schmirgelstift, sondern befaßte sich auch mit Geschichte. Band um Band unterzog sie ihrem gründlichen und disziplinierten Studium. Sie wußte alles über die Habsburger, wußte, daß Österreicher und Deutsche alle blutsverwandt waren, wußte, daß Licht und Leben im Osten war. Ihre launischen Anfälle kamen nicht mehr, die Säbel waren nicht mehr in Reichweite, sondern nur noch, wie ihre Brüder, auf den fernen Schlachtfeldern von Nutzen.

Die Oberin kam die ausgetretenen Stufen hinauf, hinten in seinem Zimmer stieg der *Oberleutnant* aus seiner Hose. Jutta fühlte sich schwächer, schwächer als jemals, und unten in der Stadt steckte der Polizist seine Blendlaterne weg und ließ sein Revier schlafengehen.

Die ihr verbleibende Abgeschiedenheit war würdelos gewesen. Der General konnte nicht sprechen, die Mutter lag absurd in seinem ungemachten Bett, Stella flog immer wieder aus, bis sie endlich den mit dem Furchengesicht kennenlernte und für immer davonflog. Es gab niemand, der sie verständig lobte, niemand, der ihre über die Mechanik frohlockenden Diagramme bewunderte oder würdigte, niemand, der ihre schon mit dreizehn enorme Kunstfertigkeit anerkannte. Doch war es nicht die Sprache der Stummen, der Alten, was ihre zur Neige gehenden Tage als Trug und nicht als Triumph erscheinen ließ, nicht die Toten auf den Straßen und das Schweigen im Haus, was sie zu den Nonnen trieb.

Endgültig verschandelt wurde ihre Absolution durch Gertas unerquickliche Liebe, die ihr Aufopferung und kluges Dulden unmöglich machte. Als die ersten wunden Stellen kamen und Schwindelanfälle auftraten, steckte die alte Närrin von einer Kinderfrau sie ins Bett, um, viel zu alt für eine solche Anstrengung, mit einem Tablett nach dem andern durch das ungeheure kahle Treppenhaus zu der Kranken emporzuwanken. Gerta saß am Bettrand und erzählte ihre Geschichten, bewegt von dem Drama, von ihrer Aufgabe, von nordischer Tapferkeit, majestätisch in die schmutzige Wäsche eingesunken. Und was das Schlimmste war, die Kinderfrau erzählte Hunderte von Geschichten von Damen und ihren Geliebten, behandelte Jutta die ganze Zeit, als wäre sie ein Mädchen, ja schlimmer, als wäre sie ein Kind. An dem letzten, verregneten Tag, als das Kind kaum noch gehen konnte, ließ Gerta es sich nicht nehmen, sie penibel und umständlich anzukleiden, und schnürte ihr grunzend eine von Mutters gewaltigen alten Hauben an den Kopf, um so die Unglückliche vor dem Sturm zu schützen. Es war Gertas Fürsorge, ihre hustende Hingabe und ihr unverzeihliches Mitgefühl, was die geborene Führerin des Volkes in die Einsamkeit des Nonnenklosters brachte. Wie die alte Närrin hätschelnd um sie herumscharwenzelte, sogar noch vor den Schwestern, die, obgleich nicht so nach außen hin hilfsbereit, letztlich noch eigensinniger und habgieriger waren, indem sie sich von ihren Schützlingen ernährten.

Die würdevollen Schritte kamen näher; schon murmelte es nebenan Beichtworte.

Servilen schwarzen Vögeln gleich standen die Schwestern am Fuß der Treppe, die Köpfe in stillem, gedankenleerem Respekt geneigt, und warteten, bis die Oberin aufwärts und aus dem Blickfeld entschwand, quälend langsam und streitsüchtig im Umgang. Nie, nie konnte sie diese Mädchen formen, auch nicht mit Gewalt, sie bedauerte diese zerlumpten Gestalten, diese deplacierten weiblichen Kinder. Sie konnte Mädchen nicht leiden. Die Oberin holte Luft, richtete sich auf und rückte weiter durch den gemeinen Wust von Problemen und Hoffnungslosigkeit vor, schritt unversehrt von Zelle zu Zelle.

Die Welt wurde trüber für Jutta, die Krisis stand bevor, der Griff um ihre Knie war unsicher und verkrampft. Ob sie dafür verantwortlich war oder nicht, sie hatte nun einmal diese körperliche und womöglich unkontrollierbare Schwäche, und die machte sie des Krankseins schuldig, solange das Kalzium weiterhin aus ihren kalten, wohlerzogenen Knochen rieselte. Und trotz ihres lobenswerten Wesens, ihrer Entschlossenheit, fürchtete sie die Oberin. Hinter all den Entwürfen ihrer guten Absichten, hinter ihrer Bewunderung für den Osten und ihrer abstrakten Verehrung der Menschen blieb immer die Angst bestehen, die Angst vor der Mutter, die Angst davor, umsorgt zu werden, die Angst vor der Oberin. Licht quoll aus dem *Bunker,* es gab nichts mehr zu tun als darauf zu warten, daß die letzte uneingestandene Illusion weichen würde, nichts mehr zu denken, nichts mehr zu verabscheuen, niemanden, den sie zu lieben brauchte. Die kleinen steinharten Beulen waren hart und rauh unter ihren Fingern, das Haar hing ihr gerade in die Augen.

»Ich wollte es wirklich nicht tun, Oberin«, die Stimmen, durchsetzt mit kurzen unangenehmen Seufzern, kamen immer näher, »ich wollte es wirklich nicht, es war ein Fehler, es tut mir leid, ehrlich leid, so leid«, und Jutta hörte, wie sie voller Entsetzen in die schäbige Knechtschaft des Verzeihens gerieten, hörte die Stimmen ergeben brechen. In dieser Nacht würde die Oberin jeden einzelnen Namen von der Liste der Menschen streichen. Was war das nur? Ja, sie verachtete die Helden an der *Heldenstraße,* denen war vergeben, sie waren verherrlicht und aufgerichtet. Sie würde nicht ihre Sonntagsschuhe anziehen, um über diese Straße zu gehen. Aber die Oberin konnte sie nicht sehen, sie konnte nicht, und bestimmt würden die grauen Wasser der Hölle sie für diesen Verrat, diese Angst, ertränken.

Kalt waren die Schatten, ihre Hände fühllos vor Erstarrung. Der *Oberleutnant,* warm und schlaflos, schleuderte die Decken fort und dachte an Seidenhaar und feurige Augen.

Jäh erlosch das Licht, schneller als der Mond sich mit Wolken beziehen konnte, und in der Tür stand der dunkle Engel und schnitt dem Kerzenlicht der Außenwelt den Weg ab. Zu Füßen des Mädchens taten sich die Wasser auf, die Oberin öffnete ihr warmes Herz, bereit, die Überreste einer weiteren Sterblichen in Empfang zu nehmen. Die Kehle zog sich beklommen zusammen, und in diesem Augenblick hörte sie den General rufen, aus dem großen Festsaal rufen: »Wo ist der Bahnhof, der Bahnhof?«, und er lachte dabei.

»Kind«, die Frau stand im Türrahmen, halb auf dem Flur, halb im Zimmer, »bist du bereit, dem Himmlischen Vater dein Herz zu erschließen? Bist du bereit, die Verheißung sicherer Flucht aus der Gruft des ewigen Tages und Überdrusses zu vernehmen? Es ist Zeit, Buße zu tun.« Die Stimme der Oberin war laut, blieb immer gleich, ob sie zu Gesunden oder Kranken sprach, stets war sie scharf und streng. »Jetzt ist es Zeit, dem bösen Menschen deiner Seele zu entsagen, jetzt darfst du in meine Arme kommen.« Starr stand sie und sperrte das Licht aus. »Kind, hast du deine Beichte vorbereitet?«

Falls sie überlebte, würde sie bestimmt doch noch als Staatsangestellte enden, angewiesen und gezwungen, geduldig die Verdammungsurkunden der Oberin entgegenzunehmen. Sie spürte ein kleines kaltes Pochen unter ihrem Arm.

»Nein.« Sie dachte nicht nach, sondern antwortete stumm aus dem Sterbebett. »Nein. Ich habe nichts zu beichten, absolut nichts, nichts.« Sie widersetzte sich Gerta, sagte ihren Brüdern, sie sollten sie in Ruhe lassen, denn sie war müde und fror. »Habe Ihnen nichts zu sagen, Oberin«, und sie lockerte ihren Griff und rutschte von der Pritsche, eine plumpe schwarze entwertete Masse.

Der *Oberleutnant,* aufgeschreckt von den Stimmen, warf sich in seine Hose und kam wütend treppauf gestapft. Mit dergleichen hatte Schluß zu sein.

Ernie, hilflos im Bett, war jetzt so klein, und Fieber und Frösteln ließen sein Gesicht einmal komisch, dann wieder grausam und heiligmäßig erscheinen. Er war eine Marionette mit zwei Masken, und Stella, erschöpft, hatte die Aufgabe, sie auf sein Geheiß zu wechseln. Er war so lästig und alt geworden wie alle kranken Leute, aber er liebte es, in den qualvoll undramatischen letzten Augenblicken seines Lebens, die schleimige Medizin zu schlucken und bittere Fratzen zu schneiden. Von dem Wächter, der noch immer am Eingang des leeren Anwesens des Generals postiert war, erfuhr Stella, daß die Krankheit sich in der ganzen Stadt ausbreitete. Er meldete ihr Gerüchte von Todesfällen, um sich greifender Prostitution und von baldigem Sieg. »Wenigstens«, dachte sie bei sich, »ist der liebe Ernst nicht der Einzige.« Die Koffer waren noch immer nicht ausgepackt und lagen bucklig, zweideutig am Fußende seines Betts. »Er sieht aus«, dachte Stella, »als ob er Zahnschmerzen hätte«, und tatsächlich waren die Backen des Patienten geschwollen und an den Rändern seines dünnen weißen Gesichts entzündet. Sein Mantelkragen war um den Hals hochgeschlagen, es war besser gewesen, ihn gleich, noch voll angezogen, ins Bett zu bringen. Wohin Stella auch ging, er rief nach ihr, und auch, wenn sein Gesicht abgewandt, die Stimme in den Tiefen seiner Brust verschlossen war, spürte sie, wie er sich mit den letzten noch gnädig gewährten Atemzügen an sie klammerte. Sie hatte nicht einmal Zeit für die Wäsche, die Fenster waren noch immer vernagelt, die Möbel, außer dem Haufen, auf dem er lag, standen noch im Keller. Zum erstenmal seit ihrer Verliebtheit auf dem Berg dämmerte ihr, daß er ein Fechter in höheren Regionen war, den schließlich eine mikroskopische Grippe durchbohrt hatte. Der Raum war dunkel und dumpf wie Krankenzimmer sind, doch der Abendfrost und die zeitlose ganzjährige Feuchte machten ihn eher zu einem unterirdischen Lazarett. Mit angehaltenem Atem beugte sie sich über das abgewandte Gesicht, zog es in die richtige Lage, schob den zuckerkrustigen Löffel zwischen die Lippen und richtete sich mit einem langen Seufzer wieder auf.

Stella wußte nicht, was sie mit ihm anfangen sollte, wenn er stürbe. Mit einemmal wäre das Problem überwältigend, seine Überreste würden wochenlang herumliegen. Ihn loszuwerden, schien eine abwegige, unmögliche Vorstellung. Bestimmt hatte der Mann, der sich um solche Dinge kümmerte, sein Geschäft längst aufgegeben, an wen konnte sie sich wenden? Wenn doch nur der Körper mit der Seele davonfliegen würde, aber nein, der blieb da, blieb hier in diesem Zimmer. »Er sieht überhaupt nicht aus«, dachte sie, »wie der Mann, den ich im Garten geheiratet habe.« Wo ist der Bahnhof? Sie half ihm durch jede physische Minute und wurde immer ungeduldiger, wenn er sich hustend von ihr wegwandte. Plötzlich kam ihr der Gedanke, dies sei gar nicht der Sohn des alten Herman, und sie pflegte jetzt einen Fremden, nicht einmal einen Schützling des Staates. »Lieber Ernst«, dachte sie, »du siehst genau wie Vater aus.«

Jedesmal, wenn er die Augen aufschlug, sah er sie, freundlich, schön und arbeitsam. Schon der Duft der Blüten auf ihren Schultern brachte neues Leben. Wenn sie auf dem Bett saß, ein weiches dunkles Knie über das andere geschlagen, einen schmalen Ellbogen sanft an ihren Busen gedrückt, den lieblichen Kopf aufgestützt, dann war er ganz hehres Verlangen, weilte er bei der weißen Dame in der anderen Welt. Ah, nicht mehr im Feuer sterben, sondern mit der Taube. Die ersten Stadien des Todes verbrauchten Kraft, die letzten bloßes Vertrauen. Je näher sie sich mit dem Löffel in der Hand über ihn beugte, desto wärmer fühlte er sich, desto weiter flog er.

»Stella?«

»Ja, Ernst?«

»Ist es nicht Zeit für die schwarzen Pillen?«

Sogleich brachte sie die Flasche.

»Herman, bleib weg«, dachte er. »Der Alte darf nicht zurückkommen, der wunderbare Frieden des Umhegtseins darf nicht gestört werden. Des Verführers oberstes Werkzeug soll nicht aus dem Krieg entlassen werden, sondern auf immer und ewig in irgendeinem schwarzen Loch steckenbleiben, fern dem gnädigen Lichte Gottes. Die Jungfernfahrt des Sterns, alle Mann am Ziel der Reise, ist sicher im Himmel eingetroffen. Endlich imstande sein, etwas allein zu tun, ohne daß der alte Snow dem Anderen auf den Rücken haut.« Die Träume stiegen lebhafter auf, er vergaß den Stern. »Schreckliche Zeiten waren das, mit dem zornerfüllten alten Mann. O nein, dieser Dämon kann unmöglich zurückkehren, mein Ende zu drangsalieren, und erwarten, in solch bedenklicher, ernster Zeit willkommengeheißen zu werden.« Ernst wand sich aufs Neue in das sanfte Licht, die Arznei roch so süß wie die Heldenblüten, ohne daß des Dämons gehörnte herrische Stimme dazwischenfuhr.

»Er hat die Augen einmal auf und zu geklappt«, erzählte Stella später der Wache.

»Stella.« Er rief schon wieder. »Stella, in der Reisetasche, da ist er drin, irgendwo ziemlich weit unten, hol ihn raus, bitte.«

Sie durchwühlte das schlaffe Etwas, diesen Bettlersack, und da, unter den Zeitungen und Photos, lag er dann auch, unter dem schmutzigen Hemd, fast ganz unten auf einem Paar schwarzer Schuhe, eingewickelt in altes Weihnachtspapier.

»Hier.« Er klopfte nah seiner Wange auf das Kopfkissen. »Hier«, sagte er selig.

Sie legte den geschnitzten Jesus, fast so groß wie sein Kopf, auf das Kissen. Sie wartete, als müsse nun etwas geschehen. Wie sonderbar, der hölzerne Mann und der fleischlose Gott, sie pflogen guten Umgang miteinander. Dann fiel ihr ein: auf dem Berg hatte auch sie bei Jesus gelegen, und das war falsch gewesen.

Plötzlich hustete er, und die kleine Statue wälzte sich herum, Arme und Beine angstvoll von sich gestreckt.

»Hier«, sagte sie, »trink das jetzt, trink es.« Einen Augenblick sah es so aus, als würde er sich erholen. Und dann, nein nein, lächelte er wieder, und alles war verloren. Stella kreuzte ihre weichen dunklen Knie.

Der Wachposten ließ sich nicht herbei, Gerta und Herrn Snow die Tür zu öffnen, sondern pfiff bloß verwundert über die Rückkehr der alten Frau, während der Soldat und sein Mädchen sich alleine in das Dunkel der weiten Eingangshalle schoben. Einen Augenblick stand Gerta unsicher in der Mitte des leergeräumten Foyers und horchte auf die Geräusche der Toten, derweil Herman berauscht auf ihrem Arm lehnte. Sie konnte die Wache, die letzte Wache, hinter sich, jenseits der Tür hin und her schlurfen hören. Herman atmete schwer in dem Düster, schlapp hing sein Körper, sehen konnte sie nichts. Dann hörte sie sie, diese toten Beiden, Herr und Herrin, und hoch über sich sah sie einen Lichtstreifen und hörte Gläser klingen, zechende Gespenster.

Sie wollte den Soldaten, Hemd aus, Schuhe aus, in ihr Zimmer einschließen und sah die ganze Nacht, alle Nächte auf unabsehbare Zeit vor sich. Und doch begann sie ihn auf das Licht zuzuführen. Ein Fehler, ein Fehler, einen so schwachen Mann, so kurz vorm Einnicken, in die Nähe unerwünschter, unerwarteter Gäste zu bringen – den Dampf am falschen Ende abzulassen, dem Ende bleichen, vagen Begreifens. Und auch sie ging die Treppe nur zögernd hinauf. Als sie fast oben waren, strauchelte er einmal, zweimal, und Gerta begann die Grenze von der Geliebten zur Pflegerin, von der stattlichen Teilhaberin zur Gehilfin zu überschreiten.

Es war Fräulein Stellas Zimmer. Sie wartete vor der Tür.

Noch immer trafen die Züge ein. Im Schutz der Dunkelheit, klein und geduckt, spien sie Soldaten auf Heimaturlaub aus. Die auf dem Bahnsteig wimmelnden Mädchen konnten in dem Dunkel nicht erkennen, ob die Züge voll, vielleicht von Männern, oder leer waren. Signale kreuzten, Pfiffe haderten aus den Fallen wirrer Geleise: »Zug von 31, Zug von 9, laßt mich durch, ich bringe Verwundete.« »Wartet, ihr müßt warten, 31, da draußen sind Hunde.«

Gerta hörte die Pfiffe weit draußen in der Nacht. Sie waren lang und altmodisch und weit entfernt.

»Hörst du die Hunde?« Ernst sprach, Hände zupften an den Decken.

»Aber ja, lieber Mann.«

Er hörte ihr Bellen mitten in der Nacht zwischen den Schiffspfeifen.

Stella rührte die Arzneien an und dachte an die Zeit, was konnte sie tun, wenn die Zeit stehenblieb? Die Phiolen, die Wattebäusche, das medizinische Handbuch um sie her waren außer Reichweite, zu langsam. Sie konnte nichts dagegen machen, ihre Seite in dem Handbuch war umgeschlagen. Die ganze sanfte Umarmung des

Berges war verschwunden, die ganze Komik seiner Säbelwunden verheilt; er war genäht und eingehüllt in dieses unverschämte, gedankenleere Lächeln. Er wurde dünner, stierte ihr voll ins Gesicht, seine drei Finger zuckten hilflos auf der Decke, und er würgte.

Sie hörten das Scharren an der Tür und glaubten zuerst, es sei der Wind, nur die tröstende Luft der Nacht.

»Was macht die hier nur«, dachte Gerta, als sie, ihren Liebhaber hinter sich, in das Kinderzimmer trat.

Der rotbärtige Teufel beugte sich über das Bett, starrte den Mann mit den Zahnschmerzen an. Herman blickte von seinem Sohn zu Stella, dem reizenden Mädchen, von den farbigen Flaschen zu dem vernagelten Fenster und wieder auf das majestätische Bett.

»Er ist nicht krank!« und der Teufel stieß ein röhrendes Gelächter aus, sein Verlangen nach Gerta verflackerte mit dem fieberhaften Erkennen seines Widersachers, der ins Bett gesteckten Grippe.

Er hatte Hörner. Entsetzliche, peinigende, abscheuliche kurze Stummel, die aus dem runzligen Schädel ragten, und die Flöte in seinen glühenden Händen war die Flöte der Sünde. Die ganze Ruhe des Himmels verdunstete, und im allerletzten Augenblick, vollkommen ratlos, erkannte Ernst den alten Snow. Und in diesem Augenblick der Abwehr, der Verübelung dieser teuflischen Rückkehr des lärmenden heldenhaften Herman, starb Ernst, ohne dieses langersehnte Ereignis im geringsten zu erfassen; mit diesem letzten Anblick von Kleinheit, diesem letzten Auftritt des Störenfrieds, gab Ernst, den Mund verzerrt vor Abscheu, den Geist auf, und ward der Frömmigkeit entbunden. Der Alte lachte noch immer: »Verstellung, er verstellt sich bloß!« Stella war erzürnt über seine Einfalt, dieser Vater könnte sich doch wenigstens zur Würde des Ereignisses erheben und die Tatsache des Todes anerkennen. Aber nein, er blickte dämlich drein und kicherte.

Herman bezahlte für seine Belustigung, denn sie hatte ihm seinen Sohn und seine Widerstandskraft genommen. Bei Gerta im Zimmer, das ihr viel zu eng wurde, verschlief er unbehaglich den Rest der Nacht.

Am Morgen gelang es dem Wachposten, wie Stella gewahrte, ihre letzte Pflicht dem Toten gegenüber zu erfüllen. Unglaube und Wut zeichneten noch immer das Gesicht des Fechters, als er aus dem Haus getragen wurde, erlöst durch die Gnade seines Unglücks und seiner Feindschaft.

Im Wahn, Brille und Haube seien noch immer in ihrer Zelle, erwachte Jutta und hörte aus dem schwachen, nicht endenden Traum das Bimmeln der Gutenachtglocken, während der Schmerz in ihren Armen und Beinen von ihrem Sieg übertäubt wurde; die Oberin war nämlich fort.

»Jutta, Jutta, geh zu Bett«, doch sie ignorierte die Stimme. Die letzte Autorität war weg. Die Oberin, abgeblitzt, saß unten im Saal an ihrem Pult, unfähig zu schreiben vor Wut, die Kapuze, die ihren widerlich rasierten Kopf verhüllt hatte, lag neben ihr auf einen Stuhl geschleudert. Beunruhigt starrte die Kammerfrau die zum Mönch verwandelte Nonne an.

Jutta versuchte sich zu bewegen, schaffte es aber nicht, und verharrte einen Augenblick, das Gesicht dem Boden zugewandt, erhob sich aus der wehleidigen Grube allzubequemer Psalmen und allzubequemem Absterben des Fleisches. Sie schlug die Augen auf. »Es gibt auch Feinde im Innern unseres Staates«, fiel ihr ein, und sie fragte sich, warum der *Oberleutnant* die Oberin nicht aufhielt, und in dem Bewußtsein, noch einmal habe aufwachen zu dürfen, erkannte sie beglückt, daß das Leben nicht wundersam war, sondern klar, nicht glaubhaft, sondern unbestreitbar. Wie engstirnig und klein die beklemmende Oberin war, die täglich eine Zeitlang mit dem wunderlichen Medaillenhändler schacherte. Jutta, wieder zurück in der Zelle, in die Gerta sie gesteckt hatte, fühlte sich unangenehm krank und sehr müde. Sie würde versuchen, auf die Pritsche zu kommen.

Das Nonnenkloster, hoch und sicher im Innern des demütigen Herzens, fern der Seeblockade, ruhte zuversichtlich und keusch im Schoß der Nacht, breitete seine Zufluchtsmauern über ein paar kahle Quadratfuß unbewohnter dürrer Erde. Geborgen im mißmutigen Schleppnetz der Alliierten, denn ein Happen Glauben war alles was seine Insassen kannten, da mit den Jahren die Herzen weit und die Mägen notwendig klein wurden, geborgen in der periodischen Verstoßung von Mutter, Mädchen und Eitelkeit. Die alte bleiche Scheune wankte sachte in der Wolkennacht. Das Moos war schütter geworden, braun, und verdorrte an den Lehmwänden, kein Wasser rieselte mehr und dickte in dem Brunnen ein, der Sand vermochte sich nächtens kaum noch auf dem Rücken des Windes durch die Flure zu erheben, und noch immer verkündeten morgens und abends pflichtgetreu die Glocken den entrückten und öden Tag. »Vater, erlöse mich«, sagte die Oberin, an die Mädchen denkend, »von diesen unbarmherzigen Heiden«, dann beugte sie sich vor, hüllte sich in Dunkel und saß lange Zeit mit ihren Schmerzen und Sorgen am Fenster.

Eine ölverklumpte Austernschale ward von der tückischen Flut an den fernen Strand gespült. Die Hunde bellten.

»Vielleicht sollte ich einen Arzt rufen«, dachte der *Oberleutnant,* über das kranke Mädchen gebückt, doch in diesem Moment regte sie sich, und außerdem, fiel ihm ein, war das alte Pferd, das sonst im Stall stand und sie zum Stabsarzt hätte bringen können, tot.

Jutta schaffte es nicht bis auf die Pritsche, dafür brachte ihr Zorn und ihr kindischer Schmerz sie langsam wieder aus der fellverbrämten Grube heraus, und in diesem Augenblick hörte sie die Glocke im Turm drei Uhr schlagen, hörte die Oberin, die sie geläutet hatte, zurücktappen, um sich, mit noch immer verletzten Gefühlen, wieder ans Fenster zu setzen. Mit einer jähen glücklichen Geste drehte Jutta ihren Kopf nach oben, und starrte in dem trüben Licht auf die unbedeckte Männerbrust des *Oberleutnants,* der sie vornübergebeugt auf dem Boden betrachtete.

Darauf, in dieser Nacht überwand sie die Krise, und Atem um Atem nahm sie, obzwar begafft und geliebt, an Leben zu, noch immer allein, schweigsamer und kälter als je zuvor.

Wenige Monate nach Ernsts Tod gebar Stella ihren hinfälligen Sohn, und während sie noch im Wochenbett lag, nahmen Gerta und Herman das Kind von ihr fort, eroberten es und verwahrten es in dem Lustgemach unten im Erdgeschoß, wo sie in jener ersten Nacht gemeinsam versagt hatten. Nahrungsmittel wurden knapper, und Stella verzieh der Alten den Raub ihres Sohnes nie. Wenn sie die Hunde um den Bahnhof, an der Einlaßpforte zum Grab heulen hörte, dachte sie daran, einmal wieder zu singen. Der geschnitzte Jesus war verschwunden.

Teil Drei – 1945

Heute nacht

Den ganzen Tag hindurch hatten die Dörfler ihre Sickergruben ausgebrannt, die neu ausgehobenen, mit Klumpen nasser Zeitungen übersäten Latrinen ausgebrannt, die dunklen runden Löcher in den angebauten Steinhütten ausgebrannt, in denen Feuchtigkeit aufstieg und die verschwiegenen Balken fleckte, in denen faulige Pfützen von Unrat stanken, der so häßlich war wie der drauf hokkende Alte. Diese irdenen Töpfe verströmten noch immer ihren Geruch verbrannten Fleischs und Haars und Geflügels, und dieser fremdartige Geruch von Gas und schwarzem Käse waberte über die Straßen, über die Felder, und sammelte sich auf dem klammen Laub und in dem kahlen Nachtnebel entlang der Böschung der *Autobahn*. Dieser Gestank stand aber nicht bloß über dem Schlamm, sondern bewegte sich auch, und mit jedem leichten Luftzug wurde das Senfgas, das Gas weicher Ziegenköttel und menschlicher Ausflüsse intensiver, kräftiger und in sich rötenden Schwaden deutlicher sichtbar. Der eigene Geruch war immer herauszufiltern und erkennbar, ein beunruhigend frischer Strom in der wehenden Asche, etwas persönliches, das man zuweilen nach Mitternacht wittern und erkennen konnte, als wühle man schier mit der Zunge in dem Verbrennungsofen und der warmen, um den behauenen Balken wallenden Luft.

Wir drei warteten am Rand der Straße, unbestrumpfte Füße brannten und juckten in unseren senkellosen Schuhen, wir zupften uns an den Nasen, lauschten einem abgezehrten Köter in den Blättern scharren, hörten gelegentlich einen Ziegel von einem Dach rutschen und von einem Schwanz gewischt in den Schlamm fallen. Die Niederungen vor uns wandten sich ab, unbevölkert, dunkel, hier und da sickerte eine Patronenhülse voll, wellten sich im Tau die Finger eines verlorenen Handschuhs. Hinter uns stiegen die Geister aus dem festgefahrenen Panzer und zogen in einer Reihe in Richtung Kanal hinunter.

»Er verspätet sich«, sagte Fegelein.

»Ja.«

»Also nichts mit Schlaf für uns.«

»Warte, hab Geduld«, antwortete ich.

Wir drängten uns unsichtbar aneinander, hoch über uns die Straße, die sich weit über dieses Randgebiet der Stadt hinaus erstreckte, und es gab weder präzise Durchfahrtszeiten noch Senkbleie, die die Reisekilometer oder die Kurve auf der Karte anzeigten, an der der weiße Fleck dieser Stadt zu finden wäre. Wir wagten uns nicht von der Stelle, obwohl wir noch immer graue Hemden trugen und unseren Weg der Außenwelt zu verstehen gegeben hatten.

»Er fährt eine gute Maschine«, sagte Fegelein.

»Keine Sorge. Ich werde nicht danach schießen.«

»Gut.«

»Denk dran, kein Wort. Stintz würde bestimmt etwas sagen, wenn in einem Monat der nächste Fahrer hier vorbeikommt, um nach diesem hier zu suchen.« Dauernd mußte ich Anweisungen geben.

»In einem Monat sind wir fertig.«

»Ja.«

»Und das Motorrad wird uns nützlich sein.«

»Ja.« Ich mußte sie bei Laune halten.

In jedem Ort gibt es einige, die sich, auch wenn sie nicht mehr wissen, wie es dazu kam oder wie sie heimgekehrt oder wann sie ausgerückt waren oder was der Feind erwartet, in der Nacht zusammentun, um trotz der Behinderung durch ihr eigenes Volk und die Schwärme der Invasoren sich wieder zu erheben. Die Stadt hinter uns wurde kleiner; kalt und zahllos waren die Schläfer.

»Niemand wird uns sehen?«

»Niemand«, gab ich zurück.

»Ich möchte heute nacht nicht weitergehen; du darfst mich nicht zwingen...«

»Schluß damit. Du weißt, es gibt kein Weiter.«

»Verzeih.«

Die kalte Nachtluft belegte meinen Hunger, und ich schob den Gedanken beiseite, konzentrierte mich auf den Gekrümmten in Helm und Schutzbrille. Einmal klapperte über unseren Ohren das alte Pferd vorbei und zog dann weiter, als wittere es nichts, weder frisches Gras noch Menschen.

Juttas Kind saß im Fenster und schoß spitze Blicke kreuz und quer durch die Schatten, die Hände im Schoß gefaltet, die Knie angezogen, klein und hellwach wie Kinder, die noch lange nach der üblichen Schlafenszeit die Nacht verfolgen, erregt und angespannt von den unerwarteten Stunden, elende winzige Wächter. Doch sie sah weder ihren Bruder, den Elf, noch sonst irgendwelche Gestalten zwischen den geborstenen Rohren über die Straße schleichen. Sie suchte nach einem Licht, einer schwankenden Laterne, irgend einem erkennbaren Tier oder Menschen in den kahlen Zweigen, und spürte, daß sie warten und suchen mußte, denn sie wußte, daß Alle nicht schliefen. Sie wartete auf Jutta, wie ein Kind wartet, und wortlos rief sie ihre Mutter heim. Wieviel Uhr war es? Niemand konnte es wissen, da es keine Uhren mehr gab. Sie kannte diese Zeit, diese dunkle Zeit, instinktiv als etwas, das nur mit dem Schlaf aufhörte. Sie wußte, daß man den Morgen nie nahen sehen konnte, und nur wenn man sich abwandte, versteckte, verzog sich die Nacht. Lange war es unten ruhig gewesen, von da an, wo Herr Stintz aufgehört hatte sein Horn zu spielen, bis jetzt; und an ein paar unnatürlichen Geräuschen, dem Rascheln von Kleidern, dem Poltern eines Schuhs, erkannte sie, daß er nicht mehr schlief. Er nahm seinen Stock. Jutta mochte ihn auch nicht, denn er konnte weder ein Verbrechen begehen noch tatkräftig handeln, sondern immer bloß Unheil bringen. Das Kind hörte Wasser plätschern und wartete, hörte ihn seinen Käfig der Länge nach durchschreiten und die Türe aufschließen.

Der Elf, außer Sicht, lief um sein Leben.

Sie hatte Angst, ihn anzusehen, und bewegte sich vage, wie um das Fenster anzufassen, dachte daran, Licht zu machen.

»Reichlich spät für ein kleines Mädchen, aus dem Bett zu sein, aus den Decken, den schönen warmen Federn.«

»Ich warte auf meinen Bruder.«

»Aber du solltest schlafen, denn der Mond mag es nicht, wenn kleine Mädchen ihm in sein Bett schauen. Der Mond ist ein sehr starker Mann und schläft in der Welt, und Gott hat ihm keine Dekken gegeben.«

»Heute nacht schläft er nicht.«

Herr Stintz konnte nur Unheil bringen; sie wußte, daß er den Stock bei sich hatte, aber auch, daß kleine Mädchen sicher waren, weil sie warteten, ohne sich je zu bewegen. Wenn sie sich bewegte, würde die Pranke ihr den Flügel abhauen und sie am Bein packen.

»Ah«, sagte sie, »da kommt meine Mutter.«

»Warum willst du nicht«, sagte er, »warum wollen wir nicht schnell mal nach dem Mond schauen?«

Sie hörte leise die Türe schließen. Der Tod ist im Erbrechen eines

Schlosses, einem Schnitt in der Haut, er kommt mit einem Husten und geht, bevor das Pflaster auf der Brust getrocknet ist. Stintz scheuchte die Jungen in den Regen und ließ die Mädchen im Klassenzimmer ein ums andere Mal ihre Lektionen hersagen, und auf den Straßen sprach niemand mit ihm. »Madame Snow hat mir gesagt, ich würde sterben ...« Dann sah sie etwas Großartigeres als ihre Mutter, etwas Unbekanntes, aber Unverkennbares. In der Ferne blitzte ein Licht auf, und indem sie es beobachtete, rückte es näher, ein dünner vibrierender Strahl, der sich einen Weg aus dem Dunkel zu suchen schien. Darauf hatte sie gewartet, und jetzt hielt sie nicht mehr nach ihrem Bruder Ausschau, sondern kroch unter ihre Decken. Es war, als hätte sie gerade die Wohnung im ersten Stock besucht.

»Gute Nacht«, hörte sie ihre Mutter sagen.

Wir drei, die wir an der Erdböschung lehnten, waren alles, was von den Schatten der Wachen übrig war, waren ursprüngliche, unbeauftragte, unaufgestellte Wachen, die ohne Kennwort, Gewehre oder Ablösung am Boden ruhten. Die schneidende ausländische Stimme war von der dunklen Straße und aus dem unbeleuchteten Torweg verschwunden, die Drahtrollen, die wütenden Töne, die organisierten Wachposten waren nicht mehr da. Obwohl unmißverständliche Zeichen zurückgeblieben waren, ein zertrampeltes Päckchen Woodbines, eine fortgeworfene Feldflasche, ein Fetzen weißen Gewebes; solche Reste lagen noch immer in den Unterständen herum oder hingen an den Ecken der Zimmer, wo bleiche Frauen schliefen. Die Wächter, die Papiere verlangt hatten, fluchten einsilbig, ließen die Nacht rot aufleuchten, konfiszierten Fahrräder und hatten sich in die Jagdreviere von Nagetieren zurückgezogen. Und wir, die drei verbliebenen Schatten, abgemagert trotz dem riesigen Land, zum Niederkauern auf die Blechkisten des Feindes angewiesen, wartend in unseren knopflosen Mänteln und spitzen Kappen, waren Wachposten der Zivilbevölkerung; tagsüber tatenlos, schmiedeten wir nächtens Komplotte für das höchste Gut.

Der Amerikaner wußte über das von seinen Adler-Colonels gezüchtigte Land nicht mehr als seine dreistblickenden, in ihren grünen Monturen herumlungernden Sergeanten. Er fuhr hypothetische Verbindungswege ab, die meilenweit hinter dem Ende des Krieges herhetzten, und bei jedem Zwischenstop trank er Bier.

Verzweiflung gab es nicht für diesen Präriereiter, der mit seinem Sack voller unverständlichen militärischen Gekritzels, Zahlenkolonnen und vertraulicher Haßtiraden über die einst endlosen Straßen stürmte, nicht für diesen unbeirrbaren Reisenden, dessen einzige Kommunikation im Schweigen zu den finsteren Landesbürgern und einem »Hallo, Mac!« zu seinen teilnahmslosen Kameraden bestand. Von den verschandelten Äckern und überhängenden Zweigen, von der verkohlten und ungesäuberten Stadtbücherei, von den zerlöcherten Schlauchbooten, die den Kanal verstopften, bis zu den hängenden Mäulern, den Farben der Feinde, den nicht zugeschnappten Fallen, bis zu dem betrunkenen Beamten und den schwarzen Pocken war es eine unerkannte, uneingestandene, namenlose Verzweiflung, die über die gefesselte Prostituierte und die Meldungen vom Feind, über die Kadaver der Häuser und die amerikanischen Vorposten hinaus weiterbohrte, um uns, den beharrlichen Wächtern, Kraft zu verleihen, den apathischen Historikern Nachricht zu geben. Ihre Lager vergiften, und wenn auch nur in einem Kalauer oder einer einsamen Tat.

Ich hatte Tag für Tag im Redaktionsbüro daran gedacht, und dachte an der schlammigen Böschung daran; das Leben ist nicht etwas so Bemerkenswertes, Kostbares oder Notwendiges, wie wir glauben. Das nackte dunkle Scharren jenes ewigen alten Pferdes, das ohne eigene Schuld verwaist und ruhelos weiter durch die Nacht trottete, sagte mir das. Und der gehortete, geheime schwarze Matrosenrum, der mir im Geist umging, verborgen unter den Korrespondenzen früherer Jahre, unzustellbaren Briefen und den Trümmern von Lettern, brachte mir die Erkenntnis, daß der Pächter das Gesetz war. Für das jüngste Gericht muß der Pächter das Haus bestellen und davor bewahren, in den Pfuhl abzurutschen, es bewahren vor den Klauen des Juden und dem Brandschatzen des Idealisten.

Von keinem Menschen kann man verlangen, seine Kultur, die sein Volk ist, aufzugeben. Die Alten müssen gehen, über die morsche Zugbrücke taumeln, vor dem letzten Wappenschild niederstürzen. Ich hielt Madame Snow für zu alt, das zu begreifen, glaubte, sie werde dahinwelken und sterben mit ihrem langen falschen flachsblonden Haar, denn ich dachte, sie würde als allererste durch die Nacht um Schutz davonlaufen. Hier irrte ich mich, da nämlich sie der Henker war, der Fresser, der größte Führer von uns allen. Der Tod ist so unbedeutend wie das Leben; aber der Kampf, das Aufschichten der Ziegel, die verzweifelten Bemühungen des Pächters; das ist der Mann der Jugend, die alte Frau der Ruhe, das Volk der Sicherheit.

Ich schob mir das Haar von den Ohren, lehnte mich locker an den Erdwall, roch die erblühende Natur.

»Wann?«

»Bald. Nur Geduld.«

Das Kind war noch nicht eingeschlafen, die Abwässer rannen stinkend in den Keller, der Bürgermeister träumte, häufte sämtliche Scheußlichkeiten aufeinander, die sein altes Herz noch hergab, bis sie ihm krampfhaft in die Kehle fuhren. Die Fenster waren geschlossen, doch gegen die wankenden Träume konnte er sich nicht schützen – daß er die Toten geehrt hatte, war sein Todesurteil. Ein Versuch, sich mit eigener Hand zu erregen, denn seine Frau war schon lange verschieden, hatte wie die Experimente stöbernder Kinder, wie ihr Berühren des eigenen Ich, etwas von Selbstmord an sich. Lange nachdem das Geräusch unterm Fenster ihn aufgeschreckt hatte, kam der Traum zurück und drängte sich lebensecht vor seine Augen, als ob er wach wäre. Traum um Traum waren die Stimmen und Pferde immer dieselben, auch wenn sie in mancherlei Gestalten auftraten, der Priester vertauschte sich mit dem Offizier, seine tote Frau feuerte das Gewehr, ein absonderliches Kind sprach als Richter das Urteil, die Zuschauer trugen dieselbe Kleidung wie der Verurteilte. Aber die Stimmen waren deutlich unterschieden, und wenn er erwachte, vergaß er jedesmal, daß sie alle, Feinde und Freunde, den Richterspruch gefällt hatten – schuldig in den Augen seines Staates.

Er hatte das Land nur seines Gewissens wegen verraten…

Madame Snow hielt Balamirs Hand.

Das Kind konnte nicht schlafen und lauschte dem Atmen der Mutter.

Tänzer erlahmten, und jedesmal wenn die Platte zu Ende war, machte die Stille sie zaghaft.

Der Wind sträubte und seufzte und kam nicht über den Rand des Kanals hinaus.

Eine Kuh schabte mit geschlossenen Augen, mit Zähnen wie ein Hase an den leeren Bretterwänden einer Scheune, fand aber kein Stroh.

Der Junge hatte sich in unterweltlichen Gängen verlaufen, war gefangen zwischen abschüssigen Böden und Drahtrollen, und seine Hose verfing sich an einem dicken krummen Nagel.

Der Herzog folgte ihm dicht auf den Fersen, den Stock wachsam in die Dunkelheit erhoben, tastete er sich vorsichtig in das düstere Loch, und es begann zu regnen. Der große Mann folgte dem Jungen durch die klaffende verputzte Mauer und fand sich im Theater wieder. Madame Snows einbeiniger Sohn und sein lautloses Weib waren irgendwo oben in der Nähe des Vorführraums. Der Junge lief kreisend zwischen den Tausenden muffigen Sitzen umher, und der Regen tröpfelte auf den schiefen Boden, ein staubbedecktes Feldtelephon sah aus wie eine riesenhafte Fußangel an einer Kette. Es wurde noch dunkler in dem Theater. Behutsam folgte der Herzog den Schatten, glitt wie ein älterer Schauspieler an den Kartenschalter, nahm den Hut ab, trat durch die Tür und wartete, umgeben von schwarzem Glas, feuchten Kartenrollen und einem roten Taschentuch. Ein vermoderter Spielplan maskierte sein Gesicht. Er sah etwas mit falschen Brüsten und Strumpfhosen über die Bühne gehen, hörte den Jungen stoßweise näher rücken.

»...Du bist es, der sterben wird«, sagte der Priester zum Bürgermeister. Das war an dem Tag gewesen, als der Motorradfahrer und die übrigen Alliierten zum erstenmal durch *Spitzen-on-the-Dein* gekommen waren. Der Konvoi kroch die lange leuchtende Chaussee heran, durch den Schnee, durch die Handvoll stummer Zuschauer, die Hauptstraße hinunter wie ein Hundertfüßler mit dem Motorradfahrer an der Spitze, gefolgt von dem Jeep, am Ende der stolze Vierertrupp Scharfschützen. In dem Jeep saßen ein amerikanischer Colonel und zwei Korporale, auf dem Rücksitz stand ein automatisches Gewehr, ihre Feldflaschen waren mit Rum gefüllt, der Meldefahrer vorn schwankte hin und her und verscheuchte die Kinder, Schnee wirbelte stöbernd hinter ihm auf.

»Das also ist Deutschland«, sagte der Colonel, dann lehnte er sich hinter dem kalten Steuerrad hinaus, stieß in seine Pfeife, und der Konvoi hielt an. Unter den Blicken der Menge stieg er aus und befestigte eine schlanke Drahtzange an dem qualmenden Kühler, dann rückten sie nach einem letzten knappen Befehl an den Motorradfahrer zum Ortszentrum vor, Fausthandschuhe an, Augen eisig nach vorn. Am Boden des Jeeps, unter dem drohenden Gewehr, hatten sie ihre schwarzen Roben und ein paar versiegelte Umschläge. Die Fußsoldaten liefen und gingen abwechselnd, um sich warm zu halten.

Um die Mitte des Nachmittags hatten sie Madame Snows Wohnung ausgeräumt und ein Hauptquartier eingerichtet, drei Landkarten, Tisch und Stuhl: vorübergehender Sitz der amerikanischen Vertretung im Reich des Bösen. Der Jeep stand unter einer Plane im Schuppen im hinteren Garten, die vier Schützen waren im Hausflur einquartiert, und der Meldefahrer hielt Wache vor seiner noch warmen Maschine. Der Colonel wandte seinen Blick kurz von den roten Umschlägen und sah durch das aufgezogene Fenster den Himmel schneeverkündend dunkel werden, beunruhigt starrte er auf seine streng geheime Route durch das Volk, studierte die nicht entschlüsselbar codierte Zeichnung. Zufrieden gab er dem Korporal ein Zeichen, und der brachte sogleich die drei Roben an. Der Colonel, klein, untersetzt, Absolvent einer technischen Hochschule, ein hervorragender Ingenieur, dachte in punktierten Parabeln, sann in feinen roten Linien, und leitete, obgleich allein, überarbeitet und zermürbt, den breiten Vormarsch der Besatzungstruppen. Wenn man von dem über der Tasche seiner schwarzen Robe aufgenähten Silberadler absah, hätte er der Obmann einer Jury sein können, ausgewählt, vor dem obersten Gericht zu sprechen. Noch einmal las er sorgfältig die Instruktion, klopfte mit seinem Stift auf das nackte Holz, dann warf er das Papier in den Ofen, einen offenen Kanister lodernden Benzins in der Ecke. Der Bürgermeister, Herr Stintz und ich selbst standen in einer Ecke, denn ein Vorzimmer gab es nicht, und sahen diesen Vorbereitungen zu, während draußen, allein in der Kälte Miller, der Gefangene, wartend auf und ab ging, die Gedanken bei den süßen Kindern und seiner schönen Frau.

Die Männer in ihren Roben murmelten hinter dem Tisch am anderen Ende des Zimmers miteinander, und wir drei, die Zeugen, warteten, während dünner Ruß aus dem flammenden Kanister Boden und Wände überzog und sich auf die zwei Umhängetaschen des Colonels und die akkurate kurze Reihe rissiger Armeestiefel senkte. Die Landkarten, frisch an die Wand geheftet, dunkelten ein, die Kälte in der Luft wurde schneeverheißend schärfer, Ruß sprenkelte das Fett auf dem am zusammengerollten Bettzeug des Colonels hängenden Eßgeschirr. Einmal drehte sich einer der Korporale um: »No talking here«, was wir nicht verstanden, denn nur der Colonel sprach Deutsch. Dann, nach kurzem Schweigen, schien dem Colonel etwas einzufallen. »Mein Gott, Korporal, holen Sie meine Pistole – und Sie könnten mir meine Pfeife bringen.« Der junge Mann, den schwarzen Saum über seinen Stiefeln haltend, warf uns, den Zeugen, einen finsteren Blick zu und suchte in einer der kleinen schmutzigen Taschen herum. Dann eine Pause, in der sie ihm ungeschickt die Waffe unter das Kleid schnallten und er seine Pfeife anzündete, sein schwarzes Talarhemd und die harten Hände steif vor Kälte. Der weiße Helm des Motorradfahrers bewegte sich vor dem Fenster hin und her, vereinzelte Schneeflokken legten sich auf seine Jacke.

»Mayor«, rief der Korporal, und der verängstigte alte Bürgermeister trat in die Anklagebank, straffte sich für eine gefährliche Vernehmung.

Der Colonel nahm seinen Platz ein und sprach:

»Wie alt sind Sie?«

»Äh, wie bitte?«

»Ihr Alter, Alter.«

»Einundsechzig.« Sein Papierkragen hing welk, die Amtsschärpe schlaff um seinen Leib, er hatte Angst.

»Wo wurden Sie geboren?«

»Hier, in diesem Ort hier.«

»Ich höre, Sie führen eine Art Einwohnerregister?«

»Ganz richtig, sehr schöne Aufzeichnungen. Aber die sind weg, verbrannt, Granaten trafen mein Haus, piffpaff, und in dem zerborstenen Glas breiteten sich die Flammen aus, und daher sind alle meine Papiere weg.«

»Nun, ich möchte etwas über einen Mann«, der Colonel sah in seine Notizen, »namens Miller wissen.«

»Ich kenne ihn seit Jahren, seine Frau, seine Kinder.«

»Stimmt es, daß er Pfarrer war?«

»Pfarrer? Ah ja, Pfarrer.«

»Aber jetzt ist er es nicht mehr?«

»Nicht mehr? Nun ja, nicht aktiv, der Krieg, ich glaube nicht, daß allzuviele Leute ihm noch zuhören...«

»War es sein *Wunsch,* dieses Amt aufzugeben?«

»Es gab eine ganze Menge Schwierigkeiten hier in der Stadt, wir litten unter...«

Ich rief aus der Ecke: »Er *ist* Pfarrer.«

»Ruhe, seien Sie still dahinten.«

Dann kam Herr Stintz nach vorn, eine Schulfibel unter dem Arm, und schob sich lächelnd vor den Bürgermeister.

»Wenn Sie gestatten«, sagte er.

»Was gibt es?«

Stintz, Kneifer auf der Nase, trat näher. »Herr Colonel, ich finde, Sie sollten vielleicht berücksichtigen, daß wir ein neues Evangelium hatten, der Krieg gab dem, was man dem sprachlosen Volk womöglich predigen wollte, eine andere Richtung – es hörte mit anderen Ohren, das neue Evangelium war etwas Überwältigendes, nicht einmal seine Frau kam mit Miller zurecht.«

Der Colonel sah den Bürgermeister lange an.

»Stimmt das? Hatte Miller sich verändert?«

»Naja, alle, der Krieg war eine schlimme Sache, aber«, der alte Mann merkte, daß er den Adler auf der Brust des Colonels anstarrte, er schien phosphoreszierend zu leuchten, »aber ich lebe allein, so gut kenne ich ihn nicht, er war fort...« Der Adler strahlte auf, und der Alte fuhr sich übers Kinn, versuchte die Schärpe straffzuziehen, »aber ich glaube, vielleicht hat er sich verändert...«

»Hat er nicht«, sagte ich.

»Das ist ein zäher Bursche«, flüsterte der Offizier dem Korporal zu, indem er auf mich zeigte, und die Richter zogen sich zurück. Der Schnee fiel heftiger, der Fahrer bedeckte sein Krad mit einem Jutesack. »Ich denke«, sagte der Colonel, »der Fall ist abgeschlossen, aber wir sollten gerecht sein, es wird sich ausgezeichnet machen, sie mit unserer Gründlichkeit zu beeindrucken.« Und für den Rest des Nachmittags, während der Schnee immer dichter wurde und wir in der Ecke warteten und einer der Korporale Notizen machte und dem Kanister der Brennstoff ausging, wurde eine lange Reihe von Zivilisten zusammengetrieben und ein Bürger der Stadt nach dem anderen in den dunklen Raum gerufen, befragt und wieder in den rauhen kalten Abend entlassen. Am Ende war die gesamte Bevölkerung gekommen und gegangen, vor dem Fenster im Keller, wo Miller wartete, waren Stahlgitter angebracht worden, und der Colonel rollte sein Bettzeug auf und legte sich in das dicke schwere Fell, um die Nacht zu verschlafen. Lange danach gab der Bürgermeister dem glänzenden Adler die ganze Schuld: »Er hatte schrecklich gebogene Klauen und eine scharfe Hakennase und entsetzlich rote Augen. Da habe ich nicht anders gekonnt.«

Vor Morgengrauen schüttelte sich der Colonel wach, fünf Uhr war es auf seiner mikrometergenauen Armbanduhr, er zog sich einen langen Schafleder-Feldmantel über seine graue Unterwäsche und machte sich taumelnd an sein Tagewerk. In dem dunklen Flur umherstreichend, wo seine Schützen lagen, legte er neben jeden eine blanke Platzpatrone, nahm die scharfe Munition aus den Waffen und inspizierte die geölten Kammern und silbernen Drallbohrungen. Wieder in dem langen kahlen Wohnzimmer, füllte er den Benzinkanister und machte sich, gekrümmt in dem großen fellartigen Mantel, eine Kanne schwarzen Kaffee, wobei er gleichzeitig seine Hände über der kleinen Flamme wärmte. Der Bürgermeister, Stintz und ich schliefen in der Ecke, die Korporale lagen tief in ihre Pritschen gewühlt, und im Keller, gefangen unter den Schutthaufen, wartete Miller auf das Dämmern des Morgens durch das enge Gitter. Der Colonel vertiefte sich in eine zerlesene Grammatik, stellte sein Eßgeschirr zum Spülen beiseite und ließ seine Männer noch eine Stunde schlafen. Schließlich, um zehn vor sechs, durchkramte er seine Sachen und zog seine beste Schirmmütze heraus, polierte das Abzeichen mit einem Lappen, legte sie für die bedeutende Stunde zurecht und tappte dann ins Freie. Die ersten Fußabdrücke im Schnee des Hinterhofs waren seine; er war der erste, der die noch immer wie von wartenden Flocken schwere Luft durchbrach. Der Kanal roch streng nach Ungeziefer und klatschendem Gummi, aus dem feuchten Schnee ragten ein geborstener Rechenstiel und eine Schmirgelscheibe, kein Rauch stieg aus den Kaminen am anderen Ufer. Pflugsterze, Holzschäfte, verdrecktes Tongeschirr, die Backen eines Schraubstocks und alte Lederfetzen lagerten in dem baufälligen Schuppen, wo unter einer Plane der Jeep abgestellt war, und auf dem nackten Erdboden quoll ein zäher grüner Ölfleck auseinander. Zwei Bretter, an eine dünne Wand genagelt, die einmal eine Werkbank gewesen war, hingen leer – denn was es an Metall, Werkzeugen und Eisenrädern gegeben hatte, war zu Geschossen umgeschmolzen worden –, leer bis auf eine verblichene rosa Unterhose, die zur Größe einer Faust zusammengeschrumpft war. Die Tür schwang hinter dem Colonel zu, er wühlte in dem Schuppen herum, dachte an das Fräulein, dem die Hose gehörte, verfing sich mit seinen langen Tressen und heiterem Lächeln, langte in den Jeep und zog ein weiteres Gewehr heraus, glänzend geputzt. Der Geruch von Hühnern, welken Kräutern und Schimmel mischte sich mit dem Öl, und er hörte das niedrige Wasser im Kanal schlappen und über die dünnen Eisschichten rieseln. Er kontrollierte die Reifen, sah sich noch einmal im Schuppen um und ging dann durch den ungepflegten weißen Garten in seinen Kommandostand zurück.

Um sechs Uhr hatte er die Männer geweckt, die Straßen für passierbar erklärt und das neue Gewehr mit scharfer Munition geladen.

»Hierher, Leevey«, rief er aus dem Fenster den stumm umherschreitenden Meldefahrer an, »heute morgen übernehmen Sie den Gefangenen.« Und während wir drei uns blinzelnd aufrichteten, rasierte sich der Colonel vor einem Schwenkspiegel mit krummen einklappbaren Ständern. Nachdem er sich angezogen hatte, bürstete einer der Korporale seine Uniform, half ihm wieder in den schweren Mantel und reichte ihm die Kappe mit dem polierten Abzeichen.

Um sechs Uhr dreißig war der ganze Ort auf den Beinen und drängte sich in dem Garten, und der Motorradfahrer band Miller das rote Tuch vor die Augen, während er, der Gefangene, starr am Rand des Kanals stand. Der Colonel eilte hinaus, gefolgt von dem Bürgermeister, Stintz und mir und seinem Trupp, eilte, dafür zu sorgen, daß Miller korrekt hingestellt wurde, sah auf die Uhr. Obwohl der Himmel verhangen war, war er sicher, daß es nicht schneien würde, und wenn sie früh wegkämen, dürften sie mindestens zweihundert Meilen schaffen. »Kommen Sie«, sagte er, zu mir gewandt, »ich brauche noch einen Schützen. Nehmen Sie dieses Gewehr und stellen sich zu meinen Männern.« Er übergab mir die neue Waffe, die fünfte, gut geschmiert, leicht, geladen, und ließ dann unsere Gruppe ordnungsgemäß Aufstellung nehmen. »Bürgermeister«, rief er, »Bürgermeister, kommen Sie her.« Der alte Mann trat zitternd vor, die Nase grau vor Kälte, die Brust eingefallen. Der Colonel griff in eine wollene Tasche, zog ein großes weißes Taschentuch hervor und warf es dem schlotternden Führer zu. »Halten Sie das über Ihren Kopf, und wenn Sie mich nicken sehen, lassen Sie es fallen.« »In Ordnung, Leevey«, rief der Colonel, »gehen Sie von dem Gefangenen weg.« Im Kanal glitt das Wasser vorbei. Stintz schaute aufmerksam, versessen auf Gerechtigkeit, der Volkszähler, betrunken, lehnte Madame Snow am Arm und hielt Juttas Hand, sah das weiße Tuch in dem trüben Morgen baumeln.

»Leevey«, sagte der Colonel mit gesenkter Stimme, als sie beieinanderstanden, »Sie könnten schon mal den Jeep beladen, wir haben einen weiten Weg vor uns heute.«

Die Menge wurde unruhig, ein dürres kränkliches Rosa begann

die Wolken zu flecken, die vier Männer und ich legten unsere kurzläufigen Waffen an, die beiden Schleifenenden des roten Tuchs um den Kopf des Pfarrers flatterten in einer leichten Brise.

Sein erhobener Arm begann zu schmerzen, und der Bürgermeister spürte seine Knie aneinanderschlagen, hin und her, und er glaubte vor Kälte zu vergehen. Dann gewahrte er den Blick des Mannes mit dem großen Adler auf seiner Kappe, und seine Finger öffneten sich. »Ihr seid es, die sterben werden«, rief der Pfarrer, und der Bürgermeister schloß die Augen.

Der Lärm der Gewehre klang klein und gedämpft durch die Watte der lastenden Luft, und seine Finger glaubten das Tuch noch immer festzuhalten. Miller sackte nach hinten, fiel durch die dünne Eisschicht und trieb ruckend über die Untiefen davon, verfing sich an Steinen, schleifte über Holzstücke, stieß an die schlaffen Schlauchboote, einmal leuchtete das rote Tuch auf.

»Sie sind ein guter Schütze«, sagte der Colonel zu mir, »Ihr Gewehr war's.« Der Volkszähler mußte ins Haus getragen werden.

Eine halbe Stunde später rollte der Konvoi auf die Landstraße, der Jeep hustete, achtsam der Colonel am Steuer, und ließ die etlichen Plakate und Proklamationen hinter sich, die der Motorradfahrer an die bröckligen Mauern gekleistert hatte: »Die Regierung der Vereinigten Staaten...« Größtenteils waren sie unleserlich.

Der Bürgermeister fühlte sich von ihnen beobachtet. Die Laken waren beschmutzt, der Pfarrer, das Buch in der Hand, klopfte an die Läden, der Vogel hackte nach seinen Zehen, und er übergab sich, denn sie sprachen unter seinem Fenster, und sein Gewissen war weich, weich wie jene rosa Hosen...

»Mein Gott, er kommt gar nicht mehr!« sagte Fegelein.

»Sei kein Narr, es ist gleich so weit.« Manchmal mußte ich grob werden.

»Du glaubst nicht, er wird den Baumstamm sehen und anhalten?«

»Bestimmt nicht.«

Ich selbst begann mir zu wünschen, der *Schmutz* auf dem kleinen Motorrad möge sich beeilen; bald würde es tagen, die Zeitungsredaktion wartete, die alten Frauen mit ihren hellen Augen würden suchend durch die Straßen ziehen, die Kinder still umherschleichen. Wichtig ist das Land, nicht der *Geist;* die Bronx-Mongolen, die dicken Männer, die Redner mußten vernichtet werden.

Wir drei, die Wächter, schlossen uns enger zusammen in dem tiefhängenden Nebel.

Herr Stintz, allein im Dunkeln, stand am offenen Fenster und horchte, sah in den sternlosen Himmel, schwenkte verzerrten Mauls seinen Rüssel nach der Wohnung über ihm. Er spürte das kleine Mädchen so nahe, hörte sie atmen, empfand etwas von ihrer Beunruhigung mit, und hellwach dachte er nicht an die kalten kahlen Wände hinter sich noch an die rissigen Möbel, sondern belauerte konzentriert den Himmel, harrte des Kommenden. Und er dachte daran, wie klein und blond sie war, versuchte ihr Geheimnis zu erahnen, schob seinen Kopf weiter aus dem Rahmen, einen Kopf, der bleich war und stolz und schmal, der hinter Ecken lauschte und um die blassen Augen vor lauter Spionieren runzlig war. Stintz verwünschte die kalte Nachtluft des April, spähte kreuz und quer über den finsteren Himmel, den Birkenstock unter seinen Arm geklemmt. Er hörte Jutta über sich schlafen gehen, ihre Schritte, und malte sich aus, wie die Mutter das Kind zu sich ins Bett nähme. Das Nachthemdchen war weich und zart bedruckt und ging nur bis an die dünnen Knie, flach lag der kleine Ausschnitt auf der Brust.

Madame Snow, aufrecht, schwach, legte Balamir, da wo er auf dem Boden kniete, eine Steppdecke um die Schultern und betrachtete im Licht der Kerze das Gesicht des armen Wesens. Sie ertappte sich dabei, wie sie auf Schritte des Mieters im ersten Stock horchte, denn sie wußte, daß die Wohnung leer und dunkel war.

Der Bürgermeister erwachte, schluchzte kurz auf, und griff unter das Bett nach einem runden Gefäß. Er wollte wissen, ob es bald Morgen wäre, fürchtete aber die Läden aufzumachen.

Das Theater war riesengroß, das Publikum tote Überläufer, auf den Sitzen vergessene Papierschnipsel, feucht, lose, überwuchert. Der Nieselregen hatte nachgelassen, und ein leichter Wind wehte durch die Gänge, bewegte Zelluloidfetzen, Sprungfedern und alte Spielpläne. Der Herzog wartete.

»Möchtest du eine Eintrittskarte kaufen?« Und seine Stimme hallte und dröhnte noch fremd und verzerrt vom Schalterhäuschen zum Proszenium, als er hinter dem Glas hervorkam und auf den kauernden Jungen zutrat.

So nah vorm Ende des Winters begannen die erstarrten Leitungen im Erdreich sich zu lösen und dünne dunkle Rinnsale von Abwässern zu verströmen, die rieselnd alle tiefen Keller verbanden und sämtliche ramponierten Mauern überspülten.

Nun hörte Herr Stintz eine Stimme, klein und ruhig, sanft unter den Decken: »Mutter, ich habe ein Licht gesehen!« Hastig spähte der dünne keuchende Mann über das Dorf hin, beobachtete die Bäume, lauschte angestrengt nach oben, vernahm aber nichts als ein eigenartiges Geraschel. Dann sah er es, schwächlich wie das Licht einer Taschenlampe, trüb wie die Laternen, mit denen alte Frauen hinters Haus gingen, ein blindes Taumeln wie Fledermausaugen, das hinter einer eingefallenen Scheune ausging, wieder frei über die Büsche schien, sich hinter einem hohen Tor verlor, und dann endlich klar und ungebrochen leuchtete, und Stintz sah es gierig und geifernd über die große Kurve der, wie er erkannte, *Autobahn* heranschwenken.

Zur selben Zeit hörten wir drei das Geräusch der einsamen Maschine, als das Schwein auf dem Motor sich näherte.

»Ich schieß ihm in den Hintern – den *Hintern*«, flüsterte ich.

Das Licht flackerte einmal auf und verlosch.

Führer

Hundert Meilen von *Spitzen-on-the-Dein* entfernt, am frühen Morgen des Tages seiner Tötung, lag Leevey, das künftige Opfer, lendenlahm und zerschlagen neben einer lachenden, von unsichtbarem Tripper geröteten Schlampe. Die ganze Dunkelheit hindurch hatten sie gerungen, einander mit spitzen Knien entblößt und wütend als Miststücke beschimpft, und sie hatte ihm ins Gesicht geschlagen, daß seine Augen bluteten. Sie streckte ihre weißen Beine über die Laken, schnitt eine Grimasse und stieß ihn von sich, hieb mit den Fäusten nach, als er an die Wand sackte. Unablässig zeterte sie: »Mein Haus, in *mein* Haus kommst du«, aber Leevey fürchtete, daß wenn er den Schutz dieses Zimmers verließe, sie ihn zusammenschlagen, mit der Schere bearbeiten und schließlich tot, mit einer Nadel im Hals, liegenlassen würden. Denn er kannte diese Geschichten, Geschichten von Morden auf einsamem Grund, die besonderen Tode, Vaginen voller tödlichem Gift. Leevey hielt sie fest: »Du bleibst hier«, und ihre scharfen Holzsandalen sägten nach seinen Schienbeinen, ihr ungewaschenes Haar fiel über seine schmerzende Schulter. Sein weißer Helm, Schutzbrille und Handschuhe lagen neben dem Bett, Uniformrock und Hose benutzte das Mädchen als Kopfkissen. »Süßer«, sagte sie und stach und kniff mit ihren kräftigen Fingern. »Geh zur Hölle«, winselte er, und der Unterarm krachte ihm auf Nase und Mund, fühllos und schürfend. Schließlich versuchte Leevey zu schlafen, erfolglos, sie kratzte und stieß, pfiff ihm ins Ohr, zwackte, kreischte, rammte ihn mit den Füßen, und als er gerade wegdöste, schlug sie mit aller Kraft zu.

Die Sonne erhellte nach und nach die grauen Wände, die lichten lachenden Augen des Mädchens ließen sein Gesicht nicht los, ein rascher Zwick. Drückende Müdigkeit und Schmerzen überschwemmten ihn, und er wünschte, er wäre wieder in dem Delikatessenladen und schöbe seine lange Nase unter all die Käsesorten.

An der Tür drehte sie sich um, lehnte die Schulter an den Pfosten, schwenkte die Hüfte vor und lächelte den Schwächling an, der jetzt ebenfalls von unsichtbarem Tripper gerötet war, zerzaust und widerspruchslos, krank auf dem Bett.

»Auf Wiedersehen, Amerikaner«, sagte sie, *»Amerikaner!«*

Leevey tauchte sein Gesicht ins Waschbecken, glättete sein schwarzes Haar. »So ist das Leben«, sagte er, »so ist das Leben«, und als dann kalt und klar die Sonne aufstieg, hängte er sich das leichte Maschinengewehr um, polierte seine Stiefel, schnallte die Handschuhe fest, bestieg sein rostiges Motorrad und begab sich auf die Rundfahrt durch seinen Bezirk.

Neunzig Meilen legte er zurück, seine Handflächen schütterten auf den Stierhörnern der Lenkstange, endlos verglaste vor ihm die kalte weiße Luft, seine Eingeweide klatschten gegen den breiten Rindledersattel. Ein paarmal, bei einem verlassenen Bauernhof, einem verdrehten Wegweiser oder einer unbegrabenen alliierten Leiche, machte er Halt, um etwas zu notieren, legte die Maschine in dem Schlamm auf die Seite und schwitzte über dem verschmierten Block und seinem Bleistiftstummel. Er war Aufseher über einen Sektor, der ein Drittel des Staatsgebietes umfaßte, und vor Verantwortung die Stirn in Furchen, jagte er dahin, dachte an die Briefe, die er nach Hause schreiben würde, schweifte gnomenhaft hinter seinem Scheinwerfer her, bis endlich die Sonne unterging und die fremden Schatten niedersanken. Er sah den nackten Turm keine Meile entfernt aufragen, duckte sich und gab ölverschmiert Gas, um an *Spitzen-on-the-Dein* vorbeizudonnern. Die Spätnacht und die knüppeldicke lädierte Straße wirbelten um ihn, Flammen schossen aus dem Auspuffrohr.

»Eine Minute noch, ich komme gleich, *Kinder*«, rief Herr Stintz zu dem oberen Fenster hinauf. Er sah ein letztes Mal nach dem armseligen Licht mit seinem Kometenschweif aus zornigen kurzen Flammenzungen, dann warf er sich einen dünnen Mantel über und stürzte ins Treppenhaus. Er polterte hastig, war weder milde noch beirrt, denn endlich glaubte er das Recht, die Pflicht zu haben, und es offen und gebieterisch ausplaudern zu dürfen; denn er hatte das Licht gesehen, den unerwarteten Fahrensmann, den fremden Ankömmling, ein Feuer in der Nacht, von dem er allein etwas wußte, und jetzt bewegte er sich ohne alle Vorsicht, stolpernd und flüsternd, um Besitz zu ergreifen. Wieder öffnete er die Tür der Wohnung im Obersten Stockwerk, hetzte durch das erste Zimmer an der weiterschlafenden Jutta vorbei, ihre hohe Brust schimmerte durch das Laken, vorbei an dem vollen Waschbecken und in den kleineren, kalten Verschlag. »Schnell«, sagte er, »wir müssen uns beeilen. Jetzt sind wir beide dran.« Sie protestierte nicht, sondern besah ihn mit scharfen, taxierenden Augen und angehaltenem Atem. Stintz hob das kleine Mädchen aus dem Kleiderbündel, hüllte sie in eine gekürzte Decke, die er mit einer Schnur um ihre Taille festband, und zog ihr die dicken Strümpfe über die Füße. Er wußte genau, was er tat, als er das Kind ankleidete, dachte an kein Problem, gab nichts auf die schlafende Mutter. Nie war er so nahe daran gewesen; er verschloß die Decke hoch um ihren Hals, glättete einmal rasch das Haar mit seiner Hand.

»Der Mond wird es sehen«, murmelte sie, während seine freundlichen Augen über sie hinhuschten.

»Nein, nein, der Mond ist gar nicht da. Komm.« Sie gingen Hand in Hand an der Schlafenden vorbei auf den eisigen Flur, und er trug sie die Treppe hinunter, glitt aus in der Hast und fing sich wieder. Sie ließen die Vordertür angelehnt und begannen ihren Gang durch die nach Rauch riechenden Straßen.

Am Kanal hoben die Geister synchron ihre Köpfe und schnupperten die Nachtluft.

Ich, Zizendorf, kauerte mit gezogener Waffe auf den Knien bei meinen Kameraden, die gespannt waren wie Sprinter oder Schwimmer, und hörte durch die Windstöße die leichte Maschine herankommen. Der Aufstand mußte glücken, heißen Bluts und ohne Erbarmen.

Behutsam streckte der Herzog seine Hand aus, und der Elf stand reglos; die Markise flappte hin und her, der Projektor dampfte, das unsichtbare verschollene Publikum trampelte mit Stiefeln und wühlte in Proviantschachteln.

Bewußtlos, halbtot in Säure erstickt, lag der Volkszähler im zweiten Stock, angezogen, nicht zugedeckt, wie Jutta ihn abgelegt hatte.

Zur gleichen Zeit erwachte stöhnend der Bürgermeister, gepeinigt von einem kleinen schwarzsteinigen Klumpen Hämorrhoiden, und spürte das Stechen sein Rückgrat hochbrennen.

Die Geister beugten sich wieder über ihre hohlen Hände und schlürften das grüne Wasser, während unter ihren Gesichtern weiche fäkale Opfergaben zu Ehren Leeveys durch die wimmelnden Wellen wogten.

Madame Snow glaubte flüchtig irgendwo oben Herrn Stintz durch die dunkelste Stunde der Nacht schreien zu hören und zog die Decke um die Knieenden fester. Balamir zitterte vor Wachheit, sah die alte Frau finster und grinsend an, bebte, als verhungere er an diesen schlaflosen Stunden, versuchte von den Massen der Aufstehenden zu sprechen, von der Macht, der Angst draußen in der Nacht, aber er konnte nicht. Stella fragte sich, was sie, dieses anonyme Volk, wohl alle taten, und fühlte sich so alt, daß sie nie mehr würde schlafen können. Die Kerze schwankte, ihre gepuderten Hände zuckten fahrig, und dann hörte sie Stintz' harte Schritte und das Tappen des Mädchens, und als sie hinausgingen, fuhr durch die halboffene Vordertür ein Luftzug über den Boden und ließ die behangene Gestalt ihres knieenden Schützlings erzittern.

Beide konnten sie nicht schlafen, und auf irgendeine Weise hatten ihnen die starren gelben Augen ihrer Mitbrüder bedeutet, daß Männer unterwegs waren, die Nacht nicht still war. Madame Snow fand die Zimmer durch diese Dunkelheit oder zusätzliche Kälte nicht verändert, nur daß die Tassen sich ihren Fingern entzogen, leichter entglitten, der Tee schwarzem Pulver glich und allzu flüchtig war, die Kanne riesige Ausmaße annahm. Im Wachen aber fand sie Tage und Nächte gleich, außer daß es im Dunkeln übersichtlicher war: der Gestank aus der Kloake des Kanals war schärfer, die Teppiche rochen stärker nach Staub.

Im vierten Stock erwachte Jutta, sie fühlte sich weniger müde und begann in dem kleinen Becken eine Bluse zu waschen.

Der Tee stand so nahe an dem angeschlagenen Rand, daß er sich, als er die Tasse genau betrachten wollte und etwas drehte, auf seine Decke ergoß. Stella zog die Vorhänge auf, konnte aber nichts sehen, aus den Vorderfenstern weder Straße noch Licht, aus den Hinterfenstern weder die Linie des Kanals noch den Schuppen. Anfangs nach der Zerstörung der Hauptleitungen hatte sie das Wasser, das aus dem Kanal geholt werden mußte, noch abgekocht, doch seit Monaten schon brannte das Feuer nicht mehr lange genug, war die Anstrengung, die stumpfe Kohle zu zerstoßen, zu groß, und heute nacht schmeckte der Tee noch widerlicher als sonst. Beim Aufschließen der Kellertür hatte sie bemerkt, daß mit dem Versickern des Wassers aus seinem schadhaften Bett der Gestank aus dem Kanal zunahm, und sie beschloß, diesem harmlosen unbewegten Mann einen neuen Platz zu suchen. Die alte Frau, das Haar dünn um ihren Schädel, aber dicht um ihre Hüften fallend, die zarten Knöchel unbestrumpft in den hohen aufgelösten Schuhen, Tee durch ihre schmalen, einst geschwungenen Lippen schlürfend, empfand keinen Haß, keine Verachtung, weder für die rohen Invasoren noch für die geschundenen törichten Engländer, auch wenn sie ihre Vertreibung gern gesehen hätte. Sie kannte die Stärke der Frauen, und manchmal sehnte sie vage wieder die Zeiten herbei, da sie mit den Sicheln ihrer Männer über die Eindringlinge herfallen konnten und die wenigen Ehemänner die Gürtel aus ihren Hosen zogen, um dem Feind das Fell zu gerben. Es waren die Frauen, die in Wirklichkeit kämpften. Der Aufstand durfte nicht scheitern, und die Stelle, nach der man mit der Spitze der Peitschenschnur zu zielen hatte, befand sich zwischen den Beinen. Die Kerze erlosch, und die geistreiche alte Frau und der verrückte Mann saßen lange Zeit im Dunkeln.

Wochenlang hatte man den Aufruhr in der Anstalt erwartet, und als er dann schließlich herabsank wie ein Maultier auf seinen Hintern, währte er kaum eine Stunde. Während dieser Wochen nahm die Unordnung zu, sowohl innerhalb als auch außerhalb der hohen Mauern. Das deutsche Heer erlitt übermäßige Rückschläge, die Stadt war sämtlicher Männer beraubt, die Nahrungsmitteltransporte wurden von Horden rasender Kinder überfallen, das Personal arbeitete in den Gärten, und die Schwestern verbrachten einen Teil ihrer Dienstzeit in der Bäckerei. Telephonverbindungen waren gekappt; der Nachschub brachte fässerweise Melasse, aber nichts Eßbares; verheerend wogte die Kälte heran. Sämtlicher Lesestoff wanderte in die Öfen; etliche Insulinkapseln verdarben;

und die Vorstandsmitglieder erfuhren vom Tod ihrer nächsten Angehörigen. Bettpfannen standen ungeleert auf den Gängen; und tagelang blieben die hohen glänzenden Eisentore ungeöffnet. Schließlich wurde die Bettwäsche verheizt, und ein fetter Qualm quoll aus dem Schornstein, der Schnee stieg an den Mauern, und es gab nur eine Mahlzeit am Tag. Eine der älteren Nachtschwestern starb, und ihre Leiche wurde im Schutz der Dunkelheit aus der Anstalt geschmuggelt. Gerüchte drangen nach draußen und sprachen von verängstigten Hilfskräften, von unrasierten Männern, von zankenden Frauen, von Patienten, die Nacht für Nacht unausgezogen schliefen, von Männern, denen die Haare bis auf die Schultern hingen. Und die innerhalb der Mauern hörten, daß eine beträchtliche Zahl der tauglicheren Frauen in den Krieg geschickt wurde, daß kein einziger Mann mehr in der Stadt war, daß alliierte Fallschirmgangster auf das Dorf gehetzt werden sollten, daß schwangere Frauen nachts ihre Häuser verließen, um in dem Frost den Tod zu suchen.

Die Patienten gingen nicht mehr in ihre Zimmer, sondern rotteten sich auf den langen, einst blitzblanken Korridoren zusammen, hackten aufeinander herum oder lagen in schwermütigen Haufen, von der Kälte gebleicht. Nach draußen, in den weißen Garten voller bereifter Disteln mußte man sie stoßen, unter Zwang und Drohungen trieb man sie zurück in die Gebäude. In größerer Furcht als jemals vor unberechenbaren Ausbrüchen oder verschreckten fauchenden Attacken verbrauchten die Schwestern eilends die letzte Flaschenreihe Sedativa, und grimmige alte Männer lagen bloß halb gebändigt wütend und wach durch die langen Nächte. Eine der Schwestern, klein, unweiblich, straff, verlor den einzigen Satz Schlüssel, mit denen die Fenster abzuschließen waren, so daß in den letzten Tagen und Nächten die grauenhafte Kälte durch die weiten bewachten Flügel fegte. Unterhalb der stadtähnlich angelegten Gruppe von Steinhäusern gab es prächtige Tunnel aus Fliesen und Stahl, die sie mit den unterirdischen Laboren, Wäschereien, Küchen und klimatisierten Räumen verbanden, in welchen Affen und Ratten für Versuchszwecke gehalten wurden. Durch diese Tunnel führten schmale funkelnde Geleise, über die Handwagen mit Abfällen, Wäsche, Chemikalien und Essen geschoben wurden, dirigiert von einem ausgetüftelten System roter und gelber Lichter. In diesen schlimmen Tagen wurden die Wagen zu schnell geschoben, stießen sich gegenseitig von den Schienen, die

Ampelanlage brach zusammen, die umgestürzten Wagen blockierten die Flure, zerbrochene Flaschen und schmutzige Wäsche verstopften die Gänge. Die gesamte Beleuchtung fiel durch Kurzschluß aus, und die Krankenpfleger, die jetzt den Nachschub so zu tragen versuchten, stolperten, Warnschreie ausstoßend, durch die beengte Dunkelheit und den Gärungsgeruch.

Die Ratten und Affen starben schließlich. Ihre Leichen lagen gefroren im Gelände verstreut, lebensecht auf dem Schnee ineinander verknäult.

Jegliche Heilversuche wurden abgebrochen. Die bärtigen, aufmunternden Ärztescharen tauchten nicht mehr zur Visite auf, die Krankenblätter blieben leer. Die Wannen standen kalt und trokken, keine Patienten kamen mehr rot, bewußtlos, entgeistert auf die Stationen zurück. Nicht nur die Behandlung war eingestellt, auch sonst war keinerlei Arbeit möglich. Sie webten nicht mehr die unnützen Teppiche, tapsten nicht mehr unsicher durch die Turnhalle, zankten nicht mehr über den Karten und stießen keine Billardkugeln mehr auf dem Tisch hin und her. Es gab keine Duschen, keine Bäder, keine Gespräche, keine Gurte mehr an- und los- und anzuschnallen; und die Nachrichten von draußen klangen bedrohlich. Man konnte sie nur in den Garten hinaus- und wieder zurücktreiben.

Manche beteuerten, die Affen auf der Schneedecke bewegten sich in der Nacht, und tagsüber waren die neugierigen Patienten nur schwer von den Haufen kleiner schwarzer Kadaver fernzuhalten.

Als die Tage sich verschlimmerten, wurde das Dorf zum Abstellplatz für zurückgelassenes Nachschubmaterial, lange Reihen von Benzinkanistern standen an den Straßen, Stapel schmutziger zerfetzter Bahren und Kisten voller schadhafter Präservative türmten sich um Hauseingänge, in Kellern. Stellenweise versperrten Haufen wertloser Kuhfladen-Tellerminen die Straßen, und ein paar erbeutete Panzerwagen rochen noch immer nach verbrannten Kleidern und Haaren. Frauen stillten Kinder, die groß wie sechsjährige waren, hin und wieder kam irgendein eiliger Beamter fett und trunken vor Angst in das Dorf der Frauen und brachte unzuverlässige Nachrichten von Gefallenen. Ehefrauen wußten nicht, ob ihre Männer tot oder bloß in Gefangenschaft geraten waren, wußten nicht, ob sie bei der Gefangennahme bloß geprügelt oder an die Wand gestellt und erschossen worden waren. Kinder liefen ohne

Mützen durch den immer tieferen Schnee und jagten die wenigen kleinen Vögel, die sich noch auf den wunden Bäumen hielten. Am Tag vor dem Aufstand wurde in einer Scheune ein amerikanischer Deserteur gefunden und ohne Verhör dem Flammentod übergeben. Am Nachmittag explodierten etliche Faulschlammkammern.

Es schneite nächtelang, doch jeden Morgen erschienen die Affen unbedeckt, genauso wie an dem Tag, da sie borstig und mißgestalt, mit Händen und Füßen die toten Ratten umklammernd, auf den Hof geschmissen worden waren. Als die Überwachung sich immer schlechter durchführen ließ, wurden sämtliche Gifte, die orangenen Zyanidkristalle und die farblosen Säuren in die Verbrennungsanlage geworfen und in verzweifelter Vorsicht auch alle scharfen Instrumente zerstört. Man war von Sinnen; mehrere unerkannte, ungewaschene Ärzte zogen erinnerungslos mit dem Rudel der Patienten umher, und eine junge Diätköchin glaubte, mit einem neunundfünfzigjährigen Hebephrenen in wilder Ehe zu leben. In der Nacht vor dem Aufstand rissen Diebe das hölzerne Schild mit der anheimelnden Aufschrift »Asyl« herunter und verbrannten es im Laufe der kältesten Dämmerung seit Menschengedenken, und die Anstalt war kein Ort der Zuflucht mehr.

Vor Morgengrauen des Tages, an dem der Aufruhr stattfand, stand Madame Snow allein bei Kerzenlicht in einem mit Klafterholz vollgestapelten Hinterzimmer, ein gestohlenes Huhn in der Hand, das schwächlich unter ihren Fingern zappelte. Sie sah nicht die vier steinernen Wände noch das schmale offene Fenster, sie stand in einem alten verblichenen Ballkleid mit schiefem Saum, der lose schmutzige Kimono hing um ihre Beine, und sie starrte in die schrecklichen Augen des Huhns und spürte die Kälte nicht. Ihre bloßen Füße waren bleich, die Zehen voller Sägemehl. Die Tür hinter ihr war verschlossen, Talg troff von dem vergoldeten Halter, der Vogel flatterte, versuchte seine Flügel aus dem festen Griff zu rütteln. Der Puls der alten Frau schlug langsam, langsamer, aber stetig, und das schmale ungesehene Fenster ergraute. Das Gefieder, von Räude zerfressen, bebte und atmete furchtsam. Die weichen gebrochenen Krallen traten nach ihrem Handgelenk. Einen Herzschlag lang stierte das dünne deprimierte Gesicht des Kaisers durch das Zellenfenster herein, verschwand wieder, um sich durch ein Land zu tasten, das seinem Fühlen jetzt fremd war. Die alte Frau sah das Huhn seinen Kopf verrenken, mit den rosa beliderten Augen zwinkernd, und vorsichtig spreizte sie zwei Finger um den zuckenden Hals, spannte sie über die schlammverkrustete Brust und packte mit der anderen Hand den Kopf, der sich anfühlte, als bestünde er aus nichts als Knochen und beweglichen Schuppen. Stumm paddelten die blaßgelben Füße hin und her, Schlitze hauchten in ihre Handfläche. Madame Snow ballte die Fäuste und riß sie mit einem Ruck auseinander, so daß der Kopf des Huhns durch das Zimmer spritzte, an die Wand klatschte und in einen Haufen Späne fiel, der Schnabel klappte auf und zu, die Augen starrten aufwärts in die dämmernde Helle. Sie ließ den Körper mit dem abgerissenen Hals und den eingepreßten Fingerabdrücken in einen Eimer Wasser fallen, bückte sich in dem grauen Licht, blinzelte, und zupfte die Federn von ihrem Kimono.

Wenige Augenblicke später hämmerte der Bote wütend und verschlafen an das Fenster des Vorderzimmers und brüllte: »Aufruhr, Aufruhr oben im Irrenhaus«, und polterte davon, trommelte an andere Türen, schrie außer sich und keuchend entsetzte Frauen wach.

Als Stella, noch im Kimono, mit wehendem Haar beim Haus des Bürgermeisters ankam, traf sie bereits eine beträchtliche Menge zankender Frauen an. Ehe der Bürgermeister die zur Unterstützung herbeigerufenen Dörfler zur Räson brachte, hatte er sich die rote Schärpe um seinen beschlafrockten Rumpf gewunden, und stand nun konfus aber mächtig auf der vereisten Treppe und verteilte Gerät und aufmunternde Worte unter die tobenden Vetteln.

»Ah, Madame Snow, Madame Snow«, rief er, »Sie übernehmen auf dem Marsch und beim Angriff das Kommando. Ich überlasse das vollständig Ihnen.« Ausgestreckte Hände lärmten ihm ins Gesicht.

»Haben Sie gehört?« schrie er.

»Ja, hab ich.«

Nachdem alle Frauen die Faßdauben, die er unter sie verteilt hatte, geschultert und die schwarzen Gamaschen um ihre bloßen Beine gewickelt hatten, zogen sie los, mit Stella an der Spitze und so schnell sie nur konnten. Jutta kraulte zu dieser Zeit den Volkszähler und erfuhr erst hinterher von der Affäre. Madame Snows Hände waren von dem Blut des Huhns besudelt, sein aufgesperrter Schnabel lag in dem kleinen Hinterzimmer. Als sie an den Eisenzaun kamen und das Tor aufgerissen wurde, machten die Frauen Halt, rückten schweigend näher zusammen, schwangen die Dauben und betrachteten die hinter den verklumpten Affen zusammengedrängte Rotte der Insassen. Einer der Affen schien gewachsen zu sein, gefroren saß er aufrecht auf den Leichen der kleineren Tiere, den Schwanz um den Hals geschlungen, seine toten Augen starrten durch das Tor, durch das Licht des frühen Morgens, das trüb und still war wie das des Mondes. »Dunkel ist das Leben, dunkel, dunkel ist der Tod«, schrie er auf einmal, als die Frauen über den Schnee herangerückt kamen.

An diesem Morgen war alles gedämpft, und in einem dunklen Flügel des Hauses 41 lag Balamir wartend unter seinen schlaflosen Brüdern und wünschte, jemand ließe die Katze herein. Der Krankenpfleger, der drei Tage und Nächte Dienst gehabt hatte, saß dösend auf seinem steiflehnigen Stuhl, und Balamir sah die weiße leblose Uhr mit ihren hängenden Zeigern. Zu beiden Seiten des Korridors reihten sich klein und leer die Zimmer aneinander, die Leuchtzeichen über den Schwingtüren brannten nicht mehr. Eine alte Putzfrau schlurfte krumm und bucklig, die Füße unterm Saum ihres grauen Rockes, den ganzen langen klösterlichen Gang hinunter, schleifte dabei einen Mop über die ausgestreckten Beine und murmelte vor sich hin: »Ist ja alles in Ordnung, bald geht's euch wieder gut, ja, ihr würdet staunen, was ich schon alles habe kommen und gehen sehen.« Die Federn des Staubbesens waren trocken und festgefroren.

Aus den Fenstern des Hauses 41 konnte man die unebenen weißen Äcker sich bis an das fleckige schüttere Waldgebiet erstrecken sehen, den Sportplatz mit seinen dick überschneiten Barren und Bänken. Ab und zu zog sich kaum sichtbar durch das Gitterwerk der angrenzenden Gebäude eine einzelne unkenntliche Gestalt in die Schatten zurück. Die Putzfrau nestelte an dem mit einer dünnen Messingkette um ihre Hüfte gebundenen Schlüsselring und ging durch die glatte metallene Tür und die verlassene Treppe hinunter. Plötzlich rannte ein kleiner sehniger Mann mit winzig zarten Händen und Füßen und einer Tonpfeife zwischen den Zähnen an die Tür und starrte sie zornbebend an.

»Sag so was nie wieder zu mir, wage es nicht, wenn ich das noch einmal höre, wenn du es wagst, so noch einmal mit mir zu reden, brech ich dir den Hals, jawohl, zum Krüppel mach ich dich, verlaß dich drauf«, kreischte er.

Der Pfleger schreckte auf, langte nach seiner glimmenden Zigarette. »He, Dotz«, rief er, »laß das Gebrüll...«, doch im Handumdrehn, noch ehe er mucksen konnte, folgte der ganze Korridor voller Männer stampfend und schreiend Dotz durch die Tür nach draußen in die frische Luft. Einmal draußen, wußte niemand mehr den Weg zurück, und schon nahmen ein paar aufgeregte weiße Kittel die Verfolgung auf.

Aus einem Fenster im dritten Stock beobachtete, gehüllt in einen Kamelhaarmantel, der Direktor den Kampf, bis er die Frauen unter Stellas Führung auf die lächerlichen Insassen losstürmen sah; er zog die Vorhänge zu und machte sich wieder an seinen Aktenberg.

Im Lauf dieser Stunde waren die Affen derart im Wege, daß die Patienten vor schlimmeren Verletzungen durch die Unbeholfenheit der Frauen, die schreiend und tobend auf alles Sichtbare einprügelten, verschont blieben. Hackend und hauend rannten diese klimakterischen Frauen hin und her, und starre Schwänze und harte ausgestreckte Arme und spröde pelzige Pfoten klatschten ihnen an die schwarzen Wickelgamaschen und wurden unter dem Ansturm zertrampelt und zertrümmert. Etliche Holzschuhe blieben in Zahnreihen gerammt stecken, von den stampfenden Füßen zu verzerrtem Grinsen aufgetreten. Die Faßdauben zerschellten an fühllosen Schultern, die Aase der Ratten wurden tief in den Schnee getrieben.

»He, ihr«, schrie plötzlich die Putzfrau vom Haupteingang her, »kommt wieder rein«, und die Horde trollte sich und trat den fleckigen Schnee zu wütendem Gesprüh. Mit einemmal fanden sich die abgeordneten Frauen allein auf den verstümmelten Leichen kleiner Männer wieder und flohen mit gequältem Aufschrei vom Gelände. »Du sagst es nicht noch einmal?« fragte Dotz, doch niemand antwortete, und sie legten sich wieder zur schweigsamen Ruhe. Um neun Uhr erschien hoch und hell die Sonne und blieb den ganzen Tag, grellte von den Fliesen und Ziegeln, schmolz den Schnee, und schließlich gab der Direktor den Befehl zur Verscharrung der Tiere aus.

Leevey wurde erschossen, sobald sein Motorrad in den Baumstamm raste. Er wurde nach vorn auf ein freies Stück Beton geschleudert. Maschinengewehr, Helm und Stiefel rappelten etwas, Leinwand und Tuch und Leder rissen und schleiften; dann lag er still, die Schutzbrille noch vor den Augen, Bleistift, Block, Pfeife und Messer umherverstreut. Wir drei sprangen rasch die Böschung hinauf, duckten uns kurz in der Dunkelheit und machten uns dann eifrig ans Werk. Ich war als erster bei dem Motorrad, stellte die Zündung ab und schob es über den Hang. Wir hoben Leevey auf und trugen ihn zu seiner Maschine hinunter, vergaßen auch nichts von seinen Sachen, wälzten dann gemeinsam den Stamm, bis er über den schlammigen Abhang rutschte und lautlos in einem seichten verschlickten Bach zu liegen kam.

»Es hat kaum was abbekommen«, sagte Fegelein und ließ seine Finger über die verbogene Vorderfelge gleiten, fühlte gebrochene Speichen an seinen Ärmel streifen, betastete den leicht eingebeulten Tank, Benzin rann über seine Hand. »In einem Monat kannst du damit losfahren.«

Ich legte mein Ohr an die hagere Brust, konnte aber nichts hören, denn Leevey weilte bereits bei seinen Landsleuten, die zu Tausenden inmitten von goldenen Feldern saßen und mit ihren schwarzen Lockenschöpfen nickten, und dort, unter einer nur ihnen scheinenden Sonne würde er nie wieder Waffen tragen müssen. Die Nacht hatte ihre dunkelste und stillste Stunde erreicht, kurz vor Eintritt der Dämmerung. Und doch gab es keine Sterne, der Hochnebel wurde dichter, und selbst die Hunde heulten nicht mehr. Meine Finger streiften das erstarrende Handgelenk.

»Bist du fertig?« fragte mein Kamerad an der Maschine.

Ich tastete gründlicher, schneller, schob den Ärmelaufschlag zurück, zerrte so leise wie möglich den Stoff über das Handgelenk.

»Was hast du? Was machst du da eigentlich?« Die Stimme war nahe; auch Stumpfegle rückte näher an mich heran.

»He, was ist los?« flüsterten sie rauh und scharf.

Vorsichtig zog ich fester an dem Bändchen, und sagte schließlich: »Er hat eine Uhr.« Ich beugte mich tiefer über die Leiche.

»Dann gib schon her, du kannst sie nicht einfach so behalten...«

Ich ließ undeutlich die Pistole aufschimmern, schob die Uhr in meine Tasche. »Ich bin der Führer, vergeßt das nicht. Es ist nur recht und billig, daß ich die Uhr behalte. Nehmt die Säcke von der Maschine und laßt sie hier. Wir teilen alles was wir finden, aber die Uhr gehört mir.«

Fegelein machte sich bereits wieder an dem Motorrad zu schaffen. Ich horchte an der Uhr, hörte ihr planmäßiges Ticken und sah die komplizierten klaren Zifferblätter in präzisen Segmenten rotieren. Die Zunge war jetzt fest eingesaugt und stak Leevey unverrückbar hinten im Hals, seine Knie waren hoch geknickt und starr. »Wir sollten ihn lieber hier wegbringen.« Wir hoben ihn auf und traten, den Motorradfahrer zwischen uns, in den seichten morastigen Bach und zogen los, hinaus aus der Nebelwand auf das Zentrum der Niederung zu.

Auf der anderen Seite der Landstraße, verborgen in den Schatten unbewohnter niedriger Häuser und des hohen nackten taufeuchten Turms, stand Herr Stintz, das kleine Mädchen fest bei der Hand haltend, und prägte sich das alles gründlich ein. Das Kind stellte die kalten weißen Beine umeinander, sah die schwarzen Schatten über die Straße huschen. Dann waren sie fort.

Jutta gähnte, trug die feuchte Bluse ins Nebenzimmer, öffnete das hintere Fenster und hängte sie an ein kurzes Stück Draht, das von einem rostigen Haken baumelte. Einen Augenblick lang roch sie den strengen Gestank der Nacht, dann kehrte sie in das noch warme Bett zurück, um den Morgen zu erwarten.

Die Geister der Engländer hinkten zu ihrem Panzer zurück und harrten stumm der Helligkeit, bei deren Aufgehen sie wieder durch die Luke steigen und im Inferno des geschwärzten Churchill den Tag durchweilen mußten.

Der Herzog streckte langsam, schwer atmend seinen Arm vor und schloß, als der Junge sich bewegte, die diamantberingten Finger um die zierliche Schulter, und sein Atem ging leichter. Schritte hallten im oberen Teil des erdig riechenden Theaters, der Projektor erknirschte und brummte, starb wieder ab.

Heftig frierend kroch der Bürgermeister aus dem Bett, trat an den Schrank, nahm einen Armvoll Mäntel und Galahosen und packte sie auf die Decken. Doch es blieb kalt.

Madame Snow entzündete aufs neue die Kerze und sah den eingehüllten Mann schlafen, und da sie nichts hörte, niemand in die Wohnung im ersten Stock zurückkam, beschloß sie sich anzuziehen und einfach auf den Tag zu warten. Sie begann die langen Strähnen bleichen und goldenen Haars hochzubinden, griff in einen massigen Kleiderschrank und nahm sich ein formloses weißes Hemd heraus.

»Mein Gott, ist das ein Nebel.«

»Wir sind gleich da«, erwiderte ich.

»Wohin jetzt?«

»Ein wenig nach rechts, glaub ich.«

Die formlosen weißen Nebelschwaden schwebten zwischen den

verkrüppelten Bäumen, hoben und senkten sich, enttrudelten in die Gebiete versunkener Sumpfwälder, in denen es Spähtrupps einst gewagt hatten, bang und angespannt in aufgepflanzte Bajonette zu laufen oder auf den Auslöser einer hüfthoch explodierenden Granate zu treten. Die Asche einer Geschützlafette ragte wie ein Baumstamm aus dem Morast, ein britischer Helm hing rostig und alt an einem zerschabten Gurt von einem abgebrochenen Ast.

»Ist der schwer!«

»Die Amerikaner werden gut gefüttert«, antwortete ich.

»Na, er kommt dahin, wo sie alle hingehören.«

Mehrmals blieben wir stehen, um zu verschnaufen, setzten die Leiche aufrecht in den Schlamm, in dem sie hüfthoch versank. Ein Kleiderfetzen blieb an einem Stück Totholz hängen, der Nebel benetzte uns die Haut. Jedesmal wenn wir Halt machten, waberte die weiße Luft heftiger als vorher zwischen den geduckten Bäumen hin und her, trug einen überwältigenden Gestank heran, den Gestank derer, die gut gegessen hatten. Noch mehr zertrümmerte Bäume, und wir, das Totengeleit, stolperten mit jedem Schritt über halb versackte Stahlteile.

»Lassen wir ihn hier.«

»Du weißt, das geht nicht. Halt dich an den Plan.«

Einen Baum weiter, einen Feuerstein eines pilzhaft aufgesprengten Gewehrverschlusses weiter sahen wir einen Stiefel, eine halbe Mauer, und gleich dahinter den Sumpf voller Leichen, die langsam, eine nach der anderen aus dem schwarzen Laub, aus dem Schlamm, hinter einem zerschlagenen Rad auftauchten. Hier hatte ein kleines Scharmützel stattgefunden, und als genau über dieser Stelle die Leuchtkugel aufgestiegen und am Himmel erloschen war, hatte man zwanzig oder dreißig Tote zurückgelassen, die nie verschwunden waren. Der Nebel kreiste hier, über ihnen, besonders dicht und beharrlich, und da es sich näher an dem Schlammboden leichter atmen ließ, schleiften wir die Leiche in gebückter Haltung weiter.

»Versteht ihr, bei denen wird ihn nie einer finden. Hier wird man nie nach ihm suchen.« Meine Idee zur Beseitigung der Leiche war ausgezeichnet.

Nachdem wir die Leiche noch einmal durchsucht hatten, ließen wir sie liegen und begaben uns wieder zum Straßenrand zurück. Dann brachten wir die Maschine und ihre wertvollen Satteltaschen geräuschlos durch die Stadt und zur Zeitungsredaktion.

»Es ist Zeit für unsere Versammlung«, sagte ich, »bin bald wieder da.« Fegelein begann an der Maschine zu arbeiten; Stumpfegle brach einer Flasche den Hals.

Die Schlampe schlief allein in ihrem Haus.

Land

Madame Stella Snows Sohn lag, wach vom Bellen eines Hundes, still und mit kindlich angehaltenem Atem in der Dunkelheit. Doch es war gar nicht der Hund, der ihn geweckt hatte, sondern ein Geräusch im Theater, ein leises Etwas, dem Kino Zugehöriges, und er lauschte. Vielleicht hatte er den Projektor nicht ausgeschaltet, vielleicht brannten die Lichter noch, oder die Filmspulen entrollten sich. Was immer auch los war, er hörte in den Pausen des fernen Geheuls die Stimmen einer Frau, einen Streit unten im Parkett zwischen den leeren Sitzreihen. Die Dumpfe des Zuschauerraums durchzog das Gebäude, Speicher vergangener Auftritte, und sein Schlafzimmer, einst ein Lager- und Umkleideraum, in dem die Platzanweiserinnen ihre Kleider gegen Uniformen getauscht hatten, war kalt und finster. Es roch schwach nach Pulver, nach Packen schimmliger Eintrittskarten, Filmdosen und Ölkannen. Die Stimme, hoch und aristokratisch, klang wie die seiner Mutter, veränderte sich, schien dann wieder vertraut. Die Mädchen hatten wirklich ihre Kleider in diesem Raum gegen Hosen getauscht. Die bunkerhaften Betonwände waren feucht und kalt; Glühbirnenfassungen, Drähte und ein paar Werkzeuge lagen auf dem Boden. Unten noch immer die Stimmen, er glaubte jemanden weinen zu hören, die Frau schimpfte, lachte und redete weiter. Seine Frau schlief, formlos und abgewandt ihr Körper unter der Steppdecke.

Es kostete ihn unendliche Mühe, aus dem Bett zu kommen. Erst griff er mit einer Hand seitwärts und packte das kalte Rohr unter der Matratze. Mit der anderen Hand warf er die Decken zurück, und mit einer raschen komischen Bewegung schwang er seinen Stumpf über das andere Bein, drehte seinen Oberkörper, schnellte einen Arm vor, um den Schwung des Stumpfs zu verlängern, und stützte sich unsicher hoch. Noch schwieriger war es, in die Hose zu kommen; es gelang ihm, indem er vor- und rückwärts schaukelte und gleichzeitig ruckartig mit beiden Händen zog, dabei immer das gesunde Bein hochgestreckt, um das Gleichgewicht zu halten. Er roch Parfüm und altes Zelluloid. Dann verankerte er seine Hände wie Wellen in einer Muffe mit geölten Kugellagern in den zwei Aluminiumkrücken und begab sich auf den Flur, und da er die Treppe so bis jetzt noch nicht schaffte, hakte er die Krücke in seinen Gürtel, ließ sich nieder und holperte, den Stumpf beiseitehaltend, die drei Absätze im Sitzen hinunter.

Er konnte die Stimmen und den Hund nicht mehr hören, nur noch sein eigenes Gepolter auf den kalten Stufen und das Rattern der hinter ihm herschleifenden dürren Metallbeine. Er bewegte sich wie eine Ente, ruckte sich mit synchronen Schwüngen seiner Arme vorwärts und landete mit dem Steißbein auf der nächsten Stufe. Etwas trieb ihn zu immer größerer Schnelligkeit, bis er, benommen und schwitzend, bloß noch von der Mauerkante an seiner Schulter geführt hinabrutschte, mit rot und wunden Handflächen abwärts stürzte. Am Fuß der Treppe, gestützt auf die Krücken und mit dem Rücken an der Wand, schob er sich umständlich hoch und lauschte nach der Frauenstimme. Aber die Stimmen hatten sein polterndes Kommen gehört und waren verstummt. Er wartete, spürte sie auf der anderen Seite der feuerfesten Metalltür. Er zögerte, dann wuchtete er die Tür mühsam auf und trat in den hinteren Teil des Zuschauerraums, fühlte viele Augen sich in der Dunkelheit seinem Eintritt zuwenden. Langsam humpelte er nach vorn, und als er den großen Hut und den prachtvollen Stock gewahrte, lachte er sich aus und erkannte den hochgewachsenen Mann.

»Ah, Herr Herzog«, sagte er, »ich glaubte in meinem Theater Stimmen zu hören. Hatte aber mit diesem Vergnügen nicht gerechnet!«

»Sie haben recht«, sagte der Herzog. »Ich bin hinter dem Kind meiner Nachbarin her, diesem Jungen hier.«

Nun sah er den Jungen in einem der Gänge kauern, er weinte nicht mehr, sondern beobachtete die beiden Männer. Was für eine eigenartige Stimme der Herzog hatte, gewiß eine seltsame in Anbetracht seiner Größe und Bedeutung.

»Junge, du solltest zu Hause im Bett sein.«

»Ja«, sagte der Herzog jetzt in normalerem Tonfall, »ich bringe ihn nach Hause. Entschuldigen Sie die Störung.«

Das Kind gab keinen Laut von sich, sondern ließ sich mit einem raschen Griff beim Handgelenk fassen und auf die Füße stellen.

»Gute Nacht«, sagte der große Mann und zog mit seiner Beute ab.

»*Ja, ja,* Herr Herzog.« Der Lahme sah die zwei auf die noch immer nasse Straße hinaustreten, wandte sich um und ging zu der schweren Tür zurück.

Vor der Tür verfing sich sein Fuß in einem großen Plakat, er blickte hinab und sah eine Schauspielerin in glänzender Robe, Brüste und Hüften knittrig zerschabt.

»Gute Nacht, Herr Herzog«, sagte er, befreite seinen einen Fuß aus der Umklammerung der Frau und machte sich daran, die Treppe wieder emporzuklimmen. Sein gesundes Bein schmerzte beim Aufstieg, gleichwohl empfand er ungemeines Vergnügen über den Besuch des Herzogs und die Ereignisse der Nacht.

Ich war nur kurze Zeit von der Redaktion weggewesen, als Stumpfegle, der aus der aufgeschlagenen Flasche trank, und Fegelein, der die Motorrad-Satteltaschen durchwühlte, meine Schritte nahen hörten und wachsam wurden. Beide Männer blickten auf, als ich, ihr Führer, wieder das Büro betrat. Ich war in Eile, erregt, ganz in Anspruch genommen von der Unterwelt der neuen Entwicklung, denn ich allein trug die Last, den letzten Versuch zu wagen. Ich betrachtete meine Mitverschwörer und ärgerte mich über den Schnaps, der vom Kinn des einen troff, und über die Hand des anderen, die den Inhalt der Tasche auf dem Boden umherverstreut hatte.

»Jemand hat gesehen, wie wir uns um den Motorradburschen gekümmert haben.«

»Aber, mein Gott, Führer, was sollen wir tun?« Fegelein ließ einen Packen von Leeveys Briefen sinken und sah ängstlich auf.

»Wir müssen den Plan ändern. Schafft die Geräte, die Waffen und alles andere nach Posten Zwei.«

»Posten Zwei?«

»Snow, Idiot, hinter Snows Pension.«

Fegelein hatte das Gedächtnis eines Froschs, einer verächtlichen blinden grünen Warze, der jeder Schritt, jedes Wort einerlei war.

»Bringt die kleine Presse, das Motorrad, und das ganze Material für die Flugblätter. Ja, und die Tünche noch.«

»Führer, die Maschine wird morgen fahrbereit sein...«

»Stumpfegle, du hast wohl Lust, in den Kanal zu fahren, mit zehn amerikanischen Kugeln in deiner Wampe, abgefeuert von schwerbewaffneten jüdischen Tagedieben, du kindischer Fettsack.

Vergiß die Maschine, kapierst du, *vergiß* sie, und denk bloß an das, was wir jetzt zu tun haben. Die Nacht ist noch nicht vorüber, dicker Stumpfegle, tot nützt du uns nichts. Wir haben heute nacht eine Menge englischer Schweine mit unseren Flugblättern zu vergiften. Also tu bitte deine Arbeit.« Ich nickte, vergaß meinen Zorn, und entglitt wieder in die Dunkelheit. Fegelein begann die Briefe zu lesen.

Das Öl flackerte in der Lampe, wurde verzehrt und verzehrte, und während die paar gehorteten Tropfen am Boden der Büchse verbrannten, schwärzte sich das Glas, und die Flamme hinter dem Rußfilm wurde immer trüber. Nach einem kräftigen Zug wurde die schon mehrmals neuaufgefüllte Flasche mit dem splittrigen Hals auf den Boden gestellt, die unleserlichen Briefe des Toten beiseite geworfen und die Reste, Rollen, Halter und Lettern eingesammelt. Die Patrioten, Narr und Trottel, begannen für die Macht zu arbeiten. Das war kein feuchtfröhlicher Possen. Es machte ihnen schwer zu schaffen in dieser Stunde der Nacht, der ungünstigsten Stunde der Nacht für derlei Kleinkram und Aufräumen, besonders nachdem man einen Menschen getötet hatte und der Schlaf so nahe war. Bei hellem Licht und zugezogenen Läden, mit dem für solche Tölpel schwer zu hütenden Geheimnis, den Waffen ringsum, der kniffligen Kleinarbeit, zur allerschlimmsten Stunde der Nacht; es war die Stunde, um seine Gefolgsleute auf die Probe zu stellen.

In der Gasse neben der Druckerei stand ein schwerer Karren, und Fegelein, der behendere der beiden, verfrachtete hastig Garnrollen, Heftklammern, Nadeln, schmale Papierstöße und kalte Tintenfässer hinein. Er dachte an den Zeugen und den anklagenden Finger, sah die Geschworenenbank und den unberechenbaren Richter in seiner schwarzen Robe. Jedesmal wenn er seine so leichte aber unerläßliche Last in den Karren versenkte, blickte er zum Himmel auf, voller Angst vor der entlarvenden Dämmerung. Man konnte niemandem vertrauen. Im Innern des Ladens hingen die Spinnweben dicht zwischen den Pressen, die Flaschen stapelten sich höher an dem Rollschreibtisch, und auf dem Boden lagen, nur mehr metallene Worte, alte zerschmetterte Schlagzeilen herum.

Stumpfegle, fett und frierend, schleppte die kleine Presse zum Karren und verschnaufte. Er trug die Heftmaschine zum Karren und wartete, wieder bei der Lampe, daß sein Freund fertig wurde. Stumpfegle, Ex-Sanitäter und auf der Suche nach Macht, Folterknecht und stellvertretender Befehlshaber, verbarg unter seiner rücksichtslosen Trägheit die Erinnerung und den Heldenmut seines fast gelungenen Selbstmordes. Er hatte seine Chance vor Monaten verpaßt, obwohl er ein besserer Mann war als Fegelein. Stumpfegle, zweiundvierzig, aggressiv, Gefreiter, wurde von einem Soldaten aus New York, belobigt wegen Tapferkeit, gefangengenommen, als er benommen in eine Propagandazentrale des amerikanischen Nachrichtendienstes geraten war. Als der Amerikaner den *Reichssoldaten* erkannte, brachte er Stumpfegle sofort in das Zimmer des Arztes, einen Raum mit Aktenschrank und Röntgenapparat. Eilig legten sie den schweren Mann unter das aufmerksame, wissenschaftlich forschende Auge, und entdeckten natürlich, eingebettet tief unter dem Nabel, zwischen Sigmoid und Ausgang, den silbernen Gegenstand, die *Reichsgeist*-Kapsel, das Behältnis seligen Todes. Eine Stunde später, unter der Aufsicht des Soldaten und des Arztes, begann das Abführmittel, das sie dem bestürzten Gefangenen eingeflößt hatten, zu wirken, und in einem qualvollen Augenblick rauschte Stumpfegles letzte Hoffnung durch die Klospülung. Ein leichtes Stechen dort, wo es gesessen hatte, und er überlebte und erhielt seine Freiheit wieder, um in das neue Leben zurückzukehren.

»Bis auf die Tünche habe ich alles. Wir sollten uns beeilen.«

Stumpfegle trug langsam den Farbeimer zu dem Karren und schnallte sich in die schweren Deichseln; Fegelein schob das Motorrad, und sie zogen die dunkle Straße hoch.

Der Bürgermeister schlief ein, und nebelhaft bleiches Getier tänzelte und schnatterte durch seine Träume. Miller wünschte ihm alles Schlechte, er schlug mit den scharfen Hacken aus und entflog, nur um, zur Qual des vor Alter erhitzten und gereizten Gauls, mit dem Colonel auf dem Rücken und einem Gewehr unter dem Bauch zurückzukehren. Das weiße Taschentuch hing vor seinen Augen, seine Beine waren zusammengebunden, und alle diese Tiere des Todes, die Bestien der Geschichte, tanzten schaulustig um ihn her. Es war kalt, und die Küche leer.

Der Herzog und der Junge hatten den Hügel zur Anstalt hinunter halbwegs hinter sich; dort, hinter dem Busch der Stadtmädchen, war ein Sack verborgen. Die Tanzmusik in dem Lagerhaus unten hörte auf, die einzigen Lichter gingen aus. Noch einmal schwang der Stock empor, und das Kind, schlammbespritzt, mühte sich vergeblich freizukommen. Ein Schläfer hinter dem Lagerhaus zog seine Beine an.

»Wir sind gleich da. Aber wie wär's mit ein bißchen Tempo, hörst du?« Je schneller Fegelein zu gehen versuchte, desto mehr Schwierigkeiten hatte er mit der Maschine. Aber er drängte, und glitt aus. Der Schatten des Spions fiel über ihren Weg.

Die Geister am Kanal, ihre Köpfe im Turm des Panzers nah beisammen, sahen die Seele Leeveys ihnen aus dem dunklen Wasser entgegenkriechen. Ein hagerer Vogel setzte sich auf den Hals der kopflosen Reiterstatue im Zentrum der Stadt. Nebel senkte sich auf das graue Turmgerippe an der *Autobahn.*

Die neue Uhr an meinem Handgelenk zeigte drei Uhr. Es war fast vorbei. Morgen würden es die Loyalen voller Dankbarkeit erfahren, würde man sich um die Illoyalen kümmern müssen. Morgen hätte sich die Nachricht von diesem ersten Mord an einem der Invasoren herumgesprochen; er würde nicht so sehr als Tat des Widerstandes, sondern als Beweis der Stärke gelten. Meine Schritte hallten hinter mir in der Dunkelheit, irgendwo trieb sich der Verräter herum, und dann erreichte ich, von neuer Energie durchflutet, die Pension. Diese Stadt war nichts Besonderes, als ich den Hausflur betrat, denn alle Städte waren Städte des Landes, Orte, in denen Müßiggang Vertrauen und der Besatzer Haß erzeugt. Und doch, ich kannte diese Stadt, würde in den Tagen der Macht immer wieder zurückkehren, denn dort kannte ich jede Enttäuschung, jedes Mädchen, jeden verschwiegenen Torweg. Ich begann die Treppe hinaufzusteigen, wußte auf dem nächsten Absatz, daß der Mieter im ersten Stock noch immer abwesend war.

Mein Plan, die neue Kampagne, war angeordnet und eingeleitet. Er erstreckte sich, in Idee und Detail, bis an die Grenzen des Landes, zielte auf Erfolg. Der erste Schlag war geführt, der Feind aus dem Sattel geworfen, und jetzt blieb nichts mehr zu tun, als sich mit der Botschaft zu befassen und den Verräter in unseren Reihen auszuschalten. Ich öffnete die Tür und sah ihre warmen mädchenhaften Arme.

Es schien, als hätte sie nur kurz geschlafen, das Bett war noch warm, wo ich gelegen hatte.

Der Volkszähler murmelte zwei Stockwerke tiefer im Schlaf, klatschnaß hing ihm das Hemd aus der Hose. Sie tanzten auf seinen Zehen, so warm war es.

Sachte die Decken zurückschiebend, drehte sie sich langsam um, in Gedanken an meiner warmen braunen Brust.

Leise sprach sie: »Komm ins Bett zurück, Zizendorf.« Sie wollte weiterschlafen.

Sie schien vergessen zu haben, wo ich gewesen war, diese blühende Jutta, Liebe ohne Bewußtsein. Ich setzte mich auf den Stuhl dem Bett gegenüber.

Sie zwirbelte ihr Haar zwischen ihren Fingerspitzen, reckte die Beine, und dann fiel es ihr ein.

»Erledigt?«

»Selbstverständlich. Er kam so leicht runter wie eine Ente, dieser Gebietskommandeur. Liegt jetzt draußen im Sumpf bei seinen Kameraden.«

»Aber wie habt ihr ihn angehalten?«

»Der Baumstamm.« Ich beugte mich vor und band meine Schuhe auf. »Der Baumstamm hat ihn angehalten. Du denkst vielleicht, er wäre beim Aufprall durch die Luft geflogen, in einem hübschen Bogen oder wenigstens mit anmutigem Schwung darübergesaust. Aber so war es nicht. Er ist mitsamt seiner Maschine einfach drübergepurzelt, Speichen und Scheinwerfer und Helm segelten in sämtliche Richtungen. Überhaupt nichts Großartiges am Ende dieses Kommandeurs!«

»Und du bist unverletzt? Dann komm und wärme dich.«

Jutta fürchtete die Kälte, wie sie einst die Sonne der Oberin gefürchtet hatte.

»Der Rest des Plans ist noch zu erfüllen.«

Stintz schob das Kind mit liebevollen Händen vorwärts, und schweigend krabbelte das Mädchen die Treppe hoch. »Du darfst niemand erzählen, was du gesehen hast, der Mond wird sonst böse«, und dann war sie im Dunkel verschwunden.

»Wie gern würde ich dein reizendes Herz streicheln und dein Haar. Aber es ist noch viel zu tun.«

»Und wahrscheinlich noch viel mehr, wenn ihr Erfolg habt?« Sie gähnte.

»Die Nacht wird immer mir gehören.«

Das Kind stahl sich in das Zimmer, zurück zur Mutter, bebte in seinem dünnen Kleidchen nach diesem langen anstrengenden Abenteuer. Ich, der Führer, lächelte, und Jutta streckte ihre Hand über die harschen Kopfkissen und das kalte Deckbett.

»Mein liebes Kind, wo bist du gewesen?« Abwesend berührte sie den dünnen Arm, er fühlte sich hart an, zerbrechlich.

»Was für ein seltsames kleines Mädchen«, dachte ich. Unten

rührte sich etwas, es war eher ein nächtliches als ein menschliches Geräusch, vielleicht die mechanische Bewegung der Bäume am Haus.

»Ich habe einen Mann mit einem Licht gesehen, der fuhr, wo sonst niemand mehr fährt.«

Sie war bestimmt nicht der Spion, der hagere Schatten, den ich da kurz gesehen hatte. Aber sie mußte den Verräter kennen, war womöglich seinen Luchsschritten gefolgt, an seiner Seite gegangen.

»Was hat er getan?« Ich sprach mit ruhiger, auf Kinder eingestellter Stimme, die ich mir aus der Zeit vor den Verbrechen der Alliierten und dem Krieg bewahrt hatte.

»Gar nichts. Jemand hat etwas auf die Straße gelegt, und er wurde getötet. Sein Licht ging kaputt.«

»Wieso bist du dir den Mann ansehen gegangen? Hat jemand dich mitgenommen?«

Plötzlich hatte sie Angst. Vielleicht warnte sie meine Stimme.

»Der Mond war's. Der Mond ist ein schreckliches Ding am Himmel und wird böse, wenn ich es dir erzähle. Er würde mich auch töten.«

»Geh ins Bett, schlaf«, sagte Jutta, und das Kind lief nach nebenan. Aber es schlief nicht, sondern wartete, wach im Dunkeln, was passieren würde.

Der Rechtschaffene ist der Verräter am Staat. Wessen Stimme nur denen über ihm gilt und nicht den Bürgern, der plaudert alles aus und verbreitet das Böse. Seine Rechtschaffenheit beruht auf hoffnungsloser Bedenklichkeit. Unantastbar und kleinlich setzt er sich durch, er hemmt Entscheidungen.

Kaum wieder in seinem Zimmer, trat Stintz ans Fenster und schob es auf. Mit erregtem Blick spähte er nach der Straßenbiegung in der Nacht, wo er das Licht des Opfers zum erstenmal gesehen hatte, und mit gespannter Erwartung blickte er langsam über die dunkle Silhouette der Stadt bis dorthin, wo, welche Freude, das Opfer gefallen war.

Was für ein Spaß das gewesen war, er wußte, daß ich irgend etwas vorhatte, und das Kind, das war die Glanznummer, es dem Vater und Mörder durch die Dunkelheit folgen zu lassen! Oh, sicher wußte er, daß ich es war, Tier und Teufel zugleich, der heute nacht das Blut vergossen hatte, aber was ihn erregte, war die Gerechtigkeit, nicht das Verbrechen, er selbst und sonst niemand würde die Anklage erheben. Bald würde er die Schritte hören, bald wäre er Richter, und sein Wissen würde sich zum Strick für den Vater des Kindes flechten. Für Stintz klarte der Himmel auf; am Morgen hoffte er die Denunziation vorbringen zu können.

Ihr Gesicht glühte, war so von der Nacht hingerissen, daß ich nur ungern ging.

»Ich bin bald zurück«, sagte ich, und sie drehte sich um, um weiterzuschlafen. Wieder hörte ich das Rascheln unten in dem Zimmer.

Stintz erwartete das Klopfen an der Tür und sagte schon »Herein«, fast noch ehe er es gehört hatte.

»Zizendorf«, sagte er ohne sich umzuwenden, »kommen Sie.«

Auf dem Boden, zwischen Besucher und Empfänger, lag die Tuba, das Instrument klagender Choräle, zerknautscht von den schmalen Lippen des Lehrers, verbeult und stumpf von seinen langen zittrigen mitternächtlichen Seufzern. Stintz sah noch immer aus dem Fenster, als wolle er die ganze Nacht hinaussehen und erst am Morgen sprechen, wachsam starrte er in die Straßen, denen er unbedingt Ruhe und Wohlstand bringen mußte, sinnlos und lachend nach anderer Leute Zufällen und Taten Ausschau haltend.

»Was sehen Sie?« Ich hob die Tuba auf und stellte mich neben den schwarzberockten Lehrer. Ich konnte das Gequäke dieses Horns nicht ausstehen.

»Sehen Sie. Da ist er wieder. Der Mond ist hinter der Wolke hervorgekommen. Schauen Sie hin, er sieht alles, Zizendorf. Er wacht über die einsamen Reisenden, dräuend, furchtbar und mächtig schwebt er über den Unholden. Der Gerechte.«

Weiß und fern schimmerte er kurz an den Rändern auf, dann war der Mond wieder weg. So schwach, ein bloß grauer Fleck am unerfreulichen Himmel, daß die meisten Leute kein zweites Mal hingeschaut hätten. Nur die Frommen, getrieben von innerer Sehnsucht nach Kommunikation, reckten ihre Hälse und verrenkten sich die Seelen. Stintz hatte seinen Hals weit aus dem Fenster gestreckt, starr das Knochengesicht nach oben gewandt. An seinem schwarzen Rock hing der Modergeruch von Schulbüchern, seine Arme lagen gelähmt auf der Brüstung.

Der Mond, der Mond, der alles weiß, für mich war er wie der plumpe Trichter der Tuba in meinen Händen, dick und stumpf.

»Der Mond gefällt Ihnen, Stintz, nicht wahr? Mir kommt er

heute nacht schwächlich vor, krank und farblos. Ich würde ihm mein Vertrauen nicht schenken.«

Sein Zimmer hätte voller klebriger kleiner Pulte sein müssen, voller stummer unfreundlicher Kinder, die Fratzen schnitten.

»Hören Sie, Ihr Ton gefällt mir nicht, sein Arm erreicht vielleicht auch Sie. Es gibt in diesem Lande jetzt für jeden Vergeltung, Gerechtigkeit, und er befährt keine Straße, auf der man ihn in eine Falle locken kann. Irgend jemand weiß immer Bescheid, Sie können doch wirklich nicht mit Allem davonkommen...«

Ich schwang die Tuba aus nächster Nähe. Lieber wäre es mir gewesen, etwas Platz zu haben und sie wie einen Golfschläger schwingen zu können. Aber auch so sackte Stintz zusammen, und halb an die Wand gesunken, zuckte er noch ein wenig.

Zwei Dinge stimmten nicht; der Mangel an Platz, und daß ich das Instrument falsch eingeschätzt hatte. Ich muß die Tuba für kompakt, für massiv gehalten haben, und indem ich sie mir als eine Art Schlagholz vorstellte, erwartete ich auch, daß sie sich wie ein Schlagholz verhielt; daß sie stumpf und gründlich zuschlug, hart und flach auftraf. Statt dessen erwischte der Rand des Trichters Stintz am Hinterkopf, und der Schwung meiner Arme ging in die falsche Richtung, verpuffte ganz eigenartig. Ich schlug noch einmal zu, und das Mundstück schoß sirrend durchs Zimmer. Ich geriet nur kurz aus der Ruhe, und als ich schließlich im Treppenhaus war, dachte ich, eine kräftige Keule wäre mir lieber gewesen. Stintz rührte sich nicht mehr.

Stumpfegle und Fegelein hatten bereits ihr Lager im Hühnerstall bezogen, den Schuppen, in dem der Jeep des Colonels gestanden hatte. Als ich über den Hof hinter der Pension ging, konnte ich sie arbeiten hören, ein leises Scharren, kaum lauter als das Rieseln des Kanals. Das rosa Höschen und das als Werkbank dienende Brett waren in die Dunkelheit geworfen worden, und der Schuppen war fast hergerichtet für das Setzen und Drucken der Botschaft. Der Karren stand allerdings noch unausgeladen. Daß die Presse noch nicht aufgebaut war, machte mich nervös.

Das Entfernen des Hühnerkots war ein hartes Stück Arbeit. Eine dicke Schicht der weißen, gipsartigen Gebilde bedeckte hart und spröde die Wände, ein Produkt so vieler Hennen, das mit der Verknappung des Korns immer spärlicher, schließlich wässrig geflossen war, und nichts war geblieben als die mit Neid betrachteten Häufchen aus besseren Zeiten. Hier und da war eine bleiche Feder in die Kruste eingedrückt. Sie wehten leise, ohne Hoffnung auf Entkommen, eingeschlossen in die Korallenriffe der Hühner an den hölzernen Wänden. Der Geruch der Vögel steckte im Holz, nicht in ihrem Schmutz; unerkannt im Lehmboden, nicht im Gefieder. Fegelein hackte mit einem rostigen Nagel, Stumpfegle träge mit der stumpfen Kante einer Hacke, ihre dunklen Anzüge fleckten sich langsam mit kalkigem Weiß.

Ich stand in der offenen Tür, versuchte, allergisch gegen die moderdumpfe Luft, nicht zu atmen, wischte Federn und weißen Puder von meiner Jacke. Weiße Frauen und die Dunkelheit von Paris fielen mir ein.

»Ich habe den Verräter beseitigt.«

»Das ist ja großartig, Führer.« Der Arm der ausländischen Justiz mit seinen Fangfragen, Standgerichten und untadeligen Domizilen hob sich von Fegeleins Stirn, und gleich gab der versteinerte Hühnerschaum leichter nach.

»Immerhin ein Idiot weniger, um den wir uns kümmern müssen. Und morgen werden wir unser Publikum aufgeklärt und eingeschworen, jeden einzelnen durch ein bloßes Wort, eine aufrichtige Tat zu einem Bund zu ihrer aller Rettung zusammengeschlossen haben. Bloßgestellt sind die Narren hilflos.«

»Oja«, sagte Fegelein.

Stumpfegle hatte einen solchen Ekel vor dem Schuppen, daß er für unser Gespräch keine Zeit fand. Der Geruch der entwichenen Vögel, dieser Gestank wirkte auf ihn wie das Land, und er war für die Stadt bestimmt, für die Maschinenhallen. »Vögel pinkeln so«, dachte er, »das ist ungesund, und unwirklich, von dem Geruch einmal abgesehen.«

»Der Sieg ist fast unser.«

Schließlich war der Schuppen einigermaßen sauber, bis auf ein paar Klackse, und nachdem sie rasch die Wände getüncht hatten, holten sie die Presse, die Heftmaschine, die Druckwalzen und die Bögen billigen Papiers hinein. Mit Tünche bekleckert, begannen wir drei zu leuchten und müde zu werden. Stumpfegle stand am Ablagetisch, Fegelein am Einlegetisch, während ich, der Führer, der Schriftsetzer, die Lettern, die Worte der neuen Stimme in den Winkelhaken setzte. Ich schrieb meinen Text im Gehen, legte die Buchstaben mit der Pinzette ein, verfaßte meine erste Botschaft, ließ auf einem Winkelhaken das neue Wort erstehen. Die Stanze rastete ein, die Maschine stotterte und erfüllte den Schuppen mit den Dämpfen gestohlenen Benzins. Ich schrieb, während meine Männer neben der Presse warteten, und meine Botschaft loderte aus der verschmutzten Fraktur:

ANKLAGE GEGEN DIE ALLIIERTEN WIDERSACHER UND PROKLAMATION DER DEUTSCHEN BEFREIUNG:

Englisch sprechende Völker: Wo sind die vier Freiheiten der Atlantik-Charta? Wo sind Freiheit und Menschlichkeit, um deretwillen Eure Regierungen Euch in den Krieg geschickt haben? All dies ist Nichts, solange Eure Regierungen die Möglichkeit haben, den Pöbel zu lenken, den Frieden durch Ränkespiele zu sabotieren und sich ohne Ende von den zunehmend verzweifelnden Massen füttern zu lassen. Amerika, das Euch auf Kosten einer ins Elend gestürzten Welt aufgezogen hat, richtet seine gesamte Industrie nur gegen diese Welt, die Rohre seiner wahnwitzigen und habgierigen Haubitzen gegen einen Kontinent, den es selbst verunreinigt.

Während Ihr Reden geschwungen und in Demokratie spekuliert habt, während Ihr das kontinentale Europa mit Euren Ideologien geschändet und gekreuzigt habt, ist Deutschland aufgestanden. Wir erklären, daß inmitten der Trümmer, die Ihr auf Eurem Weg zurückgelassen habt, ein aufrechter nationaler Geist existiert, ein Geist, der zur Vereinigung der Welt beitragen und die kapitalistischen Staaten vernichten will. Die Erhebung des Deutschen Volkes und sein Neubeginn sind nicht mehr wegzudiskutieren – das Land, das Land der Germanen, bringt die stärkste aller Rassen hervor, die germanische Rasse.

Deutsches Volk: Wir geben freudig bekannt, daß heute nacht der Dritte Kommandant der Alliierten, Aufseher über Deutschland, getötet wurde. Die Alliierten sind nicht mehr an der Macht, sondern Ihr, Germanen, habt Eure Zukunft selbst wieder in der Hand, Eure Kultur wird wieder aufblühen. Das Blut in Euren Adern ist stark und unwiderstehlich. Der Feind ist vertrieben. Und in dieser Stunde der Vernichtung unseres natürlichen Gegners statten wir Euch unseren Dank ab, Eurem nationalen Geist, der sich endlich aus der Sklaverei des Westens befreit hat.

Wir verneigen uns vor der Seele Cromwells aus dem ersten Krieg, der die Stärke der Goten erkannt, seinem verlebten England entsagt und die Germanische Technologische Revolution in Gang gesetzt hat. Seine Inspiration hat dazu geführt, daß der Osten sich uns glorreich auftut, und seiner Überzeugung verdanken wir, daß die Germanischen Berge und Wälder ihren Eingeborenen Sohn bestimmen werden.

Aus den Ruinen Athens erheben sich die Türme von Berlin.

Ich legte die Pinzette ab. Wortlos, aber zitternd vor Erregung, fixierte Fegelein den Winkelhaken, und lauter brummte die Presse. Unbeweglich sah Stumpfegle zu, wie die Bögen, kaum lesbar, Federn gleich auf den Ablagetisch zu segeln begannen. Tatsächlich hatte ich Berlin noch nie gesehen.

Madame Snow hörte die Tiere im Schuppen scharren, hörte das unbekannte Rattern die Nacht zersägen.

»Ach, du armes Wesen«, sagte sie, den schlafenden Sohn des Kaisers betrachtend, »sie kommen dich wieder abholen.« Doch Balamir verstand nicht.

Madame Snows Sohn hob sich mühsam ins Bett zurück, ganz hellwach und erregt von der Anstrengung des Kletterns, bei dem ihn ein Bein, ein waagerechter Teil eines Beins gezogen hatte, als ob es den Weg zurück die Treppe hinauf kennen würde. Das Gesicht der Schauspielerin, so strahlend wie das einer Platzanweiserin, schniefte, ein Lächeln auf den Lippen, und erschrak in der Finsternis. Er zog die Decken über sein Unterhemd, lehnte die Krücken ans Bett. Seine Frau atmete nicht schwer genug, als daß es ihn stören konnte. Mit erstarrter Freude dachte er an die Nacht im Schuppen hinter der Pension und das bildhübsche Mädchen von außerhalb mit seinen Haarbändern. Sie verlor in dem Schuppen ihr Höschen und ließ es dort liegen, als Madame Snow rief und sie weglaufen mußten. Bei vorgerückter Nacht fand er die Vorstellung entzückend, ein Rock ohne Höschen darunter.

»So habe ich mich nicht mehr gefühlt«, dachte er, den Herzog und das Kind weit hinten in seinen Gedanken, »seit jener Fahrt im Krankenwagen, vier Wochen nachdem ich das Bein verloren hatte. Das käme von dem Geholper des Wagens, hat der Fahrer gesagt. Heute nacht muß es das Gehüpfe auf der Treppe gewesen sein.«

Bein oder nicht, sie würde sie wieder verlieren. Gewiß hatte der Junge den Stock verdient.

»Willst du nicht aufwachen und reden?« Seine Stimme war hoch und unnatürlich.

Drei

Balamir erwachte und fand sich von dem Geräusch der Maschine und den Armen der Königinmutter umfangen. Er trug seine unvermeidlichen schwarzen Hosen und schwarzen Stiefel, die Uniform, die das Volk auf den Straßen sich vor dem Sohn seines Kaisers verbeugen ließ, den schwarzen Anzug des Ersten Mannes von Deutschland. Einen Herzschlag lang glaubte er sich im Keller, in dem verriegelten *Bunker,* denn der Putz an den Wänden war feucht. Doch die vom Schnee der Berge kühlen Hände der Königin lagen auf seiner Schulter, und das fürstliche Zimmer, lachte er in sich hinein, war ja nicht mit dem Kellerloch zu verwechseln, in welchem er während der ersten Tage verborgen worden war. Sie hatte ihn aus dem Versteck geholt, hatte seine Feinde offenbar solange in Schach gehalten. Heute nacht wurde das Kabinett neu besetzt, das Königshaus festlich geschmückt, und die Krise der Nation war vorüber. Die Königinmutter persönlich hatte das Telegramm aufgegeben, der Wagen wartete, und der Kanzler würde kommen und von der Neukonstituierung berichten.

Irgend etwas hielt Madame Snow wach, und jetzt, nach seinem friedlichen Schlaf, sah der arme Mann mit diesen seelenlosen Augen und dem unmöglichen glücklichen Lächeln zu ihr auf. Sie fühlte, daß mächtige Kräfte in der Nacht am Werke waren, und trotz der Tatsache, daß seine Anwesenheit eine zusätzliche Verpflichtung bedeutete, war sie jetzt dankbar dafür. Vielleicht hatte er etwas von einem Hund an sich und würde es merken, wenn Fremde sich ums Haus trieben, vielleicht machte ihn sein Zustand empfänglicher für die seltsamen Geräusche der Nacht als normale Menschen. Ob er winseln würde, wenn ein Dieb am Fenster erschiene? Madame Snow legte ihm die Decke fester um die Schultern und hoffte, er würde irgendeinen Ton von sich geben.

Der Herzog, allein auf dem Hügel in der Stunde vorm Morgengrauen, zog mit elegantem Schwung seinen Degen.

Seine Hosenbeine waren unten naß und von Dornen zerrissen. Seinen Hut hatte er verloren. Seine Beine schmerzten von der Beschwerlichkeit der Jagd, das seidene Taschentuch war ihm aus dem Ärmel gefallen, über die Furchen strauchelnd machte er sich ans Werk. Es war eine schwierige Aufgabe, und er sah kurz nach dem Mond, als er dem Fuchs die Lunte abschnitt und merkte, daß er sie halbiert hatte. Die Lippen weiß und kalt, blickte er auf und sah kaum die Kuppe des Hügels. Jenseits der Kuppe und hinter dem Stacheldraht lag der rauhe Pfad nach Hause. Er hackte und verfehlte die Gelenke, er machte Einschnitte, die danebengingen, wenn die Spitze der Klinge an einen Knopf stieß. Der Fuchs zappelte, und er bekam einen Schrecken. Er fand seine Unbeholfenheit widerlich, verabscheute sich selbst, weil er die Knochen übersehen hatte. Ein Mann sollte präzise vorgehen, entweder menschlich und dem Hund das Bein schienen, oder zweckmäßig und es ihm abschneiden. Er hätte es vorgezogen, bei Licht und auf einem Tisch mit Glasplatte zu arbeiten, das Ganze auf einem Schaubild mitverfolgen zu können, damit er wüßte, welche Muskeln zu zertrennen und welche er zu verknüpfen hatte. Sogar im Felde hatten sie Karten und farbige Stecknadeln, wurden Wege markiert und Vorgehensweisen empfohlen. Die Klinge glitt ab und blieb im Schlamm stecken, während seine Finger, dünn und alt werdend, nach einem Halt tasteten, und seine gerüschten Manschetten und schlanken Handgelenke besudelten sich mit Schmutz. Er hätte eine Gummischürze wie ein Photograph oder Chemiker tragen sollen, er hätte kurze scharfe Klingen zur Verfügung haben sollen statt dieses unpraktischen alten Stockdegens. Die ganze Angelegenheit wurde ihm lästig, nachdem er jetzt drei oder vier Stunden lang im Dunkeln durch die Stadt gerannt war. Denn der Herzog war ein methodischer, von keiner Leidenschaft beherrschter Mensch, und da er ein »von« in seinem Namen trug, erwartete er, daß die Dinge nach Plan liefen. Aber die Natur waltete wider ihn, der glitschige Kadaver gefiel ihm immer weniger. Er mußte seinen ganzen Scharfsinn aufbieten, um in dem Durcheinander die Ohren zu finden, die er als Trophäe nehmen wollte, und um festzustellen, welche der Teile diätetisch bezeichnet waren und welche er wegwerfen konnte. Er nahm seine Kräfte zusammen und glaubte, am oberen Ende zu sein, fand dann aber, daß er am unteren war, er wähnte das Herz in der Hand zu halten, und dann zerplatzte das Ding, verrauchte aus seinen Fingern. Er hätte besser seine Brille mitgenommen, aber die war zu Hause – wieder ein Fehler. Es ging nicht ohne Mühen ab, zuerst mußte er die Stücke auf seinem Schoß sammeln, und dann, über den Haufen gekrümmt, mußte er zerren und stochern, und verfluchte die Stumpfheit der Klinge. Schwer zu enthäuten war das Ding, weil es eben kein Reh oder Opossum war, schwer zu zerlegen, weil es kein Kaninchen war; sein infernalisches

Menschsein währte auch noch im Tode weiter und machte den Kadaver ebenso eigensinnig wie es der Mensch selbst gewesen war. Jeder Knochen, der brach, war eine Verstümmelung seiner Beute, jedes Stück, das in den Schlamm fiel, fügte dem Ganzen einen Mangel hinzu, machte es unvollkommener im Tode. Es ärgerte den Herzog, daß durch seine Ungeschicklichkeit das Tier vorsätzlich an Wert einbüßte, entschlossen, eher unbrauchbar zu werden als sich in eindeutige Vorder- und Hinterteile zerlegen zu lassen. Es verlor jede Ähnlichkeit mit Fleisch oder Geflügel. Die Pfote schien dem Fuß, der Handschuh dem Schuh zu gleichen, Hachse und Handgelenk waren eins, Knochen oder Weichteile, Muskeln oder Fett, Knorpel oder Zunge, was konnte er nur machen? Er warf all das zusammen, ließ fallen, was er für schlecht hielt, ohne je sicher zu sein, wütend ob seines unzureichenden Wissens. Er hätte sich vorher gründlich damit befassen sollen, er verwünschte sich, weil er kein Gefäß für das Blut dabeihatte, irgend so etwas wie eine Thermoskanne oder Weinflasche vielleicht. Er legte etwas neben sich in ein Grasbüschel und machte sich wieder an die Arbeit. Doch ehe er die Klinge heben konnte, ließ er sie unschlüssig sinken und wühlte suchend im Gras herum. Er fand ein Stück, das größer war, zerfranster. Mochte das andere wertvoll und köstlich sein, dies war es nicht. Rote Fellfetzen klebten in seiner Handfläche, ein Teil des Hemdärmels verfing sich an seinen Fingern. Er wollte Licht haben, eine grellweiße Lampenkugel in poliertem Stahlschirm, aber dies war die dunkelste Stunde der Nacht. Die Aufgabe war grenzenlos und nichts für einen Laien, und die Engländer, stellte er fest, machten sich überhaupt nicht die Mühe, ihre Füchse zu zerlegen. Zumindest wußten sie nicht so viel wie er. Zum letzten Mal schnitt er auf eine dünne freiliegende Sehne ein. Sie gab nach und schnellte wie ein Gummiband an seine Hand. Es wäre nicht übel, dachte er, diese Leckerbissen fürs erste auf Eis legen zu können. Eines Tages, beschloß er, würde er sich ein Handbuch vornehmen und einmal genau nachlesen, wie er das Ganze hätte anfangen sollen. Der Herzog schob die Klinge in die Scheide zurück und hängte sich den Griff des rückverwandelten Stocks über den Arm. Nachdem er die Organe und verstümmelten Stücke in die kleine schwarze Jacke des Fuchses gelegt hatte, band er die Enden zusammen, nahm seinen Stock als Tragstab und stapfte hügelan, erregt zuckten seine langen Habsburgerbeine. Hinter sich ließ er eine Lache von Abfällen, wie wenn eine Katze eine auf Nahrungssuche verirrte Krähe gefangen hätte. Aber die Knochen waren nicht sauber abgenagt, und ein Schwarm cremefarbener Käfer quoll aus dem Farn und machte sich über das Wildbret her.

Ich verabschiedete mich von Stumpfegle und Fegelein, um die Flugblätter zu verteilen. Das Geräusch der Presse erstarb, als ich aus dem Schuppen über den verdreckten Hof zu dem Pensionshaus ging, das Murmeln des Kanals schwoll von dem Regen an, der aus den Bergen, keine Ernte zu bewässern, in sein verseuchtes Bett hinabfloß. Irgendwo am Ende des Kanals, unter der Achse eines versunkenen Panzerspähwagens, begann Millers Leiche zu tauen und aufzuquellen.

Wieder stieg ich die dunkle Treppe empor, wobei ich beschloß, dies Haus in den kommenden Wochen als Nationales Hauptquartier einzurichten. In Stintz' Wohnung käme das Stenographenbüro, jung und blond sollten die Sekretärinnen sein. Ich kam in den zweiten Stock, und eine Bö des kalten Windes, der nur wenige Stunden zuvor über den im eroberten Norden schon angebrochenen Morgen gefegt war, ließ mich frösteln und husten. Meine Stiefel polterten dumpf auf den Dielen, mein hartes Gesicht war gespannt und entschlossen. Eine gute Idee, dachte ich, dies alte Haus zum Hauptquartier zu machen, denn so konnte ich Jutta gleich an Ort und Stelle behalten. Die Kinder würden natürlich fortmüssen. Ich wollte mehr Licht in den Räumen, ein paar neue Fenster mußten in die Mauern geschlagen werden. Dieser Aristokrat im ersten Stock, der Herzog, wäre gut als Kanzler zu gebrauchen, und der Volkszähler könnte ohne weiteres Außenminister werden. Die Stadt sollte zu Wohlstand kommen, womöglich ließe sich auf dem Hügel ein Freilichtpavillon für die Kinder erbauen. Die alte Reiterstatue würde ich natürlich wieder aufrichten. Zu ihren Füßen würden sich in Sommernächten junge Paare lieben. Vielleicht sollte man sie besser auf Steinblöcke stellen, damit Besucher schon von ferne sagen konnten: »Sieh mal, das Deutsche Standbild, das der neue Führer seinem Volk geschenkt hat.«

Ich stieß die Tür des Volkszählers auf und weckte durch grobes unfreundliches Schütteln meinen Kameraden aus seiner Totenstarre.

»Alle Pläne sind ausgeführt. Aber eins mußt du noch machen.«

Ich rieb dem Mann die Wangen, klopfte ihm die blaue Kappe fest und knöpfte das graue Hemd zu. Warm lächelte ich in seine blicklosen, halb geschlossenen Augen.

»Mach schon, wach auf, das Land ist fast befreit.«

Noch ein wenig Knuffen und Zureden, und der alte Beamte ließ sich auf die Füße stellen: »Was ist los?«

»Nichts. Komm mit.«

»Ich bin zu müde, um diese Nacht noch mit dieser Frau zu schlafen.«

Ich sah ihn durchdringend an. »Wo denkst du hin. Komm endlich.« Ich konnte es mir nicht leisten, beleidigt zu sein.

»Vor acht Uhr trete ich meinen Dienst nicht an.«

Ich zwang mich zur Ruhe, denn der Alte war betrunken und wußte nicht, was er sagte.

Zusammen stiegen wir eine Treppe höher, traten in Stintz' Zimmer, schoben die Tuba mit dem kleinen Fleck angetrockneten Bluts beiseite, hoben den verkrümmten Körper auf und machten uns damit auf den Weg.

»Nichts als Wasser«, sagte der Volkszähler, während er sich mit den Füßen abmühte, »nichts als Tuba und Wasser und warme Luft aus seinem dicken Horn. Noch 'ne Erbse im Höllenfeuer.«

»Nicht fallenlassen.«

»Nicht fallenlassen? Von mir aus schmeiß ich ihn gleich aus dem Fenster, soll er doch allein sehen, wie er auf die Straße kommt.«

»Wir tragen ihn, und sei bloß vorsichtig.«

Der Alte zerrte grummelnd an den Füßen. »Ich würde mir nicht mal die Mühe machen, ihn aus dem Register zu streichen.«

Auf der Straße lehnten wir die Leiche an die Außentreppe, der Mond schien auf die verdrehten Augen, und eine steife Hand lag auf dem kalten Stein.

»Geh zur Zeitung zurück, du weißt, was du zu tun hast. Wir treffen uns vor dem Haus.« Der Volkszähler, Zweiter Mann im Staate, entschlurfte in die Dunkelheit, und ich begab mich wieder zum Schuppen, um den Karren zu holen.

Im Kanzleramt war es noch immer so kalt wie in den Tagen vor seiner Wiederauferstehung, und selbst zu dieser Stunde war der Kanzler, Bewohner des ersten Stocks, nicht zu Hause. Madame Snow zog die Vorhänge auf und stellte fest, daß es noch immer Nacht war, die Mauerruine gegenüber stand vage in Nebel gehüllt. Ihr loses Haar hing ihr, wo sie es geschnitten hatte, in ungleich langen Strähnen auf den Rücken, ihr Gesicht war weiß und alt, ans Fenster gedrückt. »Wenn der alte Stintz da wie ein Narr im Freien hocken will, dann soll er doch. Ich werde meinem Schwachsinnigen etwas Brühe kochen«, dachte sie und versuchte den Ofen anzuschüren, was aber unmöglich war. »Du wirst drauf verzichten müssen«, sagte sie zu Balamir, der bei den Worten der Königinmutter grinsend zusammenzuckte. Balamir wußte, das Dorf glich einer verlassenen Bienenwabe, denn Leute in Flugzeugen hatten vielen Häusern die Dächer weggepustet. Aber die Königinmutter sollte nicht in die öde Nacht hinaussehen, es war seine Aufgabe, und nur seine allein, die Stadt wieder aufzubauen und seine Untertanen glücklich zu machen. Er versuchte ihre Aufmerksamkeit auf sich zu ziehen, aber sie sah den Ofen an. Madame Snow wollte selbst etwas Brühe, aber den Brennstoff aus dem Keller zu holen war ein zu beschwerliches Unterfangen, und daß der Narr, der arme Mann, das niemals würde lernen können, war ihr klar. »Stintz ist genauso faul wie du«, sagte sie und krauchte kichernd in der Honigwabe herum; ihr Diadem, locker geworden, hing schief nach einer Seite.

Vier Treppen höher, in meiner neuen Wohnung, stieg das Kind aus dem Bett und stellte sich wieder ans Fenster, trat die Wache an über die alterslose, geschlechtslose Nacht. Die kleine Selvaggia achtete darauf, daß ihr Gesicht im Schatten des Vorhangs blieb, damit der Unbekleidete am Himmel sie nicht sähe. So wenig sie Herrn Stintz leiden konnte, fand sie doch, jemand müßte hinuntergehen und ihm sagen, daß er ins Haus zurückgehen sollte. Aber sie war klug genug, ihre Mutter nicht zu stören.

Jutta zog sich die Decken wieder über die Schulter. Nun da ich fort war, brauchte sie sich nicht mehr der Kälte auszusetzen, und sogar der Volkszähler hatte kein Interesse mehr an ihrem Anblick. Aber sie konnte nicht einschlafen. Das charakteristische Patschen betrunkener Füße, das Dröhnen eines Motors, die Schritte von Toten hallten durch das Zimmer, draußen vorm Fenster rieben sich wispernd die Zweige. Sie dachte an den Tag, als Stella heiratete und sie alleine ließ. Jetzt war Stella, die Madame, alt, bloß ein altes unfruchtbares Flittchen, konnte nicht einmal nachts im Haus für Ruhe sorgen. Jutta zog ein Knie an, glättete die Laken und lag hellwach. Sie wünschte, ich würde schnell nach Hause kommen. Männer machten ja so dumme Sachen, liefen mit Pistolen herum, mit kleinen kurzen Ruten und besorgten Gesichtern. »Komm ins Bett«, dachte sie, »oder ich werde dich eines Tages noch rausschmeißen, Führer oder nicht.«

Es hatte keinen Sinne, an Schlaf war nicht mehr zu denken. Sie stieg aus dem Bett, ging zu den drei Schubladen unter dem Waschgestell und durchsuchte ihre Kleider. Sie fand den Brief unter ihrem Werktagskleid, er war voller amtlicher Stempel und trug das Siegel der Zensur. Der Brief ihres Mannes, ehe er in Rußland verschollen war, gefangen unter Mongolen, war der einzige persönliche Besitz, der ihr geblieben war. Sie hielt das Papier ins Mondlicht.

»... Ich bin jetzt an der Front mitten in einem großen Feld, und die vertraute Welt der Menschen ist weg. Gestern kamen hier welche vorbei, und ich schoß den Anführer vom Pferd, mit einer Kugel mitten durch seinen Kopf. Der Regen rauscht, die Bäche werden stündlich mehr. Die ganze letzte Nacht habe ich an ihn gedacht, sein Pferd war über das Feld davongelaufen. Jutta, wenn es stimmt, daß ich seine irdischen Güter bekomme, werde ich Dir die notwendigen Papiere schicken, damit Du seinen Bauernhof in Besitz nehmen kannst. Es dürfte dort eine Menge zu tun sein, Du fängst also am besten gleich an. Ich habe mich letzte Nacht ständig gefragt, ob auch seine Frau automatisch mir gehört oder nicht. Vermutlich ja, und ehrlich gesagt, beunruhigt mich das, und es tut mir leid, daß ich den Burschen erschossen habe. Wahrscheinlich hat sie rotes Haar, und die Beamten werden das Ganze nicht zulassen, aber Geld werde ich Dir schicken, sobald es kommt, und Du wirst einfach das Beste draus machen und die Sache mit ihr und ihren Kindern ausfechten müssen. Wer weiß, wie groß sein Hof ist, mehrere Morgen womöglich? Ich werde Dir Karten usw. schicken und den Namen des Burschen, und Du wirst wohl keine Schwierigkeiten haben, über das Feld zu gehen. Ich kann mir gar nicht vorstellen, was seine Frau jetzt von mir denkt, wo sie zusammen mit dem Land mir gehört. Sehr bedauerlich für sie, daß es so kommen mußte, aber vielleicht hat sie ein Pferd im Stall, das das Weggelaufene ersetzen kann. Ich konnte überhaupt nicht schlafen, weil dieses Feld im Freien liegt, was höchst erstaunlich ist, und ich kam nicht dahinter, wieviel Geld er wirklich bei sich hatte, das ich Dir schicken könnte. Ich weiß nicht, wie du über die Sache denkst, vielleicht findest Du, ich hätte es falsch angefaßt, aber ich habe versucht, mich nicht übers Ohr hauen zu lassen, und der Korporal im Unterstand war ziemlich hartnäckig. Vielleicht schaffe ich es ja, aus dieser Sklaverei herauszukommen, und dann bessere ich auch bestimmt das Dach von seinem Bauernhaus für Dich aus, wenn Du nur Deinen Beitrag leistest. Auf seinem Hof könnten ein paar Hunde sein, die Plünderer fernhalten würden – hoffentlich. Wie Du siehst, ist das ein schreckliches Problem, aber wenn der Korporal sich auf meine Seite stellt, wird sich das wohl ändern. Ich hoffe, die Sache geht zu Deinen Gunsten aus und die Papiere kommen sicher durch den Regen bei Dir an, denn zu gleicher Zeit tue ich nichts in den Gräben, und diese Aufregung über Zäune und Sättel beunruhigt mein Gewissen…«

Jutta warf den Brief unter den Waschtisch zurück. Sie wünschte, es wäre eine richtige Kommode, ein Schrank so groß wie sie selbst und geschnitzt, bis oben hin voller Kleider und Seidenzeug, Kostbarkeiten für jeden Augenblick der Nacht, mit einem goldenen Schlüssel und einem vergoldeten Spiegel obendrauf.

Stintz saß aufrecht in dem Karren, schlug schwer an das Holz im Rhythmus der Steine und Sprünge im Straßenbelag. Seine Miene war starr, und er rutschte, richtete sich wieder auf, wie ein Kind in einem zu großen Kinderwagen. Er sah aus wie einer der Beinlosen, die in den Zeiten der Wirrnis durch die Straßen gezogen wurden, ein für die Fahrt gestraffter Passagier, dessen Kopf allerdings über die Seiten des Karrens schlenkerte.

Kein Stroh lag auf dem Boden, seine Hände standen einzeln und steif, und er ruckelte heftig, als die Räder über den Kies rollten. Wäre noch jemand mit ihm gefahren, er hätte nicht gesprochen. Er war mürrisch, er war hilflos, und sein Körper war das Bild des Herausfordernden, des Unfreundlichen, das dem Hilflosen eigen ist. Die Deichseln standen für mich zu weit auseinander, und es war eine Mühsal, den Karren zu ziehen, denn manchmal schien er von ganz allein Schwung zu holen und schob mich vor sich her, während die Absätze hinter mir in schaurigem Takt auf den Bodenbrettern herumpolterten.

Wir trafen uns an der verabredeten Ecke, und der Volkszähler stellte die Kanister, kalt und unhandlich, in den Karren. Sie rutschten Stintz bald auf den Schoß, bedrängten ihn, klemmten ihn ein. Er schwankte nicht mehr im Rhythmus der Bewegung, er war kein Passagier mehr. Das kam von den Kanistern, sie schnitten ihm die Seele ab, erfüllten den Karren mit glucksend flüssigem Schwappen. Sein Kopf war kein Kopf mehr, sondern ein Trichter im Spund einer Tonne.

Vor der Tür des Bürgermeisters hielten wir an und schleppten

Märtyrer und Brennstoff mühsam aus dem Wagen. Wir legten ihn ab und holten Luft.

»Meinst du wirklich, der hört uns nicht?«

»Bestimmt nicht. Und falls doch, wird er nichts unternehmen. Ich garantiere dir, er wird keinen Ton von sich geben. Er kennt niemand, der ihm helfen würde.«

Mit einigem Kraftaufwand schleiften wir Stintz in den Hausflur des Bürgermeisters und lehnten ihn an einen Tisch. Dann leerten wir die Benzinkanister, zehn *Pfennige* pro Tasse, im ganzen unteren Stockwerk des Hauses aus.

Das Feuer brauchte lange, bis es das Dach erreichte, denn die Kanister waren verwässert und das Haus anfangs noch feucht. Der Volkszähler mußte mehrmals zur Zeitungsredaktion zurück, um neuen Brennstoff zu holen, und von der Schufterei schmerzten ihm Arme und Schultern.

Der Bürgermeister wähnte, die Kinderfrau bereite heiße Brühe und rühre mit einem Holzlöffel in dem schäumenden Kessel. Weiße Stückchen eines Huhns, dessen Kopf sie in eine Ecke geworfen hatte, schwammen in dem Wasser. Die warmen Dämpfe erfüllten den Raum.

»Kommen Sie, Miller«, sagte er, »verspeisen wir die Suppe gemeinsam. Diese Frau ist eine ausgezeichnete Köchin, und der Vogel stammt aus meinem Stall. Ich habe Hunderte davon, aber ja. Miller, nehmen Sie die Brühe von mir an.« Dem alten Mann standen Tränen in den Augen, er griff nach der Tasse, doch Miller wollte nicht trinken. Nase und Mund des Bürgermeisters steckten unter dem roten Halstuch, es schnürte ihm die Kehle zu, und in letzter Sekunde stieß Miller die Terrine um.

»Ich denke, wir können gehen«, sagte ich. Das Feuer sandte heiße kleine Aschenflocken in die Straße.

Der Bürgermeister schrie nicht auf, sondern starb, zu meiner großen Freude, ohne Sühne und Freispruch.

Seit den alliierten Bombenangriffen hatte das kleine Mädchen keine Brände mehr gesehen, und damals auch nur, nachdem sie schon weit fortgeschritten waren, nachdem die Mauern bereits eingestürzt waren und die Häuser überhaupt nicht mehr wie Häuser aussahen. Und wegen der Leute, die nach den Angriffen auf die Straße strömten, kommandierend durcheinanderrannten, war oft kaum etwas zu sehen gewesen.

Jetzt, da die Stadt keine Feuerlöschgeräte besaß, keine Sirenen und keine Lastwagen, und da die Straßen menschenleer waren, konnte sie das Feuer so lange beobachten, wie sie wollte; es ungestört, aufmerksam von ihrem Fenster aus betrachten. Feuerwehrleute hätten das Feuer bestimmt kaputtgemacht, ihre schwarzen Leitern an allen Mauern hätten es verändert, schwarze, von Wasser glänzende Regenmäntel hätten Achtung geschrien, mit Wasser bedeckt hätten sie es ausgelöscht.

Das Feuer brannte eine Weile fort, und dann begann es, ohne Wind zu seiner Unterstützung, ohne Kleider und Vorhänge zu seiner Nahrung, wie eine Brandbombe auf der kahlen Straße zu erlöschen, bis nur noch wenige Funken und Rauchschwaden aus den Spalten eines vernagelten Dachfensters stiegen. Das Kind wurde der Flammen, die nicht einmal eine Katze ansengen konnten, bald überdrüssig, war aber doch froh, daß die Feuerglocke nicht geläutet hatte. Es kroch unter die Decken zurück, um warm zu bleiben beim Warten.

Der Herzog, die Arme mit der Einkaufstasche beladen, stieg erschöpft die Treppen hoch und schloß die Tür auf.

Madame Snow hörte die Geräusche über sich und wußte, der Mieter aus dem ersten Stock war wieder da.

Der Bahnwärter döste auf seinem Stuhl und vergaß den Jungen und den Mann mit dem erhobenen Stock.

Madame Snow nahm das Verlöschen der Glut nicht wahr.

Mit seiner freien Hand legte der Herzog ein paar Blätter des *Schwindelblatts,* alte unleserliche Ausgaben, auf einen Stuhl, bevor er sein Bündel abstellte; die weißen Beine, die über den Sitz baumelten, waren zu kurz, um die Sprossen zu erreichen. Ein Fleck verbreitete sich auf den Zeitungen. Er bewegte sich schnell durch die prachtvolle Wohnung, allein der Augen eines Herzogs würdig, und dann, in seiner Weste, die Ärmel hochgerollt, legte er zwei Brocken Kohle in den Ofen, spülte sich die Hände ab und tat schließlich die Stücke zum Einweichen in den Eimer. Ein paar Knochen, die er ungeprüft und ungestempelt vor Ladenschluß hatte mitnehmen können, legte er auf ein Schrankregal. Nachdem er die schwarze Jacke des Füchschens auf einen Haufen geretteter Kleider geworfen hatte, holte er seine Tiegel herbei und machte sich an die Arbeit. Zeitungen auf seinen Knien, versammelte er die Töpfe um seine Füße und scheuerte sie einen nach dem anderen, scheuerte, bis das Papier dick mit rotem Staub bedeckt war und die Gefäße glänzten, Stahl für den Herd. Er scheuerte, bis seine Hände und Arme voller Rot waren.

Enge herrschte auf dem Ofen, denn sämtliche Pfannen und Bräter, die er besaß, waren zum Kochen aufgesetzt, bedeckelte Töpfe und Backformen, große und kleine, schwere und leichte, alles drängte sich über den Kohlen zusammen. Die Brühe würde wochen- und monatelang reichen, die Knochen in den Regalen sich jahrelang halten. Durch die Läden begann ein trübes Licht in die Küche zu dampfen, und endlich war es soweit, daß er, stolzerfüllt, nach unten gehen konnte.

Madame Snow hörte die langsamen, gleichmäßigen Schritte vor ihrer Tür haltmachen. Sie wußte, etwas wartete, irgendein schwerfälliges Wesen, groß und dünn, tot oder lebendig, stand dahinter, um gleich einzutreten. Sie hörte es atmen, unendlich schwache Geräusche, solche, die einem Alptraum unabdingbar sind, Tuchrascheln, ein leise zu sich selbst gemurmeltes Wort vielleicht. Wenn sie Licht machte, verschwände er womöglich, oder *könnte sie ihn nicht erkennen,* sähe sie sein Gesicht nicht, diese Augen und Hände, diese Gummistiefel, diesen fest bis zum Kinn hochgezogenen Regenmantel. Es mochte schlapp eine Axt hin und her schwingen, groß, massig, unbekannt. Und wenn er nicht spräche, sondern bloß dastünde, das Haar naß über den Augen, das Gesicht voller Narben, das Tuch um den Hals, und schlimmer noch, wenn er sich nicht rührte, nicht durch die Tür käme mit seinem weißen Taschentuch, dem Jesus neben seinem Kopf, den Fechthandschuhen und der Pfeife an seinem Gürtel, die nie umklammert würden, die nie ertönen würde, was sollte sie dann machen? Sie würde kein Wort herausbringen, sie würde jene eigentümliche Haltung, als hielte er ein Gewehr, als wäre er eben mit seinem aus Gummibooten zusammengeflickten Regenmantel aus dem Kanal gestiegen, nicht wiedererkennen noch erinnern noch sich ins Gedächtnis zurückrufen können. Sie hörte, wie er sich der Tür zubeugte.

Endlich kam das Klopfen, behutsam und förmlich trat er ein.

»Ah, Herr Herzog«, sagte sie, »guten Abend. Sie kommen zu später Stunde, aber es freut mich, Sie zu sehen.«

Er verneigte sich, noch immer in seiner Weste, die Arme rot, und richtete sich steif wieder auf.

»Madame Snow, ich weiß, wie spät es ist, aber«, er lächelte dünn, »ich komme in einer sehr bedeutsamen Angelegenheit.«

Sie zog den Morgenmantel, den der Königinmutter vor ihr, fest um ihre Brust.

»Ich wäre sehr glücklich«, fuhr der große Mann fort, »wenn Sie mir das Vergnügen machen würden, mit mir zu speisen, ein komplettes Menü mit Wein, um zehn Uhr an diesem Morgen. Ich hatte großes Glück, und eben jetzt wird die Mahlzeit bereitet.«

»Es ist mir eine Ehre, Herr Herzog.«

Noch eine Verneigung, und der Kanzler stieg, die Ärmel aufgerollt, die Treppe empor. Er war der Überbringer guter Nachrichten.

Balamir sah mit Entsetzen, wie Madame Snow nur wenige Augenblicke nach dem Fortgang des Kanzlers sich bückte und ein Stück Papier aufhob, das unter der Tür durchgeschoben worden war. Sie hörten den Boten, Fegelein, über die ergrauende Straße davongaloppieren, hörten mehrere Türen zuschlagen. Madame Snow stand blinzelnd am Fenster, aufgeregt zitterte ihr langes Haar. Sie las, und glaubte es nicht, las noch einmal. Diese Freude war ja kaum zu ertragen, war zu groß, zu überwältigend. Tränen der Freude und langen Harrens rannen über ihre Wangen, das Flugblatt entflatterte ihren Händen, sie klammerte sich ans Fensterbrett. Und plötzlich warf sie, mit der Kraft ihrer Jugend, das Fenster auf und schrie zu den oberen Stockwerken der Pension hinauf.

»Schwester, Schwester, die Nachricht ist da, wir sind befreit. Schwester danke deinen Landsleuten, das Land ist frei, frei von Mangel, frei zum Wiederaufbau, Schwester, die Nachricht ist wirklich da.« Sie weinte, wie sie als Mädchen nie geweint hatte.

Nur Schweigen grüßte ihr Schreien. Dann rief das Kind ängstlich herab: »Mutter schläft.« Ein glorreicher, erregter Tag begann zu dämmern, und vereinzelte zermürbte Jubelrufe, mehr nicht, hallten durch die trocknenden Straßen.

Obwohl der Druck ziemlich verschmiert und manche Flugblätter ganz unleserlich waren, machte der Erlaß schnell die Runde, und die meisten Leute, mit Ausnahme des Bahnhofsvorstehers, der das weiße Papier nicht bemerkte, hörten die Neuigkeit und tuschelten im Licht des Morgens darüber, versuchten diese überraschende Rettung zu begreifen, stellten sich auf den merkwürdigen Tag neu ein. Der Erlaß wurde von Stumpfegle und Fegelein getreulich ausgetragen, in immer größeren Kreisen zogen sie durchs Land. Sie gingen weiter und immer weiter, bis sie, müde geworden, nicht einmal mehr den Turm im Sonnenlicht sehen konnten.

Im Winter schleicht der Tod auf der Suche nach Alten und Jungen durch die Haustür und spielt ihnen in seinem Gerichtshof auf. Doch wenn die Boten des Frühlings mit ihren Fingern auf die kalte Erde schlagen und von Neuigkeiten erzählen, zieht der Tod von dannen und wird zum bloßen Passanten. Die zwei Rufer begegneten ihm auf seinem Weg und verschollen in einem grenzenlosen Feld.

Der Volkszähler schlief bei den Flaschen in der Redaktion, Hände und Gesicht noch grau vom Ruß.

Madame Snow band summend ihr Haar zusammen.

Ihr Sohn war endlich eingeschlafen.

Die Luken im Panzer waren zu.

Der Erlaß zeigte Wirkung, wurde erstaunlich gut aufgenommen, und ehe der Tag noch richtig begonnen hatte, war die Nation wieder hergestellt, waren die großen Unternehmen und Anstalten wieder in Betrieb, und die Sonne schien frostig und klar. Um Punkt zehn Uhr, als die Königinmutter zum Essen schritt, kam der finstre Mann mit den Papieren die Straße herauf und blieb vor dem Pensionshaus stehen. Als Balamir mit dem Zerlumpten das Schloß verließ, hörte er von ferne das Scharren von Messern und Gabeln. Auf der Kuppe des Hügels sah er lange Reihen in die vom Patriotismus bereits wiederbelebte Anstalt zurückmarschieren. Sie gingen den Hang hinunter und kamen, ohne etwas zu merken, an dem Aas in der Lache zertrampelter Disteln vorbei.

Ich vernahm erstaunt all das Gelächter im ersten Stock, war aber zu müde, um anzuhalten und ihren Dank entgegenzunehmen. Neben dem Bett in Juttas Zimmer zog ich Hemd und Hose aus und kroch mühsam in die Federn. Einen Augenblick lag ich still, dann streichelte ich sie sachte, bis sie die Augen aufschlug. Die Lippen, die den ganzen Abend auf einen zweiten Kuß gewartet hatten, berührten meine, und durch das offene Fenster schnitt quer übers Bett die scharfe Sonne, schien auf die Weiße ihres Gesichts, das wachte, und auf die Weiße meines Gesichts, das zum Schlafen zurückgekommen war. Wir schlossen unsere Augen vor der Sonne.

Selvaggia öffnete die Tür und schlich ins Zimmer. Im Licht des Tages wirkte sie dünner denn je, wilden Blicks vom Beobachten der Nacht und der Geburt der Nation.

»Was ist los, Mutter? Ist etwas passiert?«

Ohne aufzusehen, antwortete ich an Juttas Stelle, und meine

Stimme war undeutlich und rauh: »Nein. Zieh die Vorhänge zu und geh wieder schlafen...«

Sie tat, wie ihr geheißen.

Alle im Text kursiv gedruckten Stellen entsprechen der Schreibweise im amerikanischen Original.

Nachbemerkung

Meine ersten einschlägigen Erinnerungen gehen bis in die Kindheit zurück. Ich liege wach, keuche unter meinen nächtlichen Asthmaanfällen und lausche dem Stampfen und Schnauben der Pferde im Reitstall, der damals in Old Greenwich, Connecticut, an unseren Hof grenzte. Das Schlimmste am Asthma ist dieses Rasseln – als brummte einem ein Bienenschwarm in der Brust. Doch während ich unter diesen nächtlichen Attacken schwitzte, geriet mir das verhaßte Geräusch meines Atems irgendwie mit den tröstenden, nachtwandlerischen Geräuschen der Pferde durcheinander, und allmählich begann ich diese langen Stunden im Dunkeln sogar zu genießen. Tagsüber übte meine Mutter an einer Orange den Umgang mit der hypodermatischen Spritze (meine schlimmsten Asthmaanfälle linderte sie mit Adrenalinspritzen), während ich für fünfzig Cents die Stunde in den Gartenanlagen des Reitstalls arbeitete, um die unregelmäßigen Reitstunden, die ich so sehr liebte, bezahlen zu können. Einen riesigen grobschlächtigen Esel durfte ich umsonst reiten, aber ich verachtete ihn, weil er nur die häßliche Parodie eines Pferdes war. Als ich eines Nachmittags neben der Scheune im Staub hockte, hörte ich plötzlich Hufgetrappel; ich blickte auf und sah ein hübsches junges Mädchen auf einer großen, stattlichen, kastanienbraunen Stute vorbeitraben. Mich Sechsjährigen, der da in seiner Demütigung und Bewunderung und seinem Neid im Schatten hockte, sah sie natürlich nicht. Es war eine völlig aussichtslose Liebe auf den ersten Blick, und ich glaube, auf die eine oder andere Weise war mein Schreiben immer abhängig von dieser Mischung aus Ersticken, ohnmächtigem Verlangen und Pferden.

Mein zehntes bis fünfzehntes Lebensjahr (von 1935 bis 1940), die entscheidenden Jahre also, verbrachte ich in Juneau, Alaska, wo mein Vater, ein großgewachsener und abenteuerlustiger Mann, der etwas von Uncle Ben in *Tod eines Handlungsreisenden* an sich hatte, vergebens nach den Reichtümern suchte, von denen er glaubte, daß sie ihm nach dem Börsenkrach von 1929 zustünden. Um diese Zeit war ich eindeutig »der Maßgebliche« geworden (wie E. M. Forster, ebenfalls ein Einzelkind, genannt wurde). Meine künstlerisch veranlagte Mutter hatte eigentlich in New York City leben und sich dem Studium der Musik widmen wollen, machte aber das Beste aus ihrer Gefangenschaft in Juneau, das damals nur mit dem Schiff von Seattle aus zu erreichen war. Es waren schlimme Jahre, bedrängt von finsteren Bergen, schwarzem Wasser, das nach toten Fischen stank, und Stürmen, die mit achtzig Meilen die Stunde daherfegten. In den örtlichen Zeitungen wurde mein Vater oft als vermißt gemeldet; ständig machte meine Mutter sich Sorgen; doch als wir meinen Vater einmal auf einer seiner vergeblichen Fahrten an Bord eines ungeschlachten, seeuntüchtigen Bootes namens »The Prince of Wales« begleiteten, übernahm meine Mutter tapfer das Kochen in der winzigen Kombüse, während ich keuchend in der verräucherten Back lag. Meine Erinnerungen an Alaska ähneln manchem, was man aus dem Unterbewußtsein hervorzieht, und unsere fünf Jahre dort oben haben zwar nicht unmittelbar, aber psychologisch die künftige Richtung meiner Bücher mitbestimmt.

Von unserer Mansardenwohnung in Juneau sah man auf den Gastineau Channel und in die ihn säumenden Bergketten, und 1939 sahen meine Mutter und ich oft zu, wie am Abend die Helmlampen der Bergwerksarbeiter wie Glühwürmchen von dem Berg herabkamen, den sie für die Alaska Juneau Gold Mine durchwühlten; und danach hörten wir in einem altertümlichen Radio Hitler seine wüsten, unverständlichen Reden halten. Als die Japaner sich 1940 anschickten, die Aleuten zu besetzen, schickte mein Vater mich und meine Mutter sicherheitshalber an die Ostküste zurück.

In New York City besuchte ich für achtzehn Monate die Trinity School. In ihren kalten Fluren lernte ich fechten und wurde von jungen Burschen in Verlegenheit gebracht, welche die Striptease-Tänzerinnen nachahmten, die sie in den Varietés der Stadt entdeckt hatten. Dann schloß ich mich einem stümperhaften Trommler- und Bläserkorps an, das im Keller einer Kirche probte. Diese miesen jungen Trommler und Bläser waren ein übler Haufen, und ich kann mich noch an einen Abend erinnern, an dem einer der Jungen damit herumprahlte, wie er ein totes Baby in einem Jutesack durch eine Nebenstraße der Amsterdam Avenue vor sich hergetreten habe.

Da meine Mutter befürchtete, New York City werde bombardiert und verwüstet werden, entschied sie, wir sollten an einen ländlichen und folglich weniger gefährdeten Ort umziehen. Aufs Geratewohl steckte sie eine Nadel in eine Karte des Staates New

York: so brachte uns der Zufall in die kleine, im Norden des Bundesstaates gelegene Farmerstadt Pawling. Dort besuchte ich die Highschool und lungerte als Außenseiter in dem Eissalon »The Sweet Shop« herum oder hockte auf einem Stein am Stadtrand und schrieb morbide Verse auf die Rückseite von Briefumschlägen. Ich wollte Dichter werden; ich liebte Poe; ich war stolz auf einen Schnappschuß von mir, der mich in Homburg und karierter Weste zeigte, mit einer Bibel in der einen Hand und einer Whiskyflasche in der anderen.

Irgendwie wurde ich 1943 in Harvard aufgenommen, und im Sommer begab ich mich nach Cambridge, wo der Dichter Robert Hillyer mich ermutigte, weiter zu schreiben, und ein junger polnischer Graf sich über mein ländliches Gebaren und meine braunweißen Sportschuhe lustig machte. Nachdem ich durch eine ganze Reihe von Prüfungen gefallen war, mußte ich Harvard um Weihnachten verlassen, worauf ich mich im Krankenhaus von Port Devens in Ayer, Massachusetts, wiederfand; nach sechs Wochen erklärte mir ein angewiderter Lieutenant, ich sei wegen meines chronischen Asthmas ab sofort aus der Armee entlassen.

Und nun machte ich eine Erfahrung, die meine alaskanische Kindheit überstrahlte und der Hintergrund für *The Cannibal,* meinen ersten Roman, bilden sollte. Ich meldete mich beim American Field Service, einer Gruppe freiwilliger Ambulanzfahrer, die den britischen Einheiten in Burma und auf dem europäischen Kriegsschauplatz beigesellt war. Zusammen mit einer bemerkenswerten Schar von Männern und Jungen, darunter ein Liliputaner, ein Epileptiker und ein siebzigjähriger Künstler, traf ich im Sommer 1944 in Neapel ein, ohne überhaupt einen Wagen fahren zu können. Für mich waren die letzten neun Monate des Krieges eher bizarr als schrecklich. Ohne Licht fuhren wir nachts durch die Apenninen hinter einem Fahrer her, der uns mit einem weißen Taschentuch in der Hand vorausging. In einem verlassenen Bauernhaus riß ich eines Nachmittags einem überaus lebendigen Huhn den Kopf ab, was mir viel später bei der Lektüre von »The Rime of the Ancient Marimer« zu einem schuldbewußten Schock verhalf. Stundenlang untersuchte ich die Reihen von Verbrannten, die in Gazekonkons gewickelt auf Bahren lagen, die in einem verlassenen Weingut auf Sägeböcke aufgestellt waren. Im belgischen Louvain wurden wir einmal in einer teilweise noch besetzten Irrenanstalt einquartiert. Vor unserem Dorf in der Nähe von Bremen standen kilometerlange Schlangen von Leuten in Pyjamas, die gerade aus dem Konzentrationslager Belsen befreit worden waren. Dem Sieg in Europa folgte eine Nacht voller grüner Leuchtfeuer und Schreie im Dunkeln. Als im Sommer 1945 endlich eine Gruppe von uns in Staten Island aus einem Frachter an Land ging, hatte ich gelernt, was Angst bedeuten konnte, und wußte, wieviel ich meiner Zeit beim American Field Service zu verdanken hatte.

Ich brauchte zwei Jahre, um nach Harvard zurückzukehren, aber im Herbst 1947 war ich wieder in Cambridge. Inzwischen war ich verheiratet und konnte an dem *fiction writing*-Seminar des großartigen Lehrers und Mentors Albert J. Guerard teilnehmen. Auf einmal spielte es für mich keine Rolle mehr, daß ich in Deutsch so oft durchgefallen war; die Freundlichkeit der Dekane von Harvard hatte gesiegt: ich hatte es aufgegeben, schlechte Gedichte zu schreiben, und schrieb jetzt Prosa. Mein Vergnügen daran war unbändig, und ich empfand mein neu erlangtes Selbstvertrauen wie eine Art schockierendes Wunder. Ich wohnte mit meiner Frau in einer Zwei-Zimmer-Wohnung in Somerville, gleich hinterm Stadtrand von Cambridge. Ich saß in einem vergoldeten *Empire*-Sessel und schrieb auf meinem Schoß. Sophie und ich bereiteten uns herrliches Essen, überbackene Spaghetti auf warmen Tellern; und sie lehrte mich die unentbehrlichen Grundlagen des Französischen. Jeden Dienstag fuhren wir mit dem Troiler zum Harvard Square und besuchten Alberts Seminar, in dem auch die Ehefrauen der Veteranen willkommen waren. Ich las aus *The Cannibal* vor, und Sophie, die bereits Radcliffe absolviert und einen Job bei der Harvard Press gefunden hatte, lieferte sich aufsehenerregende Streitgespräche mit der Frau meines schärfsten Rivalen. In anderen Kursen schrieb ich, anstatt mir Notizen zu machen, an meinen Texten; während einer großen Vorlesung über den Roman des 18. Jahrhunderts las ich immer wieder die Briefe von J. Laughlin, der bereits zugesagt hatte, meinen *Cannibal* bei New Directions zu veröffentlichen. Der Roman war so gut wie fertig, und J. war mein zweiter Mentor geworden. Ich fühlte mich sehr wohl in diesem Herbst, und dieses Gefühl wurde nur noch einmal übertroffen, als ich zwölf Jahre später auf einer Tropeninsel in der Karibik *Die zweite Haut* schrieb.

The Cannibal ging unmittelbar auf H. R. Trevor-Ropers *The Last Days of Hitler* zurück, das ich zu meinem ewigen Glück kurz vor meinem Eintritt in Alberts Kursus gelesen hatte. Trevor-Ropers Schilderung von Hitlers Selbstmord in seinem Bunker brachte mich plötzlich auf die Idee, die totale Zerstörung, den totalen Alptraum zu beschreiben, und zwar in einem Buch über ein besiegtes, »mythisches« Deutschland, aus der Sicht eines Deutschen. Alles sah ich auf einmal vor mir: den Erzähler, einen Neonazi namens Zizendorf; das auf die Kleinstadt Spitzen-on-the-Dein (meine Rache für die gescheiterten Deutschlektionen) reduzierte Deutschland; einen tubaspielenden Lehrer, der ermordet wird; den amerikanischen Motorradfahrer Leevey, der von den Alliierten zum Aufseher über Zizendorfs erobertes Land eingesetzt wird. Im Verlauf des Romans wechselt die deutsche »Geschichte« von 1914 mit Zizendorfs Plan von 1945 ab, Leevey zu ermorden und Deutschland so von seinen Besetzern zu befreien. Das Attentat ist erfolgreich, und der Roman gipfelt darin, daß ein alter Aristokrat ein Kind tötet und mit Madame Snow, der Hauswirtin von Zizendorfs Pension, dem Titel des Romans entsprechend eine kannibalistische Mahlzeit abhält. Am Schluß ruft Zizendorf die Freiheit aus, sein neues Deutschland erhebt sich.

Amerikanische Literatur in der edition suhrkamp und den suhrkamp taschenbüchern

Walter Abish: Das ist kein Zufall. Erzählungen. Aus dem Amerikanischen von Friedrich Königsdorfer, Jürg Laederach und Carl Peter Maurenbrecher. st 1371

– Quer durch das große Nichts. Aus dem Amerikanischen von Jürg Laederach. es 1163

– Wie deutsch ist es. Roman. Aus dem Amerikanischen übersetzt von Renate Hampke. st 1135

Djuna Barnes: Ryder. Aus dem Amerikanischen von Henriette Beese. Mit elf Zeichnungen der Autorin. st 1638

Frederick Barthelme: Koloraturen. Erzählungen. Aus dem Amerikanischen von Jürg Laederach. st 1749

– Leuchtspur. Roman. Aus dem Amerikanischen von Jürg Laederach. st 1631

– Moon de luxe. Erzählungen. Aus dem Amerikanischen von Jürg Laederach. st 1503

Sylvia Beach: Shakespeare and Company. Ein Buchladen in Paris. Aus dem Amerikanischen von Lilly v. Sauter. st 823

Ambrose Bierce: Das Spukhaus. Gespenstergeschichten. Deutsch von Gisela Günther, Anneliese Strauß und K. B. Leder. PhB 6. st 365

Michael Brodsky: Der Tatbestand und seine Hülle. Erzählung. Aus dem Amerikanischen von Jürg Laederach. es 1114

James M. Cain: Serenade in Mexiko. Roman. Aus dem Amerikanischen von Ernst Weiß. st 1164

Truman Capote: Die Grasharfe. Roman. Aus dem Amerikanischen von Annemarie Seidel und Friedrich Podzus. st 1796

Jonathan Carroll: Die panische Hand. Phantastische Erzählungen. Aus dem Amerikanischen von Franz Rottensteiner. PhB 233. st 1635

– Schlaf in den Flammen. Roman. PhB 252. st 1742

– Die Stimme unseres Schattens. Roman. Aus dem Amerikanischen von Rudolf Hermstein. PhB 222. st 1587

– Das Tal der Träume. Roman. Aus dem Amerikanischen von Rudolf Hermstein. PhB 197. st 1442

August Derleth: Auf Cthulhus Spur. Phantastischer Roman. Aus dem Amerikanischen von Rudolf Hermstein. PhB 211. st 1526

Philip K. Dick: UBIK. Science-fiction-Roman. Mit einem Nachwort von Stanisław Lem. Aus dem Amerikanischen von Renate Laux. PhB 15. st 440

Raymond Federman: Eine Liebesgeschichte oder sowas. Roman. Aus dem Amerikanischen von Peter Torberg unter Mitarbeit von Ingrid Werner. st 1788

105/1/10.90

Amerikanische Literatur in der edition suhrkamp und den suhrkamp taschenbüchern

John Gardner: Grendel. Phantastischer Roman. Aus dem Amerikanischen von Andreas Vollstädt. PhB 227. st 1611

Paul Goodman: Die Tatsachen des Lebens. Ausgewählte Schriften und Essays. es 1359

John Hawkes: Abenteuer unter den Pelzhändlern in Alaska. Roman. Aus dem Amerikanischen von Werner Schmitz. st 1796

– Travestie. Aus dem Amerikanischen von Jürg Laederach. es 1326

John Knowles: In diesem Land. Roman. Aus dem Amerikanischen von Uwe Johnson. st 1476

C. M. Kornbluth: Der Altar um Mitternacht. Science-fiction-Geschichten. Aus dem Amerikanischen von Franz Rottensteiner. PhB 189. st 1359

– Der Gedankenwurm. Phantastische Erzählungen. Aus dem Amerikanischen von Franz Rottensteiner. PhB 195. st 1434

William Least Heat Moon: Blue Highways. Eine Reise in Amerika. Roman. Aus dem Amerikanischen von Dieter Hildebrandt. st 1621

Jack London: Phantastische Erzählungen. Herausgegeben von Olaf R. Spittel. Aus dem Amerikanischen von Edith Boldt, Edda Fensch, Ingo Schwarz und Sabine Thieme. PhB 243. st 1675

Howard Phillips Lovecraft: Azathoth. Vermischte Schriften. Ausgewählt von Kalju Kirde. Aus dem Amerikanischen von Franz Rottensteiner. PhB 230. st 1627

– Berge des Wahnsinns. Eine Horrorgeschichte. Deutsch von Rudolf Hermstein. PhB 258. st 1780

– Cthulhu. Geistergeschichten. Deutsch von H.C. Artmann. Vorwort von Giorgio Manganelli. Übersetzung des Vorworts von Gerald Bissinger. PhB 19. st 29

– Das Ding auf der Schwelle. Unheimliche Geschichten. Mit einem Nachwort von Kalju Kirde. Deutsch von Rudolf Hermstein. PhB 2. st 357

– Der Fall Charles Dexter Ward. Eine Horrorgeschichte. Deutsch von Rudolf Hermstein. PhB 260. st 1782

– Der Flüsterer im Dunkeln. Eine Horrorgeschichte. Deutsch von Rudolf Hermstein. PhB 259. st 1781

– Das Grauen im Museum und andere Erzählungen. Ausgewählt von Kalju Kirde. Aus dem Amerikanischen von Rudolf Hermstein. PhB 136. st 1067

– In der Gruft und andere makabre Erzählungen. Deutsch von Michael Walter. PhB 71. st 779

105/2/10.90

Amerikanische Literatur in der edition suhrkamp und den suhrkamp taschenbüchern

Howard Phillips Lovecraft: Die Katzen von Ulthar und andere Erzählungen. Herausgegeben von Kalju Kirde. Deutsch von Michael Walter. PhB 43. st 625

– Lovecraft-Lesebuch. Herausgegeben von Franz Rottensteiner. Mit einem Essay von Barton Levi St. Armand. PhB 184. st 1306

– Schatten über Innsmouth. Eine Horrorgeschichte. Deutsch von Rudolf Hermstein. PhB 261. st 1783

– Stadt ohne Namen. Horrorgeschichten. Mit einem Nachwort von Dirk W. Mosig. Deutsch von Charlotte Gräfin von Klinckowstroem. PhB 52. st 694

Howard Phillips Lovecraft / August Derleth: Die dunkle Brüderschaft. Unheimliche Geschichten. Aus dem Amerikanischen von Franz Rottensteiner. PhB 173. st 1256

Über H. P. Lovecraft. Herausgegeben von Franz Rottensteiner. PhB 130. st 1027

Dan McCall: Jack der Bär. Roman. Aus dem Amerikanischen von Harry Rowohlt. st 699

Russell McCormmach: Nachtgedanken eines klassischen Physikers. Aus dem Amerikanischen übertragen von Susanne Hoppmann-Löwenthal. st 1718

Grace Paley: Die kleinen Störungen der Menschheit. Geschichten vom Lieben. Aus dem Amerikanischen von Hanna Muschg. st 1091

– Später am selben Tag. Erzählungen. Aus dem Amerikanischen von Marianne Frisch, Jürg Laederach und Hanna Muschg. st 1662

– Ungeheure Veränderungen in letzter Minute. Geschichten. Aus dem Amerikanischen von Marianne Frisch, Jürg Laederach, Hanna Muschg. es 1208

Walker Percy: Der Idiot des Südens. Roman. Deutsch von Peter Handke. st 1531

– Lancelot. Roman. Aus dem Amerikanischen von Gisela Stege. st 1391

– Liebe in Ruinen. Die Abenteuer eines schlechten Katholiken kurz vor dem Ende der Welt. Aus dem Amerikanischen von Hanna Muschg. st 614

J. J. Phillips: Mojo Hand. Eine orphische Geschichte. Aus dem Amerikanischen von Barbara Henninges. es 1574

Padgett Powell: Edisto. Roman. Aus dem Amerikanischen von Harry Rowohlt. es 1332

– Eine Frau mit Namen Drown. Roman. Aus dem Amerikanischen von Harry Rowohlt. es 1516

105/3/10.90

Amerikanische Literatur in der edition suhrkamp und den suhrkamp taschenbüchern

Reynolds Price: Ein langes glückliches Leben. Roman. Aus dem Amerikanischen übersetzt von Margaret Sander. st 1397

Adrienne Rich: Um die Freiheit schreiben. Beiträge zur Frauenbewegung. Aus dem Amerikanischen von Barbara von Bechtolsheim. es 1583

Clark Ashton Smith: Das Haupt der Medusa. Phantastische Erzählungen. Ausgewählt von Kalju Kirde. Aus dem Amerikanischen von Friedrich Polakovics. PhB 221. st 1575

Edith Wharton: Gespenstergeschichten. Aus dem Amerikanischen von Andreas Vollstädt. PhB 268. st 1806

Henry S. Whitehead: Der Zombie. Und andere westindische Geistergeschichten. Ausgewählt von Kalju Kirde. Deutsch von Friedrich Polakovics. PhB 172. st 1255

Who's sleeping in my brain? Interviews – Kurzgeschichten. Herausgegeben von Judith Ammann. es 1219

John Edgar Wideman: Bruder und Hüter. Aus dem Amerikanischen von Peter Bartelheimer. st 1818

Bernard Wolfe: Limbo. Utopischer Roman. Aus dem Amerikanischen von Renate Schein. PhB 239. st 1659

105/4/10.90

Lateinamerika
im Suhrkamp Verlag und Insel Verlag

Aus der Welt der Azteken. Die Chronik des Fray Bernardino de Sahagún. Mit einem Vorwort von Juan Rulfo. Übersetzungen von Leonhard Schultze Jena, Eduard Seler und Sabine Dedenbach-Salázar. Ausgewählt und mit einem Nachwort versehen von Claus Litterscheid. Leinen

Augusto Boal: Theater der Unterdrückten. Übungen und Spiele für Schauspieler und Nicht-Schauspieler. Aus dem Brasilianischen von Henry Thorau und Marina Spinu. es 1361

Bernal Diaz del Castillo: Geschichte der Eroberung von Mexiko. Herausgegeben und bearbeitet von G. A. Narciß. Mit zahlreichen Abbildungen. it 1067

Gregorio Condori Mamani: »Sie wollen nur, daß man ihnen dient ...« Autobiographie. Aus dem Spanischen von Karin Schmidt. es 1230

Klaus Eßer: Lateinamerika. Industrialisierungsstrategien und Entwicklung. es 942

Tulio Halperin Donghi: Geschichte Lateinamerikas von der Unabhängigkeit bis zur Gegenwart. Aus dem Spanischen von Elke Wehr. Leinen

Alexander von Humboldt: Reise in die Neue Welt. Reise in die Äquinoktial-Gegenden des Neuen Kontinents. Herausgegeben von Ottmar Ette mit Anmerkungen zum Text, einem Nachwort und zahlreichen zeitgenössischen Abbildungen sowie einem farbigen Bildteil. 2 Bände in Kassette

Christoph Kolumbus: Bordbuch. Mit einem Nachwort von Frauke Gewecke und zeitgenössischen Illustrationen. it 476

Franz Xaver Kroetz: Brasilien–Peru-Aufzeichnungen. st 1802
– Nicaragua-Tagebuch. Roman. st 1801

Der lange Kampf Lateinamerikas. Texte und Dokumente von José Martí bis Salvador Allende. Herausgegeben und mit einer Einleitung versehen von Angel Rama. st 812

Bartolomé de Las Casas: Kurzgefaßter Bericht von der Verwüstung der Westindischen Länder. Herausgegeben von Hans Magnus Enzensberger. Deutsch von D. W. Andreä. it 553

Lateinamerikaner über Europa. Herausgegeben von Curt Meyer-Clason. es 1428

Elena Poniatowska: Stark ist das Schweigen. Vier Reportagen aus Mexiko. Aus dem mexikanischen Spanisch übersetzt von Anna Jonas und Gerhard Poppenberg. st 1438

113/1/9.91

Lateinamerika
im Suhrkamp Verlag und Insel Verlag

Darcy Ribeiro: Amerika und die Zivilisation. Die Ursachen der ungleichen Entwicklung der amerikanischen Völker. Aus dem Portugiesischen von Manfred Wöhlcke. Leinen

– Unterentwicklung, Kultur und Zivilisation. Ungewöhnliche Versuche. Aus dem Portugiesischen von Manfred Wöhlcke. es 1018

113/2/9.91